보이지 않는 神 보이는 神

보이지 않는 神 보이는 神

이 승 남 장편소설

문이당

하나님을 보고 살 자가 없다

모든 사람은 죽는다는 것을 알고 있다. 그래서 죽음과 연결된 죽음 후의 이야기에 관심을 가질 수밖에 없다. 모든 종교가 죽음 후의 이야기를 쏟아내고 하나님에 관한 연구를 하지만 신은 보이지 않고 만져지지 않는다. 보이지 않는 신을 두고 사람들은 저마다 신이 '있다, 없다' 하며 정확한 답을 내놓지 못하는 것도 사실이다.

죽음 후를 말해줄 수 있는 존재는 하나님뿐이시다. 그러나 하나님은 나타나 보여주지 않으시고 오로지 선지자를 통해서 말씀하셨다. 선지자나 깨달은 사람의 말씀을 믿는 사람은 '죽음 후가 있다' 하지만 대다수 믿지 않는 사람은 '없다'고 한다.

답을 내놓아야 하는 하나님은 '나를 보고 살 자가 없음이니라.'(출33:20) 라는 한 마디 말씀으로 당신을 드러내지 않으셨다. 영생을 믿는 사람들은 죽음을 두려워하지 않고 죽음을 기다리고 있지만, 영생을 믿지 않는 자들은 태어나면 죽는다는 사실만 알고 사형수가 집행일을 모르고 불안한 시간을 보내는 것 같이 살아가고 있다. 영력이 뛰어나다는 사람부터 구전되어 온 설화와 깨달았다는 사람들이 남긴 경전을 비롯하여 최고 법전인 기독교의 구약 성경에도 죽음을 '잠자다. 조상들에게 돌아갔다.' 스올, 또는 음부로만 표현되어 있고 음부의 실상은 말하지 않는다.

성경에서 메시아가 세상에 오신다고 예언한 선지자 이사야를 통해 '마지막 날에는 주의 죽은 자들은 살아나고 그들의 시체들은 일어나리다. 티끌에 누운 자들아 너희는 깨어 노래하라. 주의 이슬은 빛난 이슬이니 땅이 죽은 자들을 내놓으리로다.'(사 26:19) 종말의 그 날에는 죽은 자들이 다시 살아나고 죽어 티끌이 된 시체가 일어난다고 말했다. 또 신약성경의 바울 사도는 '주께서 호령과 천사장의 소리와 하나님의 나팔소리로 친히 하늘로부터 강림하시고 그리스도 안에서 죽은 자들이 먼저 일어나고 그후에 우리 살아있는 자들도 그들과 함께 구름 속으로 끌어올려 공중에서 주를 영접하리라. 그러므로 우리가 영원히 주와 함께 살리라.' 그러나 바울도 저승에 다녀왔으나 저승 이야기는 하지 않았다.

끝을 짐작할 수 없는 하늘과 수많은 동식물이 숨을 쉬고 있는 땅. 그리고 사람이 사는 곳에는 어떠한 형태로건 하나님이 있고 죽음이 있다. 문명 이전 시대부터 선지자들이 바르고 옳은 것을 따져 신의 계시로 혹은 스스로 깨달아 사람들을 깨우치기 시작했다. 인간이 동물과 다른 것은 이런 일을 하면 유익하고 저런 일은 무익하다는 것을 알게 되었고, 이를 토대로 과학이 발전하고 도덕적 가치의 중요성이 생겨났다. 기독교에서는 신의 감동으로 신의 묵시라는 말로 기독교의 육천 년의 인간 역사는 신의 지배를 받으며 살아왔다. 그러나 인간은 하늘 길을 만들고 우주를 왕래하며 바다 아래를 헤집고 다녀도 죽음 후를 주관하시는 하나님은 만나주시지 않으셨다.

신을 만나지 못하는 이유를 여기서 찾았다. '하나님은 스스로 있는 자이시기에.'(출 3:14) '또 이르시되 네가 내 얼굴을 보지 못하리니 나를 보고 살 자가 없음이니라.'(출33:20) 대면하듯 하나님의 말씀을 받았던 모세에게도 '네가 내 등을 볼 것이요. 얼굴은 보지 못하리라.'(출33:23) 끝내 영광을 보여 주지 않으시고 등을 돌리셨다. 하나님을 보면 살자가 없다고 하셨기에 산자는 하나님의 영광을 볼 수 없다.

　과학이 풀지 못하는 신을 보았다는 사람들은 계속 생겨나 꿈이라는 비현실에서 환상을 보고 신을 보았다고 말하기도 하고, 어떤 사람은 직접 보았다며 주장하고 있다. 신을 보면 살자가 없다고 했는데 보았다는 사람을 믿고 일정한 자기주장이 있는 의견 없이 남의 의견에 따라 행동하는 사람들이 보이지 않는 신을 보이는 듯 점을 치고 굿을 하고 예언을 하지만, 점술가의 성질이 농후한 그들의 술법은 우연에 가깝다. 그들의 말은 빗나갈 때가 있어도 따져 들어갈 수 없다. 일어난 사건을 신에게 미루기 때문이다. 그러나 종교를 가진 사람이 종교를 갖지 않는 사람보다 많으며, 종교를 가진 사람들이 보이지 않는 신을 만났다며 아무도 가보지 않은 죽음 후의 세상을 이야기하고 있다.

　하나님의 말씀은 진리이며 살아있고 지식의 근본이며 지혜의 보고이며 사랑과 공의와 진리로 우매한 자를 깨우치시며 사람을 사랑으로 이끄셨다. '하나님은 스스로 계시는 이시며'(출3:14) '언어도 없고 말씀도 없으며 들리는 소리도 없으나 그의 소리가 온 땅에 통하고 그의 말씀이 세상 끝까지 이르도다.'(시편19:3.4)

시인은 말했으며 그분은 자연계를 지배하고 있는 원리와 법칙으로 우리를 다스리신다.

죽음 후는 잠자고 마지막 심판의 날에 잠자는 자가 다시 살아나 심판을 받는 천국과 지옥으로 상과 벌을 만들어 놓으셨다. '땅의 티끌 가운데에서 자는 자 중에 많은 사람이 깨어나 영생을 받는 자도 있겠고 수치를 당하여 영원히 부끄러움을 당할 자도 있을 것이며'(다니엘12:2)는 죽음 후를 말하고 있다.

그러나 이 사실 하나만 말하고 싶다. 꿈은 꿈일 뿐이며, 환상은 환상일 뿐이며, 상상은 상상일 뿐이다. '한번 죽는 것은 사람에게 정한 이치요. 그 후는 심판이 있다.' 죽음이 끝이 아니며 죽음 후 영혼이 존재한다는 묵시를 토대로 보고 느낀 그대로 수록했다.

2025년 2월

이 승 남

차례

하나님을 보고 살 자가 없다

저주의 주술

아내인 무당이 남편에게 신령이 강림하시기를 소원하며 읊조리는 소리에 자극을 받아 전신이 요동치고 있다. 무속은 실속이 없는 빈말이며 주술 따위는 대상이 없는 공허라는 생각에는 지금도 변함이 없는 사람에게 아내는 신령이 강림하시기를 기도하고 있다.

비록 식물인간이 되었지만 철저한 그리스도의 신앙으로 무장되어 있는 사람이다. 죽은 사람이 꿈에서 보이지만 귀신이라는 생각은 하지 않는다. 평소에 넋이니 귀신에 대해 적대시 해 왔으며 거부감을 가지고 있어 깊이 알 필요를 느끼지 않았다. 요망하고 간사스러운 악몽을 꾸기도 하지만 모두가 뇌를 충동하여 일어나는 보통 사람들의 꿈과 다르지 않았다. 그러나 두려운 악몽을 꿀 때는 잠에서 깨어나 현실로 돌아와도 꿈의 여운이 남아 몸을 움츠러들게 하지만 깨어나면 꿈은 꿈일 뿐이다.

아내가 남편을 위하여 귀신을 불러 남편에게 임하기를 원하며 읊조리는 기도가 하나님을 신뢰하고 십자가의 도를 전하던 사람에게 저주로 들리는 것은 당연한 일이다. 전도를 핑계로 무당을 전도하려다 도리어 사탄의 올가미에 걸렸다는 원망만 충족시켰다. 오늘까지 지켜온 하나님을 향한 양심이 그들에게 드러나고 무당을 전도한 저주가 시작되었다.

무당을 전도한 것이 귀신의 소굴에 들어가 귀신의 대장을 물리친 승리의 자만에 들떠 있을 때 조용히 들어온 귀신에게 하나님의 말씀이 무너지고 포로가 되었다. 자책감으로 죽음을 택하려 했지만, 팔다리와 몸이 마비되어 움직이지 않아 마음대로 할 수 없다. 신내림 굿을 하면서 남편 쾌유를 위해 기도한다며 최면을 걸어 꿈을 꾸게 하고, 꿈속에서 당신은 도륙 부처라며 정신과 생각을 바꾸려는 의도를 알게 된 후부터 아내의 기도는 저주며 재앙이라는 것을 알고 몸과 정신은 거부 반응을 일으키기 시작했다.

주문을 듣지 않으려 했지만 소리를 듣는 감각은 마비되지 않아 들렸다. 육체는 냉동되는 듯 굳어지고 신경이 털을 세우는 두려움에 진저리를 치고 있다. 발끝에서부터 머리끝까지 신경이 망을 이루고 피가 통하는 곳에는 아내가 읊조리는 주문에 정신은 뒤죽박죽되어 몸은 평정을 잃었다.

전신이 마비된 육체를 하늘은 천근의 무게로 누르고 땅은 깊은 수렁으로 끌어당겼다. 멀쩡하던 육체가 갑자기 마비된 사람이 느끼는 참담함은 누구도 알지 못한다. 관속에서 살아난 사람이 관 속 무덤에서 보이지 않는 곳을 향해 소리를 친다고 밖에서 알리가 없다. 대화할 수 있는 가까운 거리지만 전할 수 없으니 답답하고 가슴은 미어지는 것 같다. 몸의 한 곳이라도 신호를 보내려고 움직이며 애쓰지만 마비된 육체는 반응하지 않았다. 마음은 움직일 것 같지만 반응이 없는 팔다리는 분노가 되어 정신이 터져 육체가 흩어지는 것 같다. 내장까지 얼어있던 한기가 열이 나기 시작했다. 아내의 주문에 따라 몸의 온도가 양은 냄비의 물이 불 위에서 냉동실에 옮겨지듯 반복하고, 분노는 천장까지 올랐다가 땅속까지 내리고 있다.

현실이 꿈이며 지옥이라 해도 마비된 고통은 현실이다. 아내의 주문이 하나님께 소원하는 기도가 아니라 남편을 올가미에 가두려고 귀신에게 올리는 기도임을 알고 귀를 막으려 했지만, 손은 움직여지지 않고 혀까지 굳어 움직이지 않았다. 혓바닥만 굳은 것이 아니다. 온몸이 굳어 의사 표현을 할 수가 없다. 식물인간으로 움직일 수 없도록 만들고 신령이라는 확신을 가지도록 정신과 생각을 바꾸려는 의도의 주술이다. 무당이 섬기는 그림 속의 인물과 닮았으며 그림 속의 부처가 당신을 아들이라 했으니 당신도 인정하라며 위협하고 생각을 통제하려 하고 있다.

당신은 신령이지만 아직까지 당신에게 신령이 임하지 않았을 뿐이라 했다. 곧 신령이 되면 온 땅을 지배하며 천하만국 사람들이 머리를 조아리게 될 것이라며 유혹했다. 그러나 나는 신이 될 수 없으며 '하나님은 한 분이시오. 또 하나님과 사람 사이에 중보자도 한 분이시니 곧 사람이신 그리스도 예수라'(디전2:5)는 말씀을 꺾지 않으려고 싸움하고 있다. 견디기 어려운 미혹의 순간을 피할 수 있도록 도울 수 있는 분은 천지를 창조하시고 생사화복을 주관하시며 육과 혼을 다스리시는 하나님뿐이시다.

'내 날이 연기같이 소멸하여 내 뼈가 숯같이 타오니 선한 손으로 구원 하소서.'(시102:3) 하나님께 기도하는 것 외에는 다른 해결책이 없다. 영원히 부끄러움을 당할 것 같은 생각에 현재의 상황이 지옥이라며 부르짖듯 외치지만 마음의 소리는 밖으로 나가지 않았고 입 밖으로 소리가 나가도 들어줄 사람이 없다. 살았는지 죽었는지 꿈인지 생시인지 분간할 수 없는 상황에서 하나님께 구원을 부르짖었지만, 들려오는 소리는 신령님의 영이 빨리 임하소서라며 읊조리는 주문이다. 주문 소리에 기도는 묻히고 참을성을 잃어버린 분노는 허공에 나뒹굴어지듯 까부라졌다.

아버지와 어머니, 죽은 형과 개울에서 물놀이 하다 죽은 동무도 있었다. 그들이 생존한 사람인지 죽은 사람인지 알 수 없지만, 포옹이라도 해야 할 반가운 사람들이다. 그러나 그럴 필요는 전혀 느껴지지 않았고 그들이 존재하는 공간을 아무 상관도 없는 사람처럼 그냥 지나치고 있었다. 보고 싶고 그립던 그들이 길거리에서 대하는 이방인 같이 무덤덤했다. 의사전달은 할 것 같았지만 입이 봉해진 것 같이 모두가 입의 움직임은 없었다. 스스로 감정이 없으니 느낌도 없었다. 예사롭지 않게 무심코 지나쳤다.

육 년 동안 부지런히 다니던 초등학교 운동장에 있었다. 학교는 폐교가 되어 못 쓰게 방치되어 있었고 아이들의 두 팔을 벌려

껴안으면 세 배나 되는 수양 버드나무는 보기 싫을 정도로 꺼멓게 변해 있었다. 나무에 귀를 대고 물오르는 소리를 듣던 반가움이 있었지만 버드나무 아래는 검게 움푹 패여 있었고 몸통에 앙상한 가지가 날카로운 침이 되어 하늘을 찌르고 있었다. 늦가을까지 가지에 매달려 바람과 사투를 벌이던 나뭇잎들과 물기 없는 잔가지들이 떨어져 운동장 여기저기 흩어져 뒹굴었다. 떨어진 나뭇가지와 물기 하나 없는 나뭇잎을 내려다보는 마음이 황량하고 쓸쓸하고 서러워 눈물이 나려 했다.

착잡한 마음으로 주위를 기웃거렸다. 어디선가 가쁘게 숨 쉬는 거친 소리가 들렸다. 바람을 빨아들이고 내어 뿜는 소리는 몸의 땀구멍들이 바람을 흡수하는 소리였으며 땀구멍마다 공기를 빨아들이고 내뱉고 있었다.

땀구멍을 통해 미량의 숨을 쉰다는 것은 알고 있었지만, 콧구멍같이 몸 전체의 땀구멍에서 많은 공기를 빨아들이고 내뿜는 기이한 현상이 일어나고 있었다. 손과 발과 가슴과 전신에 땀구멍이 있는 곳에는 공기를 빨아들이고 내보냈다. 살펴보니 어릴 때부터 먹고 마신 모든 음식물이 공기와 더불어 숨 쉬는 구멍으로 들어와 일정한 기준으로 선별되어 나누어지고 있었다. 자신의 배를 채웠던 음식물이 단백질이 되어 그들이 저장되어 기생했던 부분으로 흡수되면서 몸의 부피가 부풀기 시작했다.

몸에 영양을 보충한 후에는 항문으로 요도로 또는 각질로 버려졌던 것들이다. 몸에서 왕성하게 번식했을 때 기운이 되어 육체를 지탱해 주었지만, 노화되어 스스로 껍질이 되어 사라진 폐기물들이 다시 제자리로 돌아오고 있었다. 몸을 보호할 때에도 각질이 되어 떨어져 나갈 때도 관심이 없었던 것들이다. 몸에 필요를 느끼지 않을 때 스스로 떨어져 나갔거나 폐기물로 버려졌던 하찮은 것들이 몸으로 들어왔다. 평생에 먹고 마셨던 것들이 몸에 축적되면서 터질 것 같이 부풀기 시작했다.

살기 위해 먹고 마신 것들이 결합하여 생긴 고분자 화합물로 세포의 원형질을 이루는 주성분인 단백질이 된 수만 종의 세포들이 쌓이면서 육체의 부피는 가늠할 수 없는 거대한 괴물로 변했다. 머리털은 어디까지 알 수 없이 길게 날렸고 발톱과 손톱은 날카로운 갈퀴가 되어 허공이며 땅을 마구잡이로 밟고 긁어대고 있었다.

'죽음이란 없다. 생명이 있었던 생물은 죽음으로 버려지는 것이 아니라 영원에 살아있다. 다른 환경에서 존재하며 만물이 환생할 때에 함께 환생한다.'

각질들의 소리는 절규하듯 부르짖었다. 살기 위해 먹었던 음식물이 단백질로 변해 몸에 남았다가 수명을 다하면 소멸되고 사라지는 것은 체내에 내재하는 보편적·필연적인 불변의 법칙이다.

'이들은 너를 위하여 먹고 마셨던 욕망의 산물이다.'

어디서 소리가 들렸다. 먹지 않으면 죽는 것은 이치다. 죽지 않으려면 먹어야 한다. 그래서 먹었다. 수명이 다 되어 어디로 사라졌는지 생각지도 않았던 폐기물들이 '개인의 욕망이었다.' 소리치며 몸으로 들어와 곰팡이처럼 퍼졌다.

소리는 얼음장같이 차갑고 냉철하게 들렸다. 몸으로 돌아온 폐기물들은 무당이 주장하는 환생을 뒷받침해 주었다. 영양소 가운데 하나였던 자신들의 생환을 축제하며 몸체는 부풀기 시작했고 크기를 알 수 없을 정도로 비대해 졌다.

지금 일어나고 있는 상황이 최면이라는 것을 알았고 애써 주술이라며 부정하려 했지만, 부정할수록 몸은 크게 부풀어 땅을 덮었다. 몸을 지탱해주던 신경이 한 곳으로 집중되지 못하고 흔들렸다. 지체마다 같은 세포로 뭉쳐지고 생존의 구역을 구축할수록 부피는 더해 갔다. 욕망은 죄악의 근본이다. 욕망으로 살아온 지난 시간을 끄집어내어 항복을 받고 무당이 원하는 신령이 되어주기를 바라는 무당의 주술임을 알고 있다. 이대로라면 숨을 쉬지 않고 죽는 것이 낫겠다는 생각이 들었다.

그러나 죽을 수 없는 이유는 종말의 그 날에 깨어나 심판을 받아 산자는 산 그대로 심판을 받아 영생을 얻을 자도 있고 수치를 당하여 영원히 부끄러움을 당할 자도 있다는 선지자를 통해 하나님이 하신 말씀을 굳게 믿어 스스로 죽을 수는 없었다.

악몽을 꾸지 않도록 기도했고 꿈에서도 현재 상황에서 벗어날 수 있도록 하나님의 은혜가 임하시기를 구하며 '주여 이제 나의 소망은 주께 있나이다. 은혜 베푸소서' 외쳤지만 소리는 입으로 나오지 않았다. 신령이 되면 죄는 사라진다며, 나는 신령이라는 말을 입으로 시인하라는 무당의 주술에서 깨어나기를 원했다. '하나님이 사랑하시기에 악한 천사를 통해 시험을 주시고 피곤하고 근심하게 하시지만, 하나님의 본마음이 아니신 줄 알고 있습니다. 주여 불쌍히 여겨 은혜 내려 주소서.' 간절히 기도했다. 그러나 하나님은 아무런 대답이 없으시며, 신령이라 고백하라며 영혼을 거꾸러뜨리려 주술로 위협했다.

지옥

태산 같은 거대한 괴물이 되어 잠자는 주검을 징벌하는 무당이 말하는 염라대왕이 땅에 잠자는 주검을 짓이기며 구르기 시작했다. 짓누르는 무게에 잠자는 주검들이 참담하게 부르짖는 원망의 소리가 들려왔다. '살기 위해 거짓과 속임수와 더러운 재앙의 욕망들로 우리 몸을 채웠도다.'

티끌 위로 구를 때마다 잠자던 주검의 비명 소리가 들렸다. 핏줄은 채찍이 되어 뱀처럼 영혼들을 어둠에서 끌어올렸고 손톱과 발톱은 날카로운 가시가 되어 주검들을 할퀴었다. 영벌에서 공격을 받는 주검들이 부서지면서 이를 가는 소리는 처참했다. 발바닥에 붙은 털들은 바늘이 되어 주검을 찌를 때마다 주검들은 괴성을 질렀다.

무당의 주술이 지옥을 만들고 신령이란 요괴가 염라대왕이 되어 주검을 징벌하고 있었다. 영면에 들어 아픔이나 슬픔 따위는 산 자에게 넘기고 평안하게 잠자는 귀신을 깨우는 무당의 주술에 걸려들었다. 염라대왕이라는 하늘을 덮은 심판자인 신령이 되어 주검을 깨웠다. 욕망이 태산 같은 무게로 누르며 짓밟으니 땅에 티끌이 된 귀신들이 괴로워 소리쳤다.

세상에 태어나 생명을 받아 생존했다가 죽은 수많은 주검을 밟아 괴롭게 하는 악령의 집행자가 되어 주검 위를 구르고 있었다. 악령의 집행자가 될 수 없다고 이를 깨물고 다짐하고 다짐했지만, 주술의 음침한 빛과 음부에서 들려오는 영혼들의 고통 소리는 귀를 분노케 했다. 혐오하고 부정하고 싶었던 죄들에 밟히는 주검들은 자신들의 죄과를 변명하고 있었다. 자비와 정의를 부르짖으며 속으로는 정욕과 탐욕으로 일관했고 교만과 자랑으로 시기하며 타인을 비판하는 것으로 채웠다. 사랑이라는 말을 입에 달고 다니면서 걸림돌이 되는 사람들은 무자비하게 거부하고 물리쳤으며 순종하여 따르는 사람들은 선하게 만들어 맹종시켰다. 순종하고 선해진 틈을 노려 그들로부터 재물을 탈취하여 사욕을 즐기며 배를 채웠다. 어느 한 죽음도 죄 없는 자가 없었다.

능력이나 선한 자들은 어떠한 술수를 써서라도 쫓아내고 맹종하는 사람들만 포섭해서 종 부리듯 했다. 심판하지 말자면서 판단했으며, 자비를 외치면서 인색했으며 무소유를 주장하면서 탐욕에 함몰되었다. 거짓말하지 말자면서도 양심은 버리고 거짓을 일삼았으며 간음하지 말라며 쾌락을 훔치기도 했다. 회개하지 못한 죄가 홀로그램 같이 밟히는 영혼들의 앞에 펼쳐졌다. 죄는 낱낱이 보이고 괴물에게 밟히는 주검들의 정신을 흩뜨렸다. 탐욕의 쓰레기로 변한 육체는 술에 취한 것 같이 방향을 잡지 못하고 잠든 주검들의 지옥의 왕이 되어 괴롭히며 짓밟았다.

사람을 고생하게 하시는 일이 하나님의 본심이 아니라는 것도 알고 있다. 빈손으로 왔는데 살면서 채워진 것들이 무게를 가중시키고 욕망으로 먹고 마신 것들이 땅을 덮을 부피가 되었다. 이 모든 부산물은 욕망의 산물이다. 죽음으로 내려놓은 욕망을 되돌려 채웠다.

멀리서 저주의 말씀이 들렸다. '주 너희 하느님의 말씀을 듣지 않고, 내가 오늘 너에게 명령하는 그의 모든 계명과 규정을 명심하여 실천하지 않으면, 저주가 네 위에 머무를 것이다.'(신28:15) 말씀이 머리를 강타했지만, 무당의 주술에 비대해진 몸뚱이는 악해지고 있었다. 무당이 주술로 귀신을 만들어 땅에 잠자는 주검들을 이용하는 줄 알지만, 주검들은 무당을 보고 두려워 떨었다. 살기 위해서는 욕망이 없는 자가 세상에 있겠느냐. 주술로 죄를 토하여 죄인으로 항복을 받아내려 하고 있다. 뱀이 우글거리는 어두운 지하에서 맹수가 우글거리는 실체가 없는 허망한 형상을 주검에게 보이고 욕망으로 비대해진 몸으로 공포감을 주어 두려움으로 주검들의 죄를 토하게 하고 있다.

하나님이 세상을 사랑하사 독생자를 보내셔서 십자가로 피를 흘리게 하시고 인류를 구원하신 예수를 믿는 자에게 사라진 모든 죄가 다시 살아나 눈앞에 보였다. 죄가 되살아난 것은 십자가에서 주의 피로 사라진 죄를 사탄이 죄라며 몰아붙이고 있다. 기억조차 없는 선과 악과 행복과 저주와 희열과 슬픔이 부르짖으며 폐기물로 변한 몸뚱이는 세상의 모든 주검위로 굴러갔다. 살기 위해 먹었던 부산물들은 배설물로 버려진 욕망이 거머리 같이 떨어질 기미를 보이지 않았다.

생존하기 위해 먹고 마신 부산물들이 부르짖을수록 몸은 왕성해졌으며 무게는 감당할 수 없고 잠자야 할 주검은 두려움에 으스스 떨었다. '아! 욕망으로 채워진 마음이 지옥이었구나. 천국과 지옥은 마음에 있다. 채우고 채워도 채워지지 않는 자랑으로 스스로 자행했던 탐욕의 죄에서 건져 주옵소서.' 애원했지만, 하나님은 숨으셨는지 눈길을 다른 곳에 두고 계시는지 깨어나 현실로 돌아가는 기적은 일어나지 않았다.

목이 타들어 가는 갈증 앞에 물 같은 푸른 물체가 보였다. 신기루라는 생각이 들었지만, 갈증만 풀어 준다면 신기루라도 좋다는 생각이 들었다. 물이 보이는 곳으로 움직이려 했으나 주검들의 구덩이에서 음부의 죄인들을 괴롭히는 중독에서 벗어나지 않으려 했다.

어찌어찌 애쓰고 힘써 물 있는 곳에 갔지만 물이 아니고 푸른 불이 치솟고 있었다. 두껍고 높은 송곳 같은 푸른 불꽃이 하늘을 삼킬 듯 타오르고 있었다. 입만 가지고 타인의 노동으로 손쉽게 배를 채웠던 탐욕이다. 탐욕의 불꽃은 하늘을 치솟아 끝을 볼 수 없었고 죽음 같은 싸늘한 불의 뿌리는 아래가 보이지 않았고 그곳에도 주검들의 처참함이 있었다.

불꽃 건너에는 착취를 당한 자들의 분노가 혓바닥같이 파도를 일으키며 당장이라도 욕망의 불꽃을 삼키려 했지만 불과 물 사이는 차원이 달랐다. 분노의 파도가 탐욕의 불꽃으로 넘어오면 불은 꺼질 것 같았지만 마음대로 되지 않았다. 육체가 물을 보고 미친 듯 부르짖었다. 죽으면 모든 것이 해결될 것이다. 고통에서 벗어나기 위해 불꽃으로 뛰어들어 세포들을 태우고 죽자는 생각이 들었다. 육체에 명령을 내리며 외쳤다. '불에 뛰어들자! 불에 뛰어 들어야 한다!' 불로 뛰어들어 주술에서 해방되기를 명했지만, 몸이 말을 듣지 않았다. '뛰자!' 마음이 함성을 질렀다. 죽자고 뛰어내렸는데 몸은 타지 않았고 뜨거움도 없었다. 마음에 품었던 죽음은 허락하지 않았고 목은 타들어 가고 내장은 시리고 아리고 찢어지는 아픔과 고통만 있었다.

나는 하나님의 말씀을 전하던 전도사다. 내가 알고 있는 죽음과는 다르다는 것을 알았다. '죽음은 평안히 잠자다가 종말에 의인과 악인이 부활하여 심판을 받는다.' (행24:15) '욕망이 욕망을 짓밟고 있는 곳도 하나님의 지배를 받는가?' 라는 의문이 생겼다. 의문과 더불어 무당의 주술이라는 생각이 들었다. 주술에서 깨어나면 쓰레기 더미에서 해방될 것이다. 그러나 깨어나면 이보다 더 모질고 악한 저주가 마비된 몸의 무게를 누르고 있다.

'주술은 다른 차원이며 잠자는 자는 다른 곳에서 새로이 부활한 자신을 보고 있다. 사람들은 이전의 생활에 잠식되어 꿈이라 말하고 있다. 생명은 자다 깨기를 반복하기에 부활의 연속이며 마지막으로 잠들면 깨어나지 못하고 부활은 잊어버릴 것이다. 그 후에 영원한 부활로 깨어나 마지막 심판을 받을 것이니라.'

마음에서 울리는 소리를 놓치고 싶지 않았다. '부활을 부정하라는 무당의 압박을 견딜 수 있게 힘을 주소서. 마음을 훔쳐 스스로 부활이 없다는 맹세를 시키려는 무당의 시험에 넘어가기 전에 깨어나게 하소서.' 소리 나는 쪽으로 얼굴을 돌리고 부르짖었다.

불꽃이 없는 비탈진 언덕이 보였다. 광기로 날뛰는 세포들의 힘을 한곳으로 뭉쳐 굴렀다. 불꽃이 닿지 않는 곳에 안개 같은 구름이 위로 지나고 있었다. 원래 주술이란 기준도 없고 목적의 완성만 있으며 꿈같이 뒤죽박죽 변화무상한 줄 알지만, 바라는 소망이 희망을 줄 것이라는 생각으로 두 손을 모으고 엎드려 땅에 입을 대고 기도했다. '혐오스러운 과거의 잔재인 죄에서 벗어나게 하신 주님. 주님의 피가 헛되지 않도록 은혜 베풀어 주옵소서.'

무당의 주술과 최면은 뇌를 조작한 환상일 뿐이다. 보이지 않고 만져지지 않지만, 생명과 사망, 현실과 환상 모두를 주관하시는 하나님께 간절히 손을 뻗치고 기도했다. '그대의 입을 땅에 티끌에 댈지어다. 혹시 소망이 있을 지로다.'(예애3:29) 들려오는 말씀에 입술을 땅에 대고 티끌에 입을 맞추었다. 주술에서 꿈을 꾸듯 깨어났다. 지옥의 대왕 신령이 된 것을 알고 있는 아내는 이마에 따뜻한 물수건으로 조심스럽게 쓰다듬었다.

꿈은 차원이 다른 곳이다

대부분 꿈이나 주술은 질서가 없으며 상황 전개가 뒤죽박죽이
지만, 악몽은 재앙이나 불행이 닥쳐오는 미래를 알리는 예언이
다. 근심이 있거나 복잡한 일이 생기려 할 때 꿈은 다르게 나타난
다. 몸에 질병이 들어왔을 때 꾸는 꿈은 뇌가 세포를 자극해 괴롭
고 무서운 악몽으로 나타나기도 한다. 꿈은 현 상황과 아무런 관
련이 없는 것 같지만 소변이 마려울 때 꿈에 신호를 보내 깨어나
게 한다. 정신이나 육체에 가해오는 복잡한 일들이 뇌를 자극해
꿈으로 나타나 예시하기도 한다.

보지도 못했고 만져 보지도 못했지만 추한 것을 대하면 혐오
스럽고 오래전 조상이 나타나서 말은 하지만 입은 열지 않았으
며, 무슨 말을 하려는 의사전달은 되지만 그의 입은 움직이지 않
았다. 꿈속의 생명들은 공중에 떠다니는 듯이 팔다리가 움직이는
것을 보지 못했다, 현실과는 다르게 움직이는 꿈은 사건을 통역
한다거나 해몽할 수 없다. 또한, 꿈을 저승과 연관시켜 보려 하지

만 죽지 않았기에 뇌의 조작이라 판단했다.

무당인 아내가 식물인간을 신령이라며 모셔 놓았지만 그렇지 않다. 지금 일어나는 충격적인 꿈은 무당을 개종시켜 하나님의 사람으로 전도하려 했던 일이 무당에게는 원수가 된 것 같다. 성경에는 수많은 사람들이 사탄의 시험에서 벗어나 개종했고 회개하면 용서하고 복으로 바꾸는 면죄부도 주었다. 무당을 전도한 것이 잘못이 아니라 믿고 있다.

몸은 마비되었고 통증이 있어도 아프다는 소리도 못 해 의사전달을 할 수 없다. 심하게 통증을 느낄 때 괴로워하는 것을 알아차리고 진통제를 먹이는 아내가 무당이라 그런지 신통하다. 진통제를 먹고 통증이 가라앉으면 기분이 가벼워지고 잠이 든다. 잠은 꿈을 불러들이고 그 대부분 꿈이 악몽이지만 어떤 때는 눈을 뜨고 잠들지 않을 때보다 평안할 때도 있다. 잠들지 않으려고 애를 쓰지만, 얼굴에서 유일하게 움직이는 눈꺼풀이 아래로 내려와 덮는다. 잠만 들면 알지 못하는 차원에서 생각지도 않은 사건에 진저리를 친다.

악몽에서 깨어나려 마음과 힘을 다해 겨우 눈을 떠도 꿈의 여진이 남아 오싹하고 으스스하다. 꿈을 꿀 때마다 장소가 다르고 시대가 다르며 한 번쯤은 거주했거나 지나쳤던 곳 같지만, 그곳의 환경은 다르게 변해 있었고 만나는 사람 중에는 악한 사람도 있고 겁주며 위협하는 사람도 있지만 대부분 현실에서 알고 있던 사람들이다. 대통령도 만나 스스럼없이 이야기하고 고관대작들도 만나 보통 사람과 대화 하듯 하고, 악을 꾀하려는 사람도 만나고, 괴롭히는 친구도 만나고 아내도 만나지만 꿈속의 행위는 본인과는 무관하게 움직였다. 시간을 뛰어넘어 코흘리개 어린 시절도 있었다.

성욕을 주체 못 하던 소년기의 욕구도 있었지만 어리다거나 소년이라는 생각은 조금도 없었고, 꿈은 그때그때 그 자리에 화내고 분내고 빠르기도 하고 어떤 때는 천천히 움직였다. 어느 시대인지 어느 장소인지 순간순간 변하고 장소도 바뀌었다. TV 채널을 옮기듯 현재에서 과거로 과거에서 현재로 만나는 사람들도 산 사람과 죽은 사람이 뒤섞여 있다. 죽은 사람이 말을 걸어도 조금도 이상하지 않았으며 다른 환경에서 다른 모양으로 나타났다 사라졌고, 어떤 때는 죽었는데 깨어나면 살아 있다.

신문이나 TV에서 끔찍한 사건을 접하고 범인을 비난하던 때가 있었다. 꿈에서는 비난했던 자신이 살인자가 되기도 하고, 어떤 이유로 사람을 죽였는지 알 수 없는 도망자로 쫓기기도 했다.

성범죄 사건의 가해자가 되어 고발을 당해 마음이 불안하고 두려워하기도 했다. 알지도 못하는 도둑질을 하고 곧 붙잡힌다는 불안에 떨기도 했으며, 사기횡령을 하고 범인이 되어 채권자로부터 도망자가 되기도 했다. 범죄자가 되어 쫓기다가 절벽이 나타나면 뛰어내리고 끝없는 들판 위를 나르다가 잡히는 순간 깨어나기도 했다. 상상도 못 했던 기분 나쁜 악몽이 거머리 같이 연이어 괴롭히지만 잠들지 않을 방법은 없다. 꿈을 꾸고 깨어나도 범인이라는 여운이 남아있어 개운하지 않았다. 꿈에서 탈출하면 다른 꿈이 구성되었고 꿈속에서 꿈을 꾸기도 했다.

장삼을 입혀 신령이라며 앉혀놓은 자리는 본래 부처상이 있었던 자리였다. 불상을 다른 곳으로 옮기고 그 자리에 신령이라는 우상을 앉혀놓았다. 뒤로는 한지를 몇 겹으로 덧입혀 두껍게 만든 종이에 직접보고 그린 것 같은 나의 초상화 한 점이 걸려 있다. 이 그림은 나를 만나기 전부터 무당이 신당에 걸어놓고 모시어 섬기던 그림이다. 점이나 굿을 하려는 손님들에게 신령이 환생하셔서 세상에 강림하신 분이라며 나를 소개했다. 그 말이 조잡하고 불편해 옮겨 주기를 바라지만 누구의 힘을 빌리지 않고는 움직일 수 없고 소리를 낼 수도 없다. 악몽에서 깨어나도 한동안 꿈인지 현실인지 분간하지 못했다. 눈만 끔뻑이는 것을 보고 사람들은 신령이라며 앞에서 절하며 숭배했다.

마네킹이나 다를 바 없는 사람을 생불이라든지 부처라든지 내가 알바는 아니다. 하나님이 창조하신 피조물로서 예수를 믿고 전하던 사람이다. 부르짖어 기도는 못 하지만 참담한 마음으로 외치며 기도한다. 사람들이 말하는 소리는 정확하지 않지만 모기 소리 같이 앵앵거린다. 그들의 소리에 집중하여 어렴풋이 이해한다. 눈은 하얀 막이 덮여 분별하지 못하지만 움직이는 감각으로 대충 식별한다.

그 외의 시간에는 아내가 진통제를 먹이거나 최면으로 편안하게 잠들게 하지만 대부분 꿈에서 혹독한 고문 같은 시간을 보냈다. 정신을 차리면 굳어진 몸은 천 길 아래로 끌어 내리고 하늘이 짓누르는 듯 답답하고 고통스럽다. 무게를 감당할 수 없는 육신을 벗고 잠에 빠져들어도 평안은 없다. 죽기를 각오하고 숨을 쉬지 않으려 참아 보지만 매번 실패다. 살아있는 사람을 불상 자리에 앉혀놓고, 신령이라 부르는 아내의 소리에 화가 치밀지만 기저귀를 채워 생리를 처리하며 정성으로 돌보는 아내에게 미안함도 느낀다.

지옥이라 생각했다. '주님! 불쌍히 여겨 주소서.' 부르짖는 소리가 입 밖으로 나가지 못해 사람들은 듣지 못하나 하나님은 들으실 줄 믿고 기도한다. 갑자기 일어난 엄청난 재앙에 부르짖음을 들어주실 분은 하나님이시다. 기도는 응답이 없고 희망이 없는 막막한 곳에서 벗어날 수 없다는 절망감에 사로잡힐 때도 있지만, 벗어날 수 없는 절망에서 벗어날 수 있는 힘을 주실 분은 하나님이시다. 언제일지 알 수 없지만, 하나님께서 얼굴을 돌리시고 구원해 주실 때까지 기다리기로 했다. 사탄의 무리로 생각하는 무당도 조금만 참으면 완쾌될 것이라며 희망을 주지만 그 말은 마음을 편하게 하지 못했다.

기자들의 뻔쩍이는 카메라 불빛을 받으며 아내의 부정을 말하는 순간 정신을 잃고 쓰러져 몸이 마비되었다. 며칠 동안은 꿈도 없었고 고통도 없었다. 의사가 죽었다고 판정한 남편을 아내가 교회에서 보송암으로 옮겨 불상 자리에 앉혀놓고 신령님께 굿을 했더니 살아나기는 했지만, 몸은 마비되었다. 주검이나 다름없는 사람을 불상 자리에 앉혀놓고 전도사였던 사람을 신령이라며 무당 스스로 숭배의 대상으로 만들었다.

꿈인지 환상인지 알 수 없지만 괴이한 현상이 나타나기 시작했다. 굿하는 사람들이 무당에게 부탁한 귀신이 꿈에 보이기도

하고 죽은 할아버지나 할머니 혼백을 부탁하면 늙은이가 보이고 목매달아 죽은 사람의 혼을 부르면 목매단 사람이 보였다. 아내는 귀신을 만드는 공장 같았다. 한때 귀신을 연구했지만 마음에 일어나는 일종의 환상인지 아내가 최면으로 뇌를 조종하는지 알 수 없다. 꿈에 본 세상이 현실이라면 현실이 꿈이며 지금 처한 상황은 다른 차원이라는 생각도 들었다.

하나님을 의지하는 기도가 강할수록 귀신은 부드럽게 다가와 현실을 눈여겨보라며 유혹했다. 아내는 최면으로 알 수 없는 차원에 옮겨 놓고 그곳이 귀신이 살고 있는 곳이라 했다. 무속이나 다른 종교의 대상을 멸시했던 귀신들의 저주라는 생각도 들었다. 최면으로 다른 차원을 넘나들면서 그곳이 저승이 아닐까? 라는 의구심도 들었다. 죽지 않고 저승 이야기를 했던 사람들의 저승이 보였으며 모든 것이 꿈이라는 생각만 들었다.

굿의 과정을 가까이 관찰하다 굿에 함몰되어 헛것인지 참인지 알 수 없는 것들이 나타나 그것들이 귀신이라는 생각도 들었다. 뇌가 살아 있는데 연일 행하는 굿판의 악기 소리와 무당이 읊조리는 주문 소리에 혼이 빠져나가 정신이 헛갈려 흐리멍덩해져 옳고 그름의 구별이 분명치 않았다. 상황이 달라진 것은 지루함을 달래려 무당의 주문을 따라 읊조리려고 정신을 집중시키면 그림자 같은 움직임이 보였고 사람의 몸에서는 자기장이 보였다. 눈을 깜박이며 물체에 가까이 접근하려 노력하면 할수록 물체는 멀어지고 희미해져 귀신과의 만남은 이루어지지 않았다.

귀신과 접신해 그들의 비밀을 알아내려 노력할수록 귀신 역시 보이지 않았고 소리가 없었으며 그들은 감각이 없었다. 헛것이 보이는 줄 알았지만, 그림자는 아니다. 그림자는 사람이 행동할 때에 움직이지만 반대로 그림자가 움직여야 사람이 움직였다. 사람이 일어서기 전에 행동했으며 사람은 그림자를 따라 행동했다. 신비한 상황이 무당이 말하는 귀신이라는 의구심을 품고 주의 깊게 그림자를 살펴보았다.

등신 동생

어머니 뱃속에서 나보다 먼저 십이 년 전에 세상에 나온 형은 태어날 때부터 뇌성마비로 행동이 부자연스러워 사람들이 상대하기를 꺼렸으며, 행동도 부자연스러웠다. 형은 언어 장애와 육체적 장애가 있었지만, 집안일이든 동네일이든 무엇이든 하고 싶어 했다. 사람들이 꺼리고 혐오스러운 일이라도 어쩌다 인심 쓰듯 맡기면 결과는 신통하지 못했고 오히려 일을 부산하게 만들 때가 많았다.

그러나 어설픈 몸짓으로 상갓집이든 혼례 집이든 어디든지 돌아다니며 궂은일을 마다하지 않았다. 어설픈 행동이지만 사람들이 기피하거나 싫어하는 일에 형이 도움이 될 때도 있었다. 사람들이 기피하는 일이 있을 때는 사람들이 형을 찾기도 했지만 어설픈 행동을 보고 위험하고 어려운 일은 맡기려 하지 않았다. 형을 싫어하고 무시하는 사람들이지만 그들과 가까이하기를 원했다. 형은 동내에서나 이웃 동내까지 등신으로 유명세를 탔다. 형을 아는 사람들은 우리 집을 등신 네 집이라 했고 논이든 밭이든 우리 집 소유를 말할 때 등신 네 집 논이나 밭이라 했다. 모르는 사람에게 소개할 때 등신 동생이라 해야 빨리 알아들어 이름 앞에는 언제나 등신이 먼저 붙었다.

장애가 있는 형은 또래와는 어울리지 못했고 자연스럽게 어린 아이들과 어울렸다. 아이들은 형을 엎드리게 한 후 등에 타기도 했고 목에 줄을 매어 짐승처럼 끌고 다니기도 했다. 사춘기의 소년들은 형의 어리석음을 놀이로 별의별 행동을 시키기도 했다. 아이들은 형을 조롱거리로 노리개로 삼았지만, 형은 이마저 마다하지 않았다. 형을 조롱하는 아이들을 말리다가 오히려 주먹으로 맞아 코피를 흘리기도 했다.

형은 나이 많은 사람이나 생면부지 사람을 가리지 않았고 "어이. 그래. 왜?" 하대했으며 조금만 생소한 것이 있어도 무엇이냐며 물었다. 신체적 결함과 상하 분별없는 언어와 의구심 많은 형을 사람들은 "등신 육갑 떠네." 비아냥거리며 회피했다.

형이 태어날 때 어머니의 태몽은 동네 사람들의 흥미를 끌었다. 밤이 깊었는데 시끄러운 소리가 들려 밖에 나가 보았더니 커다란 비행체가 빛을 뿜어내며 마당에 착륙하여 있었다. 접시 같은 물체에서 얼굴은 보이지 않고 하얀 두루마기만 보이는 사람이 나오더니 어머니 앞으로 가까이 다가왔다. 강렬한 빛으로 머리카락이며 얼굴이 하얀빛으로 반사되어 자세히 볼 수가 없었다. 놀란 손은 얼굴을 가리게 했고 뒷걸음으로 도망치듯 방으로 들어가니 아버지는 잠들어 있었다. 다급한 나머지 아버지 어깨를 잡고 흔들었지만, 아버지는 손에 잡히지 않았고 사람인지 빛인지 구분을 할 수 없는 이상야릇한 물체는 어머니를 따라와 있었다.

가까이 다가온 물체에서 나오는 빛은 아름다웠으며 그에게서 풍겨져 나오는 향기는 오월 아침에 처음 핀 장미에서 뿜어져 나오는 향기같이 달콤했고 마음을 충동시키는 짜릿한 기류가 육체의 깊은 곳을 건드렸다. 빛에 취해 몸은 짜릿한 전류가 흐르고 정신이 혼미할 즈음에 빛은 어머니를 두루마기로 감쌌고 어머니는 정신을 잃었다. 아버지가 잠자고 있는 곁에서 두려움 반 기쁨 반으로 빛을 받아들였는데 깨어난 후에도 아쉬울 정도로 행복했다.

열 달 뒤에 형이 태어났고 그 후 십이 년이 지나 비슷한 꿈을 꾸고 아기를 낳았는데 몸이며 얼굴이 일란성 쌍둥이 같이 닮았다. 이야기를 들은 사람들은 어머니의 태몽을 현실로 받아들이는 사람도 있었다. 형도 나도 아버지는 하늘에서 내려온 외계인인 줄 나이가 들어서까지 그렇게 알고 있었다. 어머니는 형과 작은아들을 하늘에서 주신 귀한 자식이라 소중히 키웠지만, 형은 온전치 못했고 나는 장난꾸러기로 어머니 마음을 항상 불안하게 했다.

형은 나이가 들어서도 말투는 네댓 살 아이에서 벗어나지 못했고 사람들이 알아듣지 못하는 말로 주절거렸다. 나이 많은 사람들은 형의 유일한 언어 발음 중 바르게 알아들을 수 있는 소리는 "어이. 그래. 왜." 뿐이지만 이 소리 때문에 사람들이 꺼리는 줄 몰랐고 또래들도 행동이 부자연스럽고 언어에 혐오감을 느끼는지 어울리지 않았다.

세상 물정 모르는 아이들과는 어울렸지만, 그들이 나이 들어 철이 들면 떠났고 떠난 아이들보다 어린 아이들이 동무가 되었다. 아이들의 부모는 형과 가까이하지 못하도록 여러 가지 방법을 동원했지만, 아이들은 그들에게 고분고분 말을 들어주는 형을 노리개로 이용했다. 나이 들어서까지 형의 보호자가 되고 형의 동무가 되어 함께 다닌 사람은 나 혼자뿐이었다. 내가 없을 때 형은 아이들의 놀림감이 되었고 어른들은 피했다.

사람들로부터 배척당하던 형이 외로웠던지 실없는 사람 같이 혼자 중얼거리며 나무와 이야기했고 꽃과 이야기하고 심지어 돌과 이야기했다. 사람들은 형의 말을 이해하지 못했지만, 어머니가 보호자로 형을 따라다니게 했던 나는 형의 말을 어설프나마 이해할 수 있는 귀가 열렸다. 짐승뿐만 아니라 나무나 풀과도 이야기했으며 나무가 열매를 맺으며 열매와도 이야기했다. 사람들은 등신이라 저런다고 했지만 나는 형을 사람들이 생각하는 등신이 아니며 따돌림을 당할 외톨이가 아니라는 생각이 들었다. 곤충들과 어울렸고 개울에 가면 게나 가재와도 친구처럼 놀았다. 나비와 춤을 추고 매미와 노래했다. 소나 돼지, 염소 같은 가축은 형의 말을 따랐고 뱀 같은 파충류는 형을 보고 달아났다.

동네 사람들은 형이 사물을 대하는 태도를 얕잡아 보고 등신육갑한다며 조롱했지만, 형과 같이 지나는 시간이 길어질수록 형이 정말 모든 사물과 통한다는 생각이 들었다. 형은 생명이 있는 동식물뿐만 아니라 불이나 물이나 바람까지 일으키기도 하고 잠재우기도 하는 신의 아들이기에 말이나 행동이 다를 수 있다고 생각했다.

한 시도 떨어지지 않고 형과 함께 지나다 보니 사람들이 알아듣지 못하는 형의 말이 익숙해졌다. 형의 행동이나 언어가 사람들에게는 머저리 같고 모자라게 보일지는 모르지만, 점차 눈과 귀는 형이 자연을 다스리는 대단한 인물로 보였다. 보통 사람들의 언어에서 벗어났지만, 형의 말이 재미있어 형의 말을 따라 하다 어머니에게 회초리로 맞기도 했다.

형의 중얼거리는 소리는 사람들이 알아듣지 못하는 방언이었다. 스님이 목탁을 치며 염불을 읊조리는 소리 같기도 했고 형의 병을 고치기 위해 무당을 불러 집에서 굿할 때 무당이 읊조리는 소리 같기도 했다. 사람들은 형이 중얼거리는 소리를 병신 육갑하는 소리라는 사람도 있고 어떤 사람은 정신 성장이 되지 않은 소리라 했다. 어떤 사람들은 형의 전생에 사람이 아니었을 것이라는 사람도 있고 짐승의 귀신이 붙어 파충류나 곤충의 말을 한다는 억측도 나왔다. 어머니가 타일러도 형은 듣지 않았으며 곤충류나 파충류와 통하는지 친구로 삼는 형을 보며 함께 지내는 나에게는 대단한 우상이 되었다.

형과 함께 뒷동산에 올라 무덤가 잔디 위에서 하늘을 보고 누워 있었다. 봄이 오고 있는 푸른 하늘은 싱그러웠다. 그 푸른 하늘이 반으로 갈라지면서 그 사이로 장난감 같은 원반 비행체가 빛을 빤짝이며 우리 쪽으로 내려왔다. 점점 가까워지면서 자동차 크기로 변하더니 집채 같은 크기로 변해 우리가 누워 있는 무덤가에 내려앉았다. 원반 안에서 머리가 스르르 빠져 입을 벌리는 것처럼 벌어지며 승강장이 만들어졌다. 안으로부터 하얀 두루마기를 걸친 사람이 지휘봉 같은 막대기를 들고 나왔다. 의젓하고 풍채가 좋았으며 점잖아 보였고 자세가 곧았다. 형 쪽으로 얼굴을 돌렸는데 형이 없었다.

형이 없어진 것을 보고 두리번거리며 다가오는 사람을 쳐다보니 어느 사이에 비행체에 올랐는지 형이 승강장에서 내리고 있었다. 형이 웃으며 다가와 손을 잡고 일으키는데 그 움직임이 민첩하고 정확했다. 형이 나를 품에 안더니 오랜만에 만난 사람같이 얼굴을 맞대고 비비며 손을 잡고 앞장서서 비행체 안으로 안내했다.

비행체 안은 넓고 막힘이 없었으며 눈을 뜰 수 없을 정도로 밝았고 한 번도 보지 못한 새로운 천지가 있었다. 복장만 다르지 땅에 사는 사람들과 동물과 곤충들이 바쁘게 움직이고 있었다. 평소에 보아오던 가축과 곤충들이 사람처럼 말을 하고 형과 내가 지나가는 곳에서는 형에게 정중히 인사를 하며 높은 사람을 대하듯 경의를 표했다.

하늘에는 구름과 산도 있었으며 평야도 있어 땅이나 다름이 없었다. 멀리는 수평선이 보였고 가까운 산에는 울창한 밀림이 보였다. 형이 손을 잡고 길 위에 올라서니 길이 스스로 공중에 떠서 구름 사이를 날았다. 아래로는 산림이 있고 정리가 잘 되어있는 밭과 논도 있었다. 하늘에 올라 집을 생각했더니 집 앞에 있었고 주위는 이전이나 다름이 없는 우리 동네였다. 형이 돌아다니면서 종이 박스며 깡통 등 재활용품을 수거해 불우 이웃을 섬기던 고물상도 그대로 있었다. 지체 장애인들과 한 끼니를 위해 종이 박스며 고철들을 수집해 일용할 양식을 장만하던 사람들만 있던 곳이다.

허름한 옷에 가난에 찌들어 있던 사람들이 깨끗한 옷을 입고 고급으로 보이는 물품을 분리하고 있었다. 한 번도 사용하지 않았던 장신구며 신발이며 명품 옷과 그림 등이었다. 귀한 물건을 분리수거장으로 가져오는 사람들은 물품의 주인들이라 했다. 세상에 아무것도 가지고 가지 않았던 자들이 자기 것인 줄 착각하고 쓰지도 않고 쌓아 두기만 했던 물품들이며 사용하지도 않은 물품을 창고에 쌓아 두었던 것이라 했다. 분리하는 사람들은 쓰지 않는 물품을 쌓아 두었던 사람도 함께 폐수집장으로 던져지고 있었다. 칼집이 은으로 된 조그마한 칼이 있어 몰래 주머니에 감추었다. 형이 막대기로 그들을 가리키니 쇳덩이가 하늘로부터 내려와 누르니 사람과 물품이 찌그러졌다. 어디에 사용할지도 모르는 칼을 주워 주머니에 넣었던 것으로 마음이 불안했는데 안심이 되었다.

형과 함께 방문하는 곳곳의 추장이나 왕들은 하나 같이 세상에서 소외되고 천시당하던 사람들이었다. 등신이 온다는 소식을 듣고 잔칫상을 차려 놓고 기다리는 마을도 있었다. 혐오스럽게 생각했던 뱀과 지렁이도 있었는데 우리가 평소에 쓰는 말을 했으며 생김새가 다를 뿐 행동이나 생각은 사람과 같았다. 사람들이 꺼리며 따돌리거나 멀리하던 사람들은 아름다웠으며 동화책 왕

자나 공주 같았다. 형은 이곳을 다스리는 왕과 같았으며 움직이는 모든 일이 손가락 하나로 실행되고 있었다.

바다로 가는데 바닷물이 갈라지고 바다에 들어갔지만, 숨이 막히지 않았으며 이때까지 보지 못했으며 들어보지도 못한 물고기들이 촌락을 이루고 있었다. 사람 같이 생긴 물고기도 있었고, 문어같이 발이 여러 개 있는 오징어도 있었으나 모두가 사람같이 말을 했다. 고래 등에 올라 바다를 거슬러 위쪽으로 올라가니 강에도 각종 물고기와 거북이 악어 등의 파충류들이 촌락을 이루고 사람에게 거부당하고 버림받던 동물들이었다.

형이 이곳의 왕이라는 것을 알자 우쭐한 마음이 들며 교만해졌다. 마을의 사열을 마친 형이 근엄한 얼굴로 왕과 통치자와 권력자를 소집했다. 형이 잠시 밖에 나가 있으라는 손짓에 밖으로 나왔다. 형과 지휘관들이 형의 권위를 믿고 주머니칼을 훔치고 우쭐하던 나를 두고 회의를 한다는 것을 알았다.

"처단하라 교만한 자는 동생이라도 처단하라."

회의가 끝났는지 형이 불렀다. 밖으로 나온 형은 지체가 부자연스러운 모습 그대로였으며 입에서 침을 흘렸다. 회의하던 사람들은 동생을 잡으라며 소리를 지르고 무서운 얼굴로 나를 잡기 위해 쫓아 왔다. 우쭐했던 마음은 사라지고 그들이 잡아 삼키려는데 다급한 마음에 칼을 찾는 데 없어 마음을 애태웠다. 깜짝 놀라 눈을 뜨니 잔디에 누운 그대로 있었고 잠든 나의 머리를 형이 손으로 토닥거리며 나를 깨우고 있었다.

산에서 급히 내려오는 길목에 한 사람이 우리 쪽을 향해 머리를 땅에 대고 엎드려 있었다. 형이 손바닥으로 사람의 엉덩이를 두들겼다. 그 사람이 얼굴을 들더니 놀란 눈으로 "신령님" 하며 우리 앞에 엎드려 큰절을 했다. 신령이 아니라고 말을 했지만, 그 사람은 신령님과 동자님 두 분이 하늘에서 내려오시는 것을 보았다며 바지를 잡고 매달리며 살려 달라고 했다.

형이 조용하라며 손짓해서 바르게 앉게 했다. 그때에야 바지를 놓고 맨바닥에 무릎을 꿇고 앉더니 자신의 형편을 설명했다. 의사로부터 사망 선고를 받은 말기 폐암 환자로서 깊은 산골로 들어가 맑은 공기를 마시며 죽음을 준비하고 있었다. 하루는 날이 저무는 시각에 사람이라고는 볼 수 없는 그곳을 지나가던 스님이 하룻밤을 지내고자 요청해 적막한 곳이라 반가운 마음으로 대접하고 자기는 죽음을 준비하는 이야기도 스님께 했다.

이야기를 듣던 스님이 어느 동내 어느 산 어느 지점에 가면 신령님이 계시니 만나 부탁하면 병이 나을 수 있다고 알려주어 스님이 가르쳐준 동내에 와서 산 이름을 대고 신령님을 만나려 동산에 오르는데 하늘에서 광채가 번쩍이는 것을 보고 정신을 차려보니 신령님과 동자님이 자기 앞으로 오는 것을 보았다는 것이다. 환상에서 보았던 이야기 같았지만 잘 못 보았다며 신령이 아니라 했지만, 형의 비틀어진 생김새를 보고도 막무가내로 신령님 살려 달라며 매달렸다. 형이 그 사람을 밀쳐 내며 "물러가라! 물러가라!" 소리를 지르는데 발음이 똑똑하고 분명했다. 형에게서 떨어져 나온 사람이 내 손을 꼭 잡고 동자님 살려달라며 매달렸다. 우리는 그 사람을 떼어내고 집으로 달려 내려왔다.

집으로 돌아와 이 모든 일들이 꿈이라 생각했지만, 형의 의젓한 품새가 꿈이 아니고 현실같이 생생했다. 형은 하늘에서 내려온 신령이라며 사람들에게 말하고 싶었지만, 너도 등신이냐며 조롱할 것 같아 꾹 참고 넘겼다. 동산에서 이상한 사람을 만나 신령이라는 말을 듣고 형이 '물러가라! 물러가라!' 또렷한 발음으로 말하는 것을 들었지만 정신을 차리니 형은 이전과 같이 그대로 말더듬이였고 달라진 것이 없었다. 그날의 사건은 나이가 들어서도 생생하게 기억이 났으며 형이 신령이라는 확신을 혼자만 가지고 지냈다.

얼마 지난 후에 형이 동내로 내려와 중얼거리며 사람들이 알아듣지 못하는 말로 소리를 지르며 아이들이 있는 집을 찾아다니기 시작했다.

"얼음이 풀리는 강에 가지 마! 내가 죽어. 강에 가지 마!"

나에게는 분명히 아이들이 죽는 것이 아니고 형이 죽는다는 말로 들렸으나 사람들은 형을 보고 "등신이 죽는소리를 왜 우리에게 해." 하며 들으려 하지 않았고 등신 소리쯤으로 넘겼다. 매년 얼음이 녹을 때쯤에는 얼음 위에서 놀던 아이들이 물에 빠지는 일이 발생하지만, 강은 깊지 않아 빠져 죽을 염려는 없었다. 익숙히 알고 있는 말을 하는 형을 보고 비아냥거렸다.

"등신이 미치기까지 했구나."

밥도 먹지 않고 날뛰던 형이 한계를 느꼈는지 쓰러졌다. 병원에 입원하고 형이 일어났으나 오히려 몸은 단단해졌고 부르짖는 소리는 여전했으나 누구 하나 형의 소리를 귀담아들으려 하지 않앉다. 자기 말을 들어주지 않는 사람들에게 항의하는지 입을 봉한 듯 말도 하지 않고 밥도 먹지 않고 물도 마시지 않고 넋 나간 사람처럼 아이들이 놀고 있는 강가에만 서성거렸다.

비행체 안에서 무슨 이야기를 들었고 그 말을 사람들에게 전한다고 생각했다. 어머니는 형의 행동을 잠재우기 위해 새벽마다 깨끗한 물을 떠놓고 치성을 드렸지만, 소리 지르는 것은 변함이 없었다. 어머니는 형을 앞세우고 사찰을 찾아 부처 앞에 빌기도 했고 무당을 불러 굿도 했다. 무당이 굿을 해도 중이 염불을 해도 효험이 없자 마지막으로 목사는 귀신을 쫓아내고 병도 고친다는 소문을 듣고 형을 앞세우고 교회에 나가기 시작했다. 그러나 목사가 기도를 해도 효험이 없었다. 한 번씩 강 쪽을 바라보더니 아이들이 놀이를 하러 강으로 가는 길목에서 아이들을 막다가 오히려 아이들에게 주먹으로 맞기도 했다.

어머니와 형이 교회에 나가고 얼마 후에 교회에서 부흥회를 한다며 외부에서 부흥사가 왔다. 찬송을 하고 기도를 하는데 형과 비슷한 말로 가슴을 치며 부르짖는 사람들이 있었다. 알아듣지 못하는 소리를 교회 사람들은 세상에서 쓰지 않는 하늘나라 말이라 했다. 기도하며 부르짖는 것은 하나님과 소통하는 것이라 했다.

형은 교회를 다니지도 않았고 하나님이나 천사도 귀신도 알지 못했다. 다만 사람들이 알아듣지 못하는 말로 누구와 소통하는지 중얼거렸다. 교회 사람이 말하면 하늘나라 말이고 형이 말하면 등신 씨 나락 까먹는 소리라 했다. 교회에서 부르짖으면 방언이고 형은 혼자 중얼거리니 등신 씨 나락 까먹는 소리였다. 그러나 한참 후에 두 말 모두가 다른 사람들이 알 수 없는 방언임을 알았다.

강물이 얼어있는 곳에서 아이들이 빙판 놀이를 하고 있었다. 형이 그들의 놀이를 막았으나 아이들은 말을 듣지 않았고 오히려 형을 밀치고 조롱하며 얼음 위에서 놀았다. 그러나 형은 아이들의 놀이에 눈을 떼지 아니하고 주의 깊게 살피고 있었다. 순간 얼음이 깨지면서 놀이를 하던 아이들이 물속으로 빠져들었다. 공사를 위해 강에 모래를 퍼내어 이곳저곳 깊이 파인 줄 알지 못했다. 형이 성하지 못한 몸으로 강물로 뛰어 들어 세 아이를 구조하고 남은 한 명마저 밖으로 밀어내고 형은 물속에 잠겨 나오지 않았다.

형이 물에서 나오지 않았다는 소식을 들은 어머니는 형의 이름을 부르짖으며 강을 헤집고 다녔고 경찰과 동네 사람들이 총동원 되어 찾았지만, 결국 형을 찾지 못했다. 사람들은 형이 위험을 알리고 아이들이 죽는다는 말을 사람들은 등신 씨 나락 까먹는 소리라며 들으려 하지 않았다. 자기 몸 하나 챙기지 못하던 형이 어디서 힘을 얻었는지 아이들을 살려내고 실종자가 되자 사람들은 '의인이다' 라며 등신을 의인으로 받들고 교회 사람들은 아이들을 위해 목숨을 버린 의인은 천국에 갔을 거라며 어머니를 위로했다.

그러나 어머니는 살아있을 거라며 형을 찾아 강을 헤매었다.

어머니를 따라 형이 죽지 않았으며 어디쯤에는 있을 것이라는 생각에 형을 찾아 강변을 헤집고 다녔다. 동네 사람들이 포기하고 집으로 돌아가고 탈진한 어머니가 구급차에 실려 간 후에도 형을 찾아야 한다는 일념으로 혼자 강을 헤집고 다녔다.

탈진 상태에서 움직임이 둔해질 때쯤 물이 회오리치더니 밝은 빛이 몸을 감싸는 느낌을 받았는데 빛은 낯설지 않았고 동산에서 본 비행체가 보이고 비행체에서 강한 감동이 느껴졌다. 형의 의젓하고 무게가 있던 동산에서 본 모습으로 다가왔다. '형! 형을 찾다가 어머니는 구급차에 실려 갔는데.' 말을 하는데 혀가 굳어 말이 나오지 않았다. 말하려 애쓰는 것을 보고 형이 말했다.

"한 번 태어나면 가는 길을 갈 뿐이며 너도 나를 따라올 것이니, 나를 만났다는 말은 입 밖에 내지 마라."

형이 생전과 같은 발음이 아니었다. 발음은 똑똑했으며 몸도 비뚤어지지 않았다.   형이 손을 내밀자 물 위로 떠올랐다.

물 위로 떠오른 것을 사람들이 병원으로 옮겼다. 경찰이 동원되고 온 동내가 그물 치듯 형을 찾았지만 끝내 형은 찾지 못했다. 경찰과 사람들이 그물망을 치고 수색을 해도 찾지 못하자 실종자로 남겨두었다. 사람은 물귀신이 형을 데려갔을 거라는 사람도 있고 경찰은 해동이 되면 시신이 떠오를 것이라며 강물이 풀리기를 기다렸다.

접시 비행체를 타고 그곳에 가서 세상에서 바보로 천시 당하던 사람들과 사람들의 먹잇감이 되었던 동물들과 행복하게 살기 위해 떠났다는 생각이 들었다. 등신이라 불리던 사람이 아이 네

명을 구하고 강에서 나오지 못하고 실종된 의인의 보도가 신문에 실렸고 그 옆으로 미확인 비행체가 강 위에 나타났다는 보도도 실렸다.

어머니의 허약해진 기력을 회복하도록 보살피고 있었다. 승용차를 타고 한 사람이 형을 찾아 왔다. 말끔하게 차려입은 신사가 나에게 큰절을 하고 자기를 알아보겠느냐고 물었다. 동산에서 만났던 때와 판이하게 다른 모습에 알아보지 못했다. 신사는 자신을 소개하며 남산에서 동자님을 만났고 신령님이 '물러가라!'는 소리에 동자님의 옷자락을 잡았는데 병이 회복되었다며 형의 죽음에 대해 자세히 물어보았다. 형이 물에 빠진 사람들을 구하고 행방이 묘연하다고 말하자 어머니를 찾아뵙고 위로하고 떠나면서 명함을 주는데 화가 누구라 적혀 있었다. 그림을 그리는 사람이었다. 어머니에게 나를 가리키며 귀하신 분이시니 존귀하게 잘 대우하시라는 말을 하고 떠났다.

얼음이 풀리고 갈대밭에서부터 강 하구 바다 아래까지 찾았으나 형의 시체는 찾을 수 없어 미제 사건이 되었다. 사람들은 먼 바다로 흘러갔을 거라 말했다. 그러나 나는 기진하여 쓰러질 쯤 나타났던 형이 비행체를 타고 하늘나라로 떠났다는 것을 믿었다. 그러나 비행체에서 형을 만났다는 말을 입 밖에 내지 않았다. 형이 말하지 말라고 하였으며 사람들이 등신 동생답다며 조롱할까 입을 다물었다. 형과 같이 두 번이나 꿈에서 혹은 환상에서 보았던 접시 비행체와 신비한 체험이 현실 같아 마음에 항상 따라 다녔다.

신을 찾아 나서다

하나님이 누구인지 예수가 누구인지 알지도 못했지만, 어머니를 따라 교회를 출석하며 성경을 읽었다. 청년이 되어서야 성경 말씀도 하나님이 직접 기록한 것이 아니며 사람이 하나님의 감동을 받아 기록한 글이라는 것을 알았다. 신을 접하고 성령의 감동을 받은 사람들이 기록한 글이라는 것을 알게 되었다. 천사도 있었고 사탄도 있었으며 귀신과 악령도 하나님의 지배하에 있어 하나님의 사역에 동참하고 있었다. 사람들이 등신이라 하찮게 여기던 형도 신과 접속하고 신에 감동되어 예언을 하고 동물들과 대화를 나누었던 것이다. 그러나 사람들은 형을 함부로 지껄이는 하찮은 사람으로 거부감을 가졌다.

기록된 선지자들의 글이 사람들을 감동시키고 말씀이 확장되어 많은 신도들을 거느린 집단은 종교로 발전되어 세계를 움직였다. 신과 직접 접속한 사람이 형처럼 말하고 깨달은 것을 사람들에게 말해도 추종하는 사람이나 기록하는 사람이 없었다면 성경도 없었을 것이다. 형에게 귀신 들렸다며 형을 안수하고 귀신이 물러가도록 목사가 기도했지만, 귀신은 떠나지 않았고 강에 빠져 시체도 찾지 못했다. 사람들은 사람이 죽어 귀신이 되었다고 했다. 그 귀신도 하나님을 알고 예수를 보고 하나님의 아들이라 했는데 교회에서는 하나님만 신이고 천사는 하나님의 전령이지만 귀신은 악이라며 가르치는 교회가 싫어졌다.

세계를 움직이는 종교도 처음에는 형과 같이 박해를 받았다. 유대인들도 보이지도 않고 만져지지 않고 숨으신 것 같은 하나님을 믿거나 따르기를 부정하며, 출애굽 시대 때는 금 신상을 만들기도 하고 사사 시대에는 아세라 바알 등의 목상을 만들어 섬겼으며 수많은 우상을 만들기도 했다. 믿음의 조상이라는 아브라함도 만물을 창조하시고 다스리시는 보이지 않는 여호와 하나님을 하나님으로 섬기다가 고향에서 배척을 당하고 고향을 등졌다. 유대인들이 믿는 모세의 율법에는 제사를 지내고 죄를 사했는데 목수의 아들인 예수가 하나님이라며 자신을 믿는 자는 죄 사함을 받는다고 했지만 예수는 박해를 받아 십자가에 못 박혔다.

하나님도 시대에 따라 진보하면서 변하고 있었다. 사람이 처음 영안의 눈이 뜨이고 신과 접속으로 깨달았던 선지자의 말씀을 원시 종교라 했다. 새로운 시대에 새로운 사람들이 이전 말씀을 조금씩 변형시키면서 종교로 발전시켜 지금에 이르렀다. 그러나 시대가 변해도 변하지 않는 원시 종교를 찾으면 무속인들이다. 그들은 어느 법전에 매달려 진리니 거짓이니 따지지 않고 그들의 마음이 움직이는 대로 솔직히 말했으며 사람들의 고민인 미래를 예언한다는 생각이 들었다.

형도 순수한 원시 종교의 원형을 시행했다. 아마 형이 신에 대한 학문이 있었더라면 형의 어리석음은 신으로서의 품격을 인정받았을 것이다. 형은 동식물을 가리지 않고 마음과 마음을 서로 주고받으며 얕은 강에서 사람이 빠져 죽을 수 있다는 예지를 가짐으로써 새로운 교주가 되었을 것이다. 미확인 비행체에서 지능이 월등한 외계인들과 함께 미래를 예측했으며 사람들은 보지 못하고 듣지 못해도 나무와 풀과 가축과 짐승과 대화를 나누면서 교통했다. 장애인으로 세상에서는 저주받은 사람이라 배척당하고 무시당했지만 죽어 의인이 되었고 등신으로 멸시와 천대를 받던 형이 접시 비행체를 타고 떠났다. 세상에는 수많은 교주들이 생겨 자신이 하나님이라고 하는데 형은 등신으로 살다 의인으로 사라졌다.

세상을 조금 알 때쯤 하나님이 싫은 것이 아니라 보여 주지도 않고 어떤 표적도 나타나지 않는 하나님이 믿어지지 않았다. 말씀으로 육 일 만에 천지를 창조하고 처녀가 아이를 낳고 죽은 자가 사 일 되어 몸이 썩어 냄새가 나는 사람이 살아나고 눈을 뜨라는 한 마디에 봉사가 눈을 뜨고 뱃속에서부터 앉은뱅이로 태어난 사람이 예수의 이름으로 일어나라는 말 한마디에 일어서는 것이 믿어지지 않았다.

꿈이지만 미확인 비행체 안에서 다른 차원의 세상을 보았고 그 꿈을 뒷받침하듯 우리 형제를 신령님이니 동자님이니 하던 사람이 질병이 나아 직접 찾아 왔던 사건에 비하면 성경은 야사에서 나올 법한 이야기라는 생각이 들었다. 성경에 나오는 표적과 기사는 상상에서나 나올 법한 이야기라는 생각이 들어 젊음을 여기에 걸고 싶지 않았다.

나이가 들어갈수록 교회보다 어머니의 태몽이 마음을 사로잡았다. 꿈은 예시를 하고 예언을 했다. 어머니가 태몽으로 보았던 미확인 비행체의 신선 이야기와 어리석어 등신이라 불리던 형이 동물뿐만 아니라 식물과도 대화했다. 이를 뒷받침하기라도 하듯 꿈같기도 하지만 우리가 모르는 다른 세상이 존재하며, 그곳에서 형이 능력자가 되어있던 비행체 안의 기억과 우리 형제를 하늘에서 내려오는 것을 보았다며 신령님이라 매달리던 암 환자가 형을 만나고 암이 완치되었다며 집으로 찾아온 사실은 해석이 되지 않았다.

사람과 동물이 숨을 쉬고 먹고 마시며 살아가는 세상 외에 다른 차원의 세계가 있으며 거기에 초월자가 있다는 생각이 들었다. 어머니의 태몽은 꿈이라기에는 현실에 가까웠고 형의 등신 행동은 신이 사람들의 눈을 속이기 위해 등신 노릇을 했다는 생각이 들었다. 신선을 만났다는 어머니의 꿈에 생각이 미치자 어머니의 꿈은 진실 같이 선명하게 머릿속으로 파고들어 왔고 자신이 죽는다는 형의 예언은 자기의 희생으로 마감이 되었지만 예언한 대로 일어났으며 알아듣기 불편했던 형의 말들은 어떤 예지의 말로 여겨졌다. '내가 강에서 죽는다'고 외치는 소리를 사람들은 듣지 않았고 스스로 희생하면서 아이들을 살려냈고 죽은 뒤에는 의인으로 칭송을 받았다.

형과 함께 지내면서 일어난 사건들을 되풀이하여 생각해 보니 우리가 살지 않는 다른 차원이 있고 우리보다 월등히 앞선 생명체가 있으며 세상을 움직이는 초월자가 있다는 확증이 들었다. 특히 어머니 꿈에 나타났다던 신선이 마음을 사로잡았다. 참 아버지는 비행체를 타고 하늘에서 내려와 형과 나를 세상에 남겼다는 생각이 강하게 마음을 움직였다.

예수도 삼십 년 동안 자신이 신인지 알지 못하고 아버지 요셉을 도와 목수 일만 했다. 삼십 년이 지나서야 세례 요한으로부터 세례를 받고 '이는 내 아들이라' 라는 하나님의 말씀으로 신으로서의 능력을 인정을 받았으며 기적과 이적을 행했다. 형과 나도 메시아와 같이 신령의 아들로 태어났는데 행동을 취하지 않는다면 영원히 등신 동생이라는 딱지를 붙이고 살아갈 것 같았다.

누가 알아주지도 않는 신의 아들이라는 상상에 마음이 쏠려 집을 나서게 했다. 하늘에서 내려온 아버지를 찾아 형에게 주셨던 예언의 말씀을 듣고 신이 되기 위해 나섰다.

신을 찾아 신이 되겠다고 떠나는 아들을 어머니는 신은 하나님 한 분 외에는 없다며 설득했지만 매정하게 뿌리쳤다. 신에 대한 지식이라야 교회에서 말하는 보이지도 않는 하나님과 사람의 손으로 깎아 만든 부처상과 어머니의 태몽 꿈에 나타난 신령인 아버지뿐이지만 이들의 실체를 찾아 떠나기로 했다. 신을 찾아 신이 있다는 곳은 어디든 가기로 마음을 정했다.

신은 귀신이나 마찬가지로 보이지 않지만, 하늘과 땅에서 지혜를 갖춘 우월한 자일 것이며 귀신을 다스리는 신은 그의 부하인 귀신들과 함께 있을 것이라는 생각이 들었다. 처음에는 공동묘지나 화장터 주변과 주검이 있는 귀신이 있을 법한 곳에 자리를 마련하고 짧게는 며칠씩 길게는 몇 주를 두려움 속에서 견디며 신선인 아버지를 묵상하며 지냈다. 비행체를 타고 세상에 내려오신 아버지와 등신에서 의인이 되어 하늘로 오른 형을 묵상하며 찾았지만 아무런 징조도 보이지 않았고 소리도 들리지 않았다.

귀신을 부른다는 무당들이 신내림을 받았다는 지역을 맴돌았으며 종교인들이 촛불을 켜고 기도했던 바위틈에 들어가 기도처로 삼아 밤을 새우며 몇 날을 묵상하며 지내기도 했다. 스스로 자신이 신이라거나 선지자, 혹은 메시아라는 사람들이 자신의 도를 펼치는 곳에 찾아 가보았지만, 그들의 말은 구름을 잡는 말로 그들의 신들도 보여 주지 않았다.

어떤 곳은 진실하지 않고 허황된 말 같은데도 듣고 믿는 사람들이 모이는 것을 보면 이상할 정도였다. 수많은 사람들이 모여드는 교회에서 목사의 설교를 들어보았지만, 어느 교회나 비슷했고 사찰에 가서 설법도 들어 보았지만, 신에 대한 해석은 모두가 애매모호하며 내가 원하는 답은 내어놓지 못했고 실망만 커져갔다.

신을 보았다고 말하는 사람들을 관찰해 보았다. 신을 가르치거나 신을 따르는 사람들 중에 한 사람도 신을 본 사람은 없었으며 간혹 신을 만났다는 사람을 찾아가서 그들의 이야기를 들어 보면 꿈이나 환상으로 보았다지만, 그들이 신과 공유했다는 근거는 바람을 잡는 것 같았다. 그들 역시 죽지 않은 사람이 저승 이야기하는 것 같이 스스로만 느끼는 감정으로 황당한 말 잔치뿐이었다.

수많은 스님과 점술가와 무속인들을 찾아 신에 대한 질문을 던지고 답을 찾았지만, 그들도 접하지 못한 신은 보여 주지 못했다. 생명을 주신 신을 찾아 신이 있다는 곳을 어디든 찾아다녔다. 그들이 신이라는 신상들은 말이 없었고 몇천 년이 지나도 움직이지 않았으며 녹 쓸고 색이 변해 그 자리에 있었다. 자신이 신이라는 사람도 평범한 인간에 지나지 않았다.

종교의 창시자들은 스스로 고행을 했으며 스스로 고난을 극복했다. 인적이 없는 깊은 산골짜기에 기도처를 마련하고 묵상에 들어갔다. 성인들이 고행을 하듯 물과 공기만 마시며 금식하고 신을 만나기 전에는 일어나지 않겠다는 마음가짐으로 깨끗하고 정갈하게 음식으로부터 육체를 괴롭히며 묵상에 들어갔다.

먼저 왔던 성인들의 말씀을 묵상하고 한편으로는 어머니께 왔다는 신령을 아버지라 부르며 등신 형을 우상으로 묵상했지만, 바람 한 점 대답해 주지 않았고 뱃속은 등짝에 붙었다. 막노동으로 생활비를 마련했지만 이마저 포기하고 음식으로부터 자신을 괴롭힌 눈에는 귀신도 아니고 잡신도 아닌 김이 오르는 어머니가 끓여주던 구수한 국물이 보이기 시작했다.

어머니가 말씀하신 신령 아버지도 나타나지 않았고 귀신도 나타나지 않았으며, 먹지 않아 죽기 직전이 되었다. 삶이 무엇인지 삶에 대한 애착심이 생겼다. 생명이 무엇인지 죽는다는 생각이 들었고 삶을 단념할 수 없다는 생각이 꿈틀거리기 시작했다. 들풀 하나에서부터 몇백 년 된 나무와 작은 개미 한 마리부터 만물의 영장이라는 사람까지 누군가가 생명을 주어 살다가 생명이 다하면 죽는다. 생명을 보존하기 위해 살기로 마음을 바꾸었다.

살고 싶다는 자신도 어디서 왔는지 알지 못하고 생명의 귀중함만 깨닫고 개울에 가서 물 한 모금 마시고 짐을 챙기며, 신을 찾는 방랑의 끝을 맺었다.

나에게 생명을 주셨다는 신을 만나 신이 되고자 떠났다가 먹지 않으면 죽는다는 것만 깨닫고 죽을 고비를 몇 번 넘기고 집으로 돌아왔다. 큰아들을 잃어 슬픔으로 밤을 새우시던 어머니였다. 둘째 아들마저 신을 찾아 신이 되겠다는 억지를 부리며 집을 떠나겠다는 말에 애원하듯 말리시던 어머니는 아들이 노숙자가 되어 돌아왔지만 반겨 주었다. 동네 사람들의 등신 동생답다는 차가운 눈총에 다시 외지로 떠나고 싶었지만, 어머니의 만류로 사람들의 조롱으로 배를 채우고 귀를 막고 등신 동생이 되기로 마음을 다잡았다.

어머니는 열심히 교회에 출석하고 있었다. 온전하지 못해 더욱 사랑을 쏟았던 아들을 잃고 혼이 나간 어머니가 이번에는 온전하던 아들이 신이 되겠다며 구름을 잡으러 떠났다. 두 아들을 잃은 어머니는 하나님을 접하게 되었고 새벽마다 교회에 나가 하나님께 매달렸다. 살아있는 아들이라도 마음을 돌려 집으로 돌아오기를 기도했다.

새벽을 깨우고 아들을 위하여 기도하던 어머니가 성령님의 도움으로 예수를 만났으며 어머니는 아들이 돌아오자 예수를 믿으라며 자연스럽게 교회로 이끌었다. 어머니를 편하게 할 수 없었던 송구한 마음에 내키지 않았으나 조금이나마 어머니의 마음을 편하게 해드리고 싶었다. 무심히 듣는 말씀은 예나 다름없이 귀에 들어오지도 않았고 목사님의 설교는 이전이나 지금이나 변함없는 것 같았다. 어머니의 마음을 조금이나마 위로하기 위해 교회에 출석하고 있었다. 멀리 계시지 아니하시고 정하신 자에게 귀를 열게 하시어 듣게 하신 하나님께서 믿음의 은혜를 내리셨다.

'원수를 사랑하라. 너를 미워하는 자를 선대하라. 너를 저주하는 자를 위하여 축복하라. 너를 모욕하는 자를 위하여 기도하라.' 사랑은 오래 참고 사랑은 허물을 덮어주고, 사랑은 자신의 목숨도 아끼지 않는 사랑의 말씀에 귀가 열린 날이 은혜의 날이었으며 하나님이 긍휼을 베푸시는 날이었다. 이 크고 위대한 말씀이 하나님임을 깨닫게 했다. 어머니를 힘들게 했던 참회의 눈물이 흘러내렸다.

내 것이라 생각했던 자신의 육신도 마음대로 다스릴 수 없는 미약한 피조물임을 깨달았다. 보이지 않는 작은 병균이 몸에 들어와도 막을 수 없으며 항상 먹고 마시고 소화 시킨 배설물까지도 자신의 마음대로 다스릴 수 없는 미약한 존재임을 깨달았다. 태어나고 죽고 사는 모든 것이 하나님의 은혜임을 알았다.

성경은 '의인은 없나니 한 사람도 없다'고 하셨다. 죄를 깨닫고 속죄를 드리거나 회개의 기도를 하지만 돌아서면 죄를 범하는 것이 인간이라는 것도 알았다. 사도바울은 '오오라 나는 곤고한 사람이로다. 이 사망의 몸에서 누가 나를 건져내랴. 우리 주 예수 그리스도로 말미암아 하나님께 감사하리로다. 그런즉 내 자신이 마음으로는 하나님의 법을 육신으로는 죄의 법을 섬기노라.'(롬 7:24.25) '그는 근본 하나님의 본체시나 하나님과 동등됨을 취할 것으로 여기지 아니하시고 오히려 자기 몸을 비워 종의 형체를 가지 사 사람들과 같이 되셨고 사람의 모양으로 나타나사 자기를 낮추시고 죽기까지 복종하셨으니 곧 십자가에 죽으심이라.'(빌 2:6~8) 인류의 죄를 혼자 담당하시고 그 이름을 부르는 자는 구원을 받게 하셨다. 사람인 이상 죄를 범하지 않을 수 없는 죄인이 인류를 구원하기 위하여 세상에 오셔서 십자가를 택하신 분이 계셨다. '본체가 하나님인 예수님'(빌2:6)이 그를 통하지 않고 영생에 들어갈 자가 없다 하셨다.

자신이 신이 되겠다고 신을 찾아 어머니의 태몽에 나온 신선인 아버지를 찾아 광야를 헤맸던 오만하고 어리석었던 일들이 눈물을 흘리게 했다. 어머니의 마음을 위로하려 교회에 출석했던 것이 눈이 뜨이고 귀가 열리자 말씀이 들리기 시작했다.

창세부터 예언되었던 분이 약속대로 오셔서 성령으로 동정녀 마리아에게 잉태되어 사람의 옷을 입고 죄 없는 어린 양으로 제물이 되어 우리의 죄를 대신하여 십자가를 지시고 죽었다가 사흘 만에 살아나시고 하늘에 오르시면서 약속하신 대로 구름을 타고 강림하셔서 산 자와 죽은 자를 심판하실 사람이며 하나님이신 분이 계셨다.

하나님은 물로 포도주를 만드시고 물 위를 걸으시며 바다를 잠잠하게 하시고 물고기 두 마리와 보리 떡 다섯 개로 오천 명을 먹이시며, 또 사천 명을 먹이시고 남은 것이 열두 바구니가 되었다. 눈을 뜨라는 한 마디에 장님이 눈을 뜨고, 깨끗해지라는 한 마디에 문둥병이 나았으며 '달리다굼' 이라는 한 마디에 죽었던 소녀가 살아나게 하셨다. 넘실대는 바다를 꾸짖으시니 바다를 잠잠하게 하신 분이 하찮은 죄인을 찾아오셔서 마음의 문을 열게 하셨다. 하늘이 먹물이라도 글로써 표현할 수 없는 사랑과 은혜로 붙잡으셨다.

인류의 죄를 혼자 지시고 십자가에 죽으셨다가 사흘 만에 살아나시고 하늘에 오르시고 마지막 날 '주께서 호령과 천사장의 소리와 하나님의 나팔 소리로 친히 하늘로부터 강림하시리니 그리스도 안에서 죽은 자들이 먼저 일어나고 그 후에 우리 살아남은 자들도 그들과 함께 구름 안으로 끌어올려 공중에서 주를 영접하게 하시리니.'(데4:16.17) 선지자를 통하여 선지자가 예언한 마지막 날 다시 '세상에 오실 것을 기다리게 하셨도다.'(디2:13) 하나님의 본체시나 사람의 몸으로 오셨기에 분노하고 슬퍼했으며 배고픔도 아셨다. 오만했던 마음이 머리를 숙이게 했다.

태초에 만물을 창조하시고 다스리는 분이 계셨다. 작은 풀포기 하나에서부터 큰 나무까지, 작은 곤충에서 큰 동물과 보이지 않는 작은 균까지, 모든 생명의 주인은 한 분이시다. 죽을 때를 정하시고 종말의 마지막 날까지 예비하시어 종말 후 영생을 얻는 자도 있겠고 치욕을 당하여 영원히 부끄러움을 당하게 이미 정해 놓으신 분이시다.

　그분은 숨어 있는 것 같이 보이지 않고 만져지지 않으며 들리는 소리도 없지만, 그의 소리가 온 땅에 통하고 만물을 통치하시고 다스리시는 분이시다. 그의 종 모세가 '주의 영광을 내게 보이소서. 간청할 때에 네가 내 얼굴을 보지 못하리니 나를 보고 살자가 없음이니라.'(출 33:20) 하나님과 대면하여 말하는 것같이 하던 모세에게도 얼굴을 보이지 않으시고 보면 살 자가 없다는 하나님의 거룩함을 티끌 같은 피조물이 하나님이 되려 했다.

　하나님은 금이나 은으로 사람의 손으로 만든 것이나 칼로 조각한 것이 아니며, 하나님의 피조물인 해나 달이나 별이 신이 될 수 없으며, 오직 한 분 모든 만물을 창조하시고 다스리시는 분이시다. 사람이 꿈속에서 하나님을 만나고 환상으로 만난다지만 '나를 보고 살자가 없음이니라.' 한 마디로 하나님을 보았다는 말을 거절하신 분이시다. 그러나 '사람으로 혹 하나님을 더듬어 찾아 발견하려 하심이로되 그는 우리 각 사람에게서 멀리 계시지 아니하도다.'(행17:27) 가까이 계신다 하셨다.

　이적과 기적이 일어나지 않아도 살아계신 하나님을 믿게 하신 은혜로 감사하며 오직 한 분이신 하나님 아들의 가르침만 따르기로 했다. 성경을 읽을수록 믿어지는 것은 신의 감동을 받았다는 하나님의 아들 메시아의 말씀은 거짓이 없었으며 모든 예언의 말씀이 이루어지는 것도 말씀에 있었다. 두려워하지 말라. 겁내지 말라. 라는 소망의 말씀을 깨닫고 읽을수록 말씀에 생기가 있었고 삶의 용기를 주었다. '사랑과 공의와 정의의 하나님이시며 이를 깨달은 자를 기뻐하시는'(렘9:23) 하나님은 삶에 용기를 북돋우고 힘이 샘솟듯 일어났다. 무슨 일이든지 두려워하지 말고 믿고 행동으로 옮길 때에 소원하는 것은 이루어진다는 말씀이 새로운 도전으로 이끌었다. 교회에 열심히 봉사하며 어머니의 믿음을 따랐다.

교회에 열심을 내면서 신학을 공부하고 싶었다. 살아계시는 하나님께서 독생자 아들을 보내시어 죽기까지 하신 그분을 알기 위해 전도사 과정에 도전장을 내었다. 천국은 도전하는 자에게 주신다는 말씀을 믿고 기도하며 믿음으로 힘을 다해 공부했다.

기도와 묵상으로 수업에 전심을 쏟았다. 졸업할 때는 마음가짐이 달라졌다. 모든 성경은 십자가를 지시므로 완벽하게 완수하시고 죄로 인하여 죽을 수밖에 없는 티끌 같은 인간을 위하여 스스로 제물이 되셨다. 모든 인류를 사망에서 생명으로 구원하시려고 오시리라는 약속을 남기고 하늘에 오르신 하나님 말씀이 믿음으로 변화되었으며 믿음은 열정으로 변했다. 사탄 마귀도 존재하며 하나님은 사탄을 통하여 당신이 못하시는 일을 하도록 허락하는 것도 알았다. 생명의 말씀을 모든 사람에게 전하기 위해 사명을 다하기로 다짐했다.

무당을 전도하다

처음 부임한 교회 주위는 개발지역이 되어 어수선했고 교인들은 장애인들과 하루 벌어 살아가는 일용직 노동자들이 많았다. 교회는 천막을 방패로 바람을 막고 예배하고 있었지만, 사람의 훈기가 있었으며 가난하지만, 사랑이 있고 기쁨이 있었다. 서로를 아끼고 사랑하는 진실함이 있었고 활기가 넘쳤으며 친절하게 맞이했다.

열악한 교회는 은퇴를 앞둔 목사의 사례비도 제대로 챙겨주지 못했지만 부교역자가 없었던 교회는 열렬히 맞이해 주었다. 환경은 열악했지만 작은 것으로 만족할 줄 아는 사람들이었다. 아름다운 교제가 있었고 하나님이 이곳에 계신다는 생각이 들었다. 어려운 여건에도 생명을 살리는 전도의 열정은 어느 곳에서도 볼 수 없는 은혜가 넘치고 사랑이 넘치는 교회였다. 전도의 사명이 더욱 강하게 요동치게 했으며 복음을 전하기 시작했다.

근처에 신을 접한 여인이 신령한 능력으로 사람들을 미혹한다는 소문이 나돌았다. 인간으로 감히 행할 수 없는 신비한 일들이 벌어지며 사람들의 소원을 시원하게 풀어준다는 소문에 사람들이 정신이 홀려 인산인해를 이루고 있다는 소리가 교회까지 들려왔다.

신령의 능력이라지만 귀신에 사로잡힌 여인임이 틀림없었다. 무속인을 전도해 하나님께로 인도하고 싶다는 생각이 들었다. 전도의 열정은 무당이든 귀신이든 하나님 앞으로 전도할 것 같은 힘이 생겨났다. 신을 찾아 헤매던 이전의 열정이 이제는 전도자로서 인간을 계도하고 십자가의 도를 널리 전하는 전도자가 되려는 마음으로 변했다. 인간의 모든 욕구를 억제하고 십자가의 도만 전하기로 마음을 정한 후 어머니 태몽도 형의 행동도 비행접시도, 십자가를 경험하지 못했던 날의 상상이며 꿈이므로 잊기로 했다.

신접한 점술가가 불가사의한 힘을 발휘해 병원에서 의사가 죽는다는 진단이 내린 사람이 굿을 한 후에 질병이 몸에서 떨어져 나갔다는 소문과, 의사가 죽었다는 사람이 굿을 하고 혼이 돌아와 살아났다는 소문까지 나돌았다.

점술가의 최면은 과거와 미래를 넘나들며 경찰이 찾아내지 못한 범인을 찾아 체포하는 흥미로운 일도 세간에 떠돌았다. 사람이 모이는 곳에는 점술가의 이야기가 있고 점술가의 이야기는 거리에서 거리로 흘러넘쳤다. 어느 산에서 수도를 했는데 수도 중에 신령을 만나 신내림을 받은 무당은 하늘과 땅을 직접 다스리는 신의 딸이라고 했다. 귀신 들린 자에게 귀신을 쫓아내며 죽은 자의 넋을 불러들이고 귀신들을 노예처럼 부린다는 소문에 만나 보고 싶은 충동이 불같이 일어났다.

신은 한 분이시며 인간과 직접 대면을 하지 않으시기에 사람의 눈으로는 볼 수 없다. 성경의 예언의 말씀은 하나님의 성령을 받은 선지자들을 통하여 몇천 년을 두고 기록한 책이다. 성경에 하나님을 직접 대면했던 사람들이 나오지만, 꿈이나 환상으로 하나님과의 관계는 제한되어 있다. 하나님을 보게 되면 죽는다는 것도 하나님은 어떤 모양이나 물체로 이루어진 것이 아니지만 역사를 주관하시고 온 우주를 지배하시고 선지자를 통해 하신 말씀은 실행하시는 분이시다. 선지자를 통해 명하신 말씀을 실행하시는 하나님의 종은 당신의 일을 위해 선지자를 세우시되 목동이든 왕족이든 가리지 않으시고 성령으로 감동하게 하시어 하나님의 일을 하도록 하셨다.

귀신들린 무당이 사람의 혼을 불러 생명을 살린다지만 생명은 하나님의 것으로 참새 한 마리도 하나님의 뜻이 아니면 죽이거나 살릴 수 없다. 사람들이 신령의 딸이라며 공경하지만, 혹세에 사람을 미혹하는 황당한 무속인일 뿐이다. 신령의 딸이라는 말을 믿지 않지만, 신령의 딸이라는 무당을 만나보고 싶은 마음이 강하게 들었다.

하나님은 신이지만 귀신도 영물인지라 사람의 눈에 보이지 않으며 신령이나 귀신도 보이지 않는다. 세상을 어지럽히는 무당을 전도하려는 마음이 신을 접한다는 무당의 행위에 하나님을 향한 열정과 분노에 불을 붙였다. 무당을 만나 하나님 앞에 굴복시키고 바르게 살도록 인도하자는 주제넘은 마음으로 무속인의 집으로 향했다. 그러나 귀신을 보고 싶은 마음과 참으로 귀신이 활동하는지 여부를 알고 싶어서였다. 영험한 사람들은 귀신이 보인다지만 하나님이 보이지 않듯 귀신도 보이지 않을 것이라는 스스로의 생각을 굳게 내세우고 거짓을 알아내고자 하는 마음이었다.

무속인을 불러낼 수 없어 손님으로 가장해서 만나기로 계획을 세웠다. 무당이 유명세를 타서 그를 만나려면 예약을 해야 했다. 무속인 집으로 찾아가 접수를 하는데 놀란 것은 만나려면 삼 개월을 기다려야 했다. 어처구니없지만 접수를 하고 집으로 돌아와 기도하며 접수한 날을 조심스러운 마음으로 기다렸다. 예약한 날이 되어 무속인 집으로 갔으나 손님들로 만원을 이루어 시간보다 늦어졌지만 기다렸다. 어쩌다가 마지막 손님이 되었다. 사무를 보는 사람이 내일 일찍 오라 했지만, 오늘 꼭 만나고 싶었다. 사람들을 안내하는 직원이 손님을 받겠느냐고 무당에게 알아보고 나서야 방으로 들어갔다.

색욕 귀신

하루 종일 몰려오는 손님들로 무당은 잠시도 쉴 틈이 없었다. 자신의 영적인 신통력이 강하다고 믿고 점괘를 뽑지만, 점괘가 나오지 않을 때는 모든 정신을 오로지 신령님께 집중하고 주문을 반복 읊조려 신령님이 오셔서 마음을 감동시켜 주시기를 구했다. 주문을 읊조리면 마음으로부터 감동이 일어나고 무아경에 들어서면 신령님이 말씀을 주어 소리가 입으로 터져 나왔다. 신령님의 감동이 강하게 강림할 때는 자신도 무슨 행동을 하는지 알지 못할 정도로 황홀경에 빠져 헤맬 때도 있다. 넋을 불러 달라는 의뢰인들이 일정한 방향으로 나아가도록 하고 손님이 원하는 방향으로 넋을 부르면 그 넋들이 무당에게 입을 열게 했다.

자기 몸에 옮겨온 넋들을 통해 예언을 하면 손님들은 자기가 원하는 어머니, 아버지 영혼이 오셨다는 마음으로 공경하며 예언의 말에 순순히 따랐다. 자신에게서 나오는 예언은 신령님이 하지 않고는 할 수 없는 영역이다. 신령의 능력과 권능이 자신에게 임했다는 확신으로 두려움 없이 손님들에게 전해주고 치료하고 손님들의 소원을 풀어주었다. 자신의 영적 활동이 두렵기도 하지만 입을 열어 말할 수 있도록 도우시는 신령님이 두렵기도 했다.

손님들의 접견을 마감하는 시간이 되면 사무를 주관하는 보살이 벨을 눌러 끝났음을 알려온다. 보살을 신당으로 들어오게 하고 하루 일을 보고 받고 보살을 처소로 보낸 후 홀가분한 마음으로 하루의 일과를 마무리했다. 거추장스러운 장삼을 벗어 가지런히 걸어 놓고 가뿐한 마음으로 욕탕에 들어가 따뜻하게 물줄기를 맞는 순간 하늘을 나는 행복한 느낌이 든다. 샤워를 하고 소파에 앉으니 피로가 가시면서 스르르 눈이 감기었다.

비몽사몽간에 "구슬아, 구슬아." 부르는 소리가 들렸다. 선녀님이나 보살님이나 스님이라 부르는 사람은 있지만 이름을 부르는 사람은 없었다. 한 번도 아니고 두 번이나 이름을 부르는 것은 신령님이거나 급하게 알려야 할 일이 있는 넋이 부르는 것이리라. 옷매무새를 고치고 바르게 좌정을 하고 "그대는 어디서 오신 누구시며 무슨 소식을 알리려 하시나이까." 아무런 반응이 없다. 문을 열고 밖으로 나가 보았으나 잔무 처리를 마친 보살은 숙소로 갔을 터이며, 평상시나 마찬가지로 암자는 조용했다.

신령님도 아니시고 넋도 아니고 사람도 아니면 잘못 들었다는 생각에 다시 자리에 앉으려는데 "구슬아, 구슬아." 또 부르는 소리가 들렸다. 무당의 이름을 부르던 사람은 이전에 공양하던 아버지로 모시던 스님과 고아원 언니들 외에는 없다. 그러나 스님은 세상을 떠난 지가 오래되었고 고아원 언니들도 중이 되고 난 후에는 소통이 있었지만, 무당이 된 후로는 발길을 끊었다. 손님들에게 붙어 재앙을 일으키던 한 맺힌 넋들에게 좋은 음식으로 제사하고 굿으로 기쁘게 하여 저승으로 돌려보내면, 손님들도 가벼운 마음으로 자신들의 집으로 돌아갔다. 무당은 넋들로 예지해 주는 말을 한마디라도 더 들으려는 손님들에게 그들이 원하는 넋을 불러 전하느라 피곤한 하루를 보냈다.

어떤 때는 무아경이나 생전에는 불러도 아무런 영감도 주지 않던 넋들이 굿이 끝난 뒤에 도착해 꿈에 나타나기도 하고 억울한 일을 당한 귀신이 부르지도 않는데 나타나 잠을 못 들게 피곤하게 할 때도 있다. 이럴 때는 잡귀를 쫓아내는 주문을 읊조리면 스스로 잡귀들은 떠나고 편히 잠들었다. 영면에든 넋들을 불러 괴롭혔다고 원망하는 귀신이려니 생각했다.

마음을 정갈하게 하고 눈을 감고 잡귀를 쫓아내는 주문을 읊조리려는데 세 번째 "구슬아, 구슬아." 하고 불렀다. 이번에는 무당이 알고 있는 목소리다. 토굴에서 헤어지고 확인할 수 없던 신령님의 목소리다. 반가운 마음에 "신령님 내가 여기 있나이다. 말씀하옵소서." 그때야 방안에 불을 켜듯 물체의 윤곽이 드러났다.

도륙이 코끼리를 탔는데 코끼리는 집체만 하고 코는 길게 늘어졌고 눈은 보이지 않을 정도로 작았으며, 하얀 앞니 두 개가 특별히 길었다. 등에는 황금 비늘 안장을 걸쳤으며 꼬리가 말려 있었고 입에는 빛을 품어내고 있었다. 황금빛 안장 위에 예전과 달리 두루마기가 아닌 서양식 연미복을 차려입고 의젓하고 당당하게 신령이 앉아 계셨는데, 이전부터 이때까지 쳐다보지 못했던 신령의 얼굴이 또렷하게 보였다. 코끼리의 발이 공중에 떠 있는지 소리 없이 스르르 다가왔다. 다가온 신령의 품에는 은빛 사향노루 한 마리가 안겨 있었다. 코끼리와 사향노루를 보고 뒤로 물러서려는 구슬에게 신령이 "네 아들이니라. 찾아올 터이니 놓치지 말라." 금빛 사향노루가 구슬을 향해 품 안으로 들어왔다.

한 번도 얼굴을 내밀지 않으셨던 신령은 토굴에서 저승에서 넋을 부르는 술법의 지식과 최면술을 남기시고 헤어졌지만, 제대로 얼굴을 보여 주시지 않으셨다. 굿이나 예언을 할 때 도륙의 초상화를 화가에게 부탁하여 그림으로 그려 기도하며 지혜를 구했다. 말씀만 예지해 주셨지, 꿈에도 생전에도 나타나지 않지만 분명한 것은 자신을 보살펴 주시는 신령이었다. 저승은 어느 곳에나 있기 때문에 어느 산중 어느 토굴에 계시는지 하늘로 가셨는지 알 수 없던 신령이 두루마기도 아닌 화려한 연미복을 입고 짧은 머리에 코끼리를 타고 은빛 사향노루 한 마리를 넘겨주며 이것은 내 아들이라 했다. "이는 네 아들이니라. 두려워하지 말고 놀라지 말고 놓치지 말라." 사향노루가 구슬의 품으로 빠르게 뛰어 들어왔다. 사향노루가 품으로 들어오자 야릇한 향과 쾌감으로 몸이 뜨거워졌다.

신령을 알현한 반가움과 사향노루가 풍기는 야릇한 쾌감과 황홀경에 빠졌던 환상에서 깨어날 때에 자신이 몽설을 했다는 것을 알았다. 온몸에 힘을 모아 굿을 하고 쓰러질 즈음 찾아오는 뜨거운 느낌이다. 그러나 신령과의 신내림 후 오늘까지 조물주가 인간뿐만 아니고 모든 동식물에게 내려주신 최고의 기쁨인 성적인 짧은 감동은 한 번도 일어나지 않았다. 젊음이 육체를 뜨겁게 할 때 이성이 보였지만 마음에 드는 사내는 구슬에게 빌붙어 살려 했고, 눈에 괜찮다 싶은 사내는 아내가 있어 혼자 살기로 했다. 사내에 대한 마음을 다잡은 후로는 쾌감을 느끼는 성욕은 일어나지 않았다.

환상에서 깨어난 구슬은 아침 일찍 일어나 목욕하고 몸단장에 신경을 평일보다 정성 들여 다듬었다. 정갈한 마음으로 도륙의 초상화 앞에 절하고 자리에 앉았다. 오전 내내 잡다한 손님들이 왔지만 이렇다 할 손님은 없었다. '짐승 꿈이로구나.' 속으로 생각하고 이성의 인연에 마음을 비우고 하루를 마감하려 했다. 자기로부터 오는 음란한 생각과 악한 정욕의 욕망을 버리면 마음은 편안함을 가진다. 은근히 닥쳐올 인연을 비우고 마음의 갈등을 버리면 머리가 가벼워진다. 그러나 욕망이 없으면 개인이나 세상은 발전이 없다. 사람들은 재물을 탐내다가 올무에 걸리고 명예를 가지려다 함정에 빠진다. 인생은 돈, 명예, 권력을 찾다가 어떤 사람은 성공하여 호의호식하고 어떤 사람은 망하지만 끝내 둘 다 아무것도 가지지 못하고 죽음으로 끝맺음을 한다.

굿을 하거나 점을 치러 오는 사람들은 하나 같이 명예를 원하고 재물을 얻기 위해 굿을 한다. 특히나 재물은 하늘에서 사람들에게 골고루 내려졌다. 재수니 요행이니 하며 다른 사람의 재물이 자기에게 오기를 바라고 소원하지만, 재물의 움직임은 하늘에 있고 하늘의 섭리는 구슬도 어쩔 수 없다.

사람들은 재물이 나가면 재수가 없다며 재수에게 씌우고 재앙이 닥치면 재앙에게 자신의 잘못을 씌운다. 모든 화복과 재앙이 자기로부터 나오는 줄을 알지 못하고 안개 속을 헤매는 것이 인간들이다. 요행이나 기적을 바라는 중생들은 자신이 파놓은 저주에 빠져 허우적거리며 문제를 해결하러 찾아오는 것을 알고 있다. 굿이 풀리지 않고 스스로 마음이 답답할 때 굿하는 중에 광대 넋이 붙어 광기를 일으킬 때도 있다. 스스로 광대 넋이 되어 자신의 한풀이를 할 때도 신령이 무당에게 접속했다며 좋아하는 것이 중생들이다. 그러나 어젯밤에 연미복을 입고 짧은 머리로 나타난 신령님의 꿈은 짐승 꿈은 아닌 것 같았다.

잡다한 손님들의 고충을 들어주며 평소와는 다르게 한 사람 한 사람 자세히 살펴보았지만 꿈과 관련되는 손님은 없었다. 일을 끝내고 오늘 하루를 마무리하려 벨을 울리려는데 보살이 손님을 받겠느냐며 물어왔다. 보내라 했더니 손님이 들어왔다. 방으로 들어오는 손님을 대충 살펴보니 양복을 입은 남자라는 것을 확인하고 눈으로 자리를 권하고 기다리는데 손님은 자리에 앉지 않고 초상화 앞에 멈추어 섰다.

다시 앉기를 권하는데 손님이 얼굴을 빠르게 무당 쪽으로 돌리고 눈을 마주치지도 않고 도륙 부처의 초상화를 관찰하듯 넋 나간 사람처럼 보고 있었다. 대부분 손님들은 부처의 초상화를 흘러보고 자리에 앉는데 사내는 초상화에 정신을 빼앗긴 사람 같았다. 다시 무당이 앉기를 권하니 비로소 정신이 돌아온 듯 무당의 눈이 가리키는 자리에 오더니 무릎을 꿇고 앉았다. 손님은 양복을 단정히 입었을 뿐 아니라 풍기는 기운이 조금 다르게 느껴졌다. 앞에 앉아 있는 손님의 얼굴을 보았다.

어디서 본 듯한 얼굴인데 기억이 나지 않았다. 어디선가 본 얼굴이다. 텔레비전에서 보았던 연예인이거나 길거리에서 마주친 사람이려니 생각했지만, 그냥 지나친 것이 아니고 말이라도 섞어 본 사람 같았다. 머리는 단정하게 정리되었고 옷도 감청색 양복에 넥타이로 단정했으며 움직임도 차분했다. 이런 사람들은 무당이 말하기에는 조금 난해할 정도로 아는 것이 많다. 그러나 한편으로는 이런 사람일수록 의탁심이 강하고 신령의 말을 순종하는 타입이다. 무당이 편하게 앉으라 했지만, 손님은 무릎 꿇는 것이 편하다며 꿇어앉기를 고집했다.

꿇어앉은 자세로 앞으로 다가온 손님의 얼굴을 정면으로 보는 순간 무당은 표현할 수 없는 혼란에 빠졌다. '신령님이다! 어젯밤에 연미복을 입고 나타난 신령님이다!' 놀란 나머지 '신령님!' 소리가 나오려는 입을 꾹 눌렀다. '신령님과 이렇게 닮을 리가 없다.' 머리카락은 짧게 정리되었으며 눈은 맑았고 얼굴은 깨끗하며 콧날은 바르게 서고 입은 미소를 띤 것이 어젯밤 꿈에 연미복을 입은 신령님이다. 구슬은 걸어놓은 초상화에 얼굴을 돌렸다. 어쩌면 이렇게 닮을 수가 있으랴. 도륙을 마주하고 있다는 착각에 빠졌다. 그때에야 비로소 손님이 신령님의 초상화를 관찰하듯 보고 있었던 이유를 알 것 같았다.

구슬은 토굴에서 접신을 하고 스스로 연화 스님이라는 법명을 접고 무속인으로 점술가로 도륙 부처의 화상을 모시고 있다. 성지인 산에서 부처님과 헤어질 때에 초상화 한 점을 남기고 떠났다. 구슬이 도륙을 잊지 않기 위해 초상화 그리는 사람에게 도륙의 얼굴을 말하고 그린 그림이지만 오히려 화가가 도륙과 닮게 그려 신통하게 생각했다. 그림을 소중하게 모시고 그림을 신령으로 모시며 추대했다. '내가 다시 세상에 오는 날까지 기다리라.' 이 말 한마디에 도륙 부처를 기다리며 살아왔다. 마음속으로 도륙이 직접 내린 것으로 생각하고 산에서 내려온 후 초상화를 제단에 걸어놓고 부처상 대신 숭배의 대상으로 삼았다. 신비한 초상화를 보기 위해 중들이며 점술가들이 찾아 왔으며, 도륙을 전해들은 자들은 자기네들도 보지 못하고 구전으로 내려온 도륙 부처상을 익히 알고 있다는 듯 도륙의 화상이 틀림없다며 인증까지 해 주어 무당이 유명해지는데 한몫했다.

사내의 얼굴을 바르게 볼수록 도륙과 닮았고 기품이 있으며 내면 깊은 곳에 영혼의 아름다움과 안정감이 느껴졌다. 사내는 바다를 부유하는 상어같이 매끄러운 진액을 온몸으로 뿜어내고 있는 것 같았다. 사내의 향기는 초콜릿같이 달콤하고 깊은 산골 소나무에서 뿜어져 나오는 산소같이 상쾌했다. 감미로운 향기가 흘러나와 행복한 감정의 전류가 구슬의 마음을 흥분시켰다. 도륙이라 생각하는 순간 신내림을 받을 때와 같은 무아경의 감동이 되살아났다. 사내는 과연 누구인가. 도륙이란 말인가. 한동안 넋을 잃고 손님을 응시하던 구슬은 다시 정신을 가다듬고 자신의 정신이 바르게 흐르고 있는가를 점검했다. 마음의 동요를 감추기 위해 애를 썼지만 허사였다. 앞에 앉아 있는 사내가 구슬을 당기는 힘은 매우 강해 감당할 수 없었다. 사내에게서 지난밤 환상 때의 사향노루의 향기가 난다는 생각이 들었다. 사내 앞으로 끌려가려는 마음을 겨우 지탱하며 손님에게 말을 걸었다. 그러나 내색은 할 수 없었다.

"앉으세요. 여자 때문에 오신 줄 알고 있소. 오늘 찾아온 것은 하늘에서 내린 하늘에서 베푼 은혜이오."

사내는 말이 없다. 구슬이 사내에게 다시 말을 던졌다.

"여자 때문에 오셨지요."

"예에."

사내가 무당의 말을 되뇌는 것 같았지만 구슬은 자기가 묻는 말이 사내를 움직였다는 생각이 들었다.

구슬은 남자들이 무당에게 와서 점치는 이유를 알고 있다. 결혼했건 결혼하지 않았건 남자들은 여자 문제가 우선이다. 호감가는 여자가 있는데 마음을 살 수 있는 비법을 물어오기도 하고, 배신한 여자를 찾아달라는 사람도 있다. 어떻게 하면 배신한 애인의 마음을 돌릴 수 있겠느냐? 마음을 돌릴 수 있는 비법이 없느냐고 물어오는 것이 대부분이다. 결혼한 사내들은 아내가 가출했거나 아내의 부정을 알기 위해 찾아온다. 여자 문제로 찾아온 손님에게는 신령님을 부르지 않으며 괘도 뽑지 않고 손님이 말하게 하고 자신이 정해 놓은 일정한 방향으로 마음을 이끌었다. 사내에게 여자 이야기를 꺼내었더니 '예에' 라며 자기 말을 되물어오는 것 같다. 여자 문제로 온 것 같은데 긍정도 부정도 아닌 반문을 했다.

사내가 입을 여는 데 시간이 길게 느껴졌다. 사내가 얼굴을 무당 앞으로 가까이하더니 말했다.

"여자 때문이지만 그 여자가 선녀입니다. 나는 선녀님을 훔치려 왔습니다."

말을 듣는 순간 무당은 몸에 전류가 흐르고 감동이 마음을 흔드는 것이 느껴지며 숨어 있던 성욕 귀신이 격한 감정을 세차게 일으켰다. 무당은 놀라지 않았으며 차분히 대처하려 애썼다.

"손님. 농담도 잘하시는군요. 오셨으니 어떻게 오셨는지 말씀하시고 점괘나 뽑아 봅시다."

사내의 대답은 전과 동일했다

"나는 선녀님의 아름다움에 욕심이 생겨 훔치려 합니다."

말하는 사내를 바로 쳐다볼 수 없었지만, 사내는 훔치려 왔다는 한마디 말로 입을 다물고 무당의 얼굴에 눈을 고정시켰다. 무당은 들고 있던 방울을 세차게 흔들며 사내를 집중하며 주문을 읊조리는 듯했지만, 사내를 보는 순간부터 사내에게 끌리는 감정은 눈이 멀었다. 무당은 충동을 일으키는 황홀한 흥분과 마음의 분열로 자기가 손님의 점괘를 뽑는 점술가라는 정체성까지 잃어가고 있었다.

사내의 입술에서 '나는 선녀님의 아름다움에 욕심이 생겨 훔치려 합니다'는 말과 눈으로 바라보는 눈동자의 움직임까지 구슬의 영혼을 당기고 있었다. 사내는 다시 입을 열었다.

"사실이라니까요. 선녀님을 훔치려고 왔습니다."

얼굴빛 하나 변하지 않고 말하는 사내는 자기의 말이 진실이라는 것을 강조하고 있는 것 같았다. 구슬은 당장이라도 달려들어 사내에게 몸을 던져 안기고 싶었다. 도륙과 영적인 신접을 받던 날, 아득한 무아경에서 헤매던 행복한 신령과의 접속보다 사내의 말이 더 감동을 일으키고 있다.

사내를 대하는 순간 꿈속에 도륙으로부터 사향노루를 받고 몽설을 하던 순간 같이 구슬의 입에서는 황홀한 신음소리가 나오려 했다. 혹 상사병으로 죽은 넋이 부르지도 않는데 몸으로 들어와 욕정을 일으켜 곤란할 때가 더러 있었다. 지금은 점괘를 뽑고 점을 치려는 것이지 굿을 하고 넋을 부르지도 않았다. 몸이 욕정으로 달아오르는 것은 상사병으로 죽은 넋이 들어온 것이다. 욕정의 귀신은 인간들에 붙으면 높고 낮고 천하고 귀한 신분이 없다. 순간을 참지 못하고 자신의 위치와 명예를 버리고 짐승이 되어 분출할 곳을 찾아다닌다. 그리고 욕정의 넋이 떠난 후에는 후회하지만 이미 사건이 벌어진 후이다.

산에서 내려온 후 한 번도 남자들을 이성으로 보지 않았다. 보송암에 찾아오는 남자들은 욕망이 가득하고 위선으로 치장되어 있다는 것을 알았다. 보송암에 자기의 소원을 말하는 사내들을 대할 때마다 느끼는 것은 가져도 또 가져도 배부르지 않는 돈과 명예를 찾으며 황금을 좇으며 여색을 밝히는 잡귀들이다. 인간이라는 존재는 철저히 인간을 만들기 위한 교육을 한다. 배우면 배울수록 본질인 진리에서 멀어지며 짐승이 된다.

원래 짐승이나 인간이 같은 수준이었다. 만물과 더불어 언어와 생각도 통할 수 있었다. 암수의 교배도 없었고 자녀도 없었지만, 자녀가 필요 없었다. 보는 것으로 통했고 먹는 것으로 만족했다. 두려워할 필요도 없고 두려워할 존재도 없었다. 식물이나 동물은 모두가 한 체질인 흙으로 만들어졌기 때문이다. 보이지 않는 것이나 보이는 것이 따로 없고 조물주와 사람이 대화를 나누었으며 만물의 주인인 조물주는 '보기 좋았더라' 하셨다. 이를 본 사탄은 가만있지 않고 사람에게 욕망을 심고 쾌락을 주어 조물주를 대적하게 했다.

세상이 생기기 이전에도 조물주와 함께 조물주를 보좌하는 천상의 천군들은 조물주의 권위와 통제 아래에 있었다. 천사나 사탄은 조물주가 정하는 한계 안에서 만물을 다스리도록 허락받은 조물주의 사자들이다. 사탄의 시험으로 죄가 들어온 것이 아니고 사람들이 자기에게 문제를 만들어 행하므로 악으로 분류하여 죄라 했다. 사탄의 유혹으로 조물주가 먹으면 죽는다는 선악을 구별하는 열매를 먹고 만물은 죽음이라는 저주를 조물주께서 내리셨다.

온 만물이 죽음에 처하자 이를 본 조물주가 그의 창조물을 불쌍히 여겨 사랑이라는 씨앗을 만물에게 줌으로서 모든 만물은 삭아지고 죽어가지만, 대를 이어가게 했다.

암수가 선악과를 먹은 죄를 서로에게 떠넘김으로 서로를 미워하게 되었고 사랑의 씨앗은 열매를 맺지 않았다. 이를 본 사탄은 조물주에게 사랑할 수 있는 이성의 육체에 대한 성적 욕망을 심기를 소청했으며 조물주는 만물에게 성적 욕망을 심었고 암수가 서로 성적 즐거움에 빠지게 해서 서로를 원하게 했다. 성적인 즐거움에 빠져 만족을 느낀 인간은 남자는 여자를 여자는 남자를 갈망하게 하였고 이 사건으로 씨앗은 퍼트려졌다. 성적으로 분쟁이 일어난 문제들은 조물주로부터 나온 것이 아니며 사탄의 꾐에 넘어가 정욕으로 시작된 것이다. 도륙 부처는 인간에게 성적 즐거움을 안겨준 조물주의 천사이다.

시험에 넘어간 인간이 조물주로부터 쫓겨나게 된 곳이 땅이라는 것을 구슬은 도륙 부처로부터 들었다. 조물주께서 흙으로 사람을 지으시고 생기를 코에 불어 넣으셔서 사람들에게는 신과 같은 영혼이 있다. 영과 영이 만나 성적 쾌락으로 사랑하고 자녀를 낳고 세상은 운영되었다. 여기에 어느 곳에도 안주할 수 없는 인간에게 천사가 어떤 때는 행운을 주기도 하지만 행운이 망치거나 이롭지 못하게도 했다. 그림에 그려진 인물이 도륙 부처이며 구슬이 아는 조물주의 아들 도륙 신령의 상이다. 그는 세상이 창조되기 전부터 마지막까지 환하게 꿰어 뚫어 보는 조물주의 좌측의 천사장이시다. 천사장과 같을 정도로 닮은 사람이 앞에 앉아 자기와 교제를 원하고 있다.

사람은 풀과 같고 그 영화는 피었다가 사라지는 들꽃과 같으며 금방 사라지는 안개와 같다. 시간이 주관하고 있는 땅은 처음과 마지막이 있다. 꽃같이 아름다운 시간이 지나면 구겨진 꽃잎같이 쭈그러져 추해지고 혐오의 대상이 되어 폐기물이 된다. 인간의 삶도 온 몸을 바쳐 사랑하던 것들도 뒤따라오는 세월에 밀려 헤어져야 한다.

인간의 일생은 지나가는 바람이다. 못 견디게 애틋한 사랑도 불꽃같은 시기와 분노도 시간이 지나면 이슬 같이 사라진다. 땅의 시간은 찰나이기에 스치고 지나가는 바람이다. 무당은 도륙으로부터 인간 영욕의 사랑을 배웠고 더불어 인간 욕망의 부질없음도 알았다. 영혼의 세계에는 아름다움이나 추함이나 불행이나 기쁨이나 즐거움이나 슬픔이 없는 영원이다. 이것을 깨달아 점술가로 존경을 받고 이것을 통달하여 어떤 유혹도 인내할 수 있는 영적 능력을 가지게 되었다. 그러나 이 짧은 순간 사내가 유혹하려고 왔다는 한마디에 무너질 것 같은 육욕의 황홀함이 세상이 주는 어떠한 조롱도 감당할 것 같았다.

사내를 만난 것은 단 몇 초도 되지 않은 짧은 순간이다. 사내에게 붙어있는 색욕 귀신이 자기를 일으키며 주위에 있는 색욕의 잡귀들을 불러들였다. 무당의 눈에는 자신을 훔치러 왔다는 남자가 당장이라도 자기를 원하는 것 같이 느껴졌다. 남자의 말이 색정이 되어 자신에게 붙으면 욕정이 몸에 일어나 앞뒤를 분간하지 못하다가 나중에는 망신살이 뻗친다.

상사병으로 죽은 귀신의 저주가 온몸을 불쏘시개로 삼아 불을 붙이고 있다. 욕정의 넋은 왕과 신하가 따로 없고, 남녀가 따로 없으며 늙은이와 젊은이가 따로 없다. 부자가 따로 없고 빈자가 따로 없다. 욕정으로 죽은 넋이 한번 붙으면 감당하기 어렵다. 멀쩡한 사람이 강간하고 심지어 살인까지 하는 무서운 넋이다. 다가온 사내의 얼굴을 대하는 순간 참을 수 없는 욕정으로 몸을 가눌 수 없다. 사내를 볼수록 기쁘고 행복한 것은 황홀한 감정을 뇌에서 모르핀과 같은 물질을 생산해 분비해 내는 것 같다. 상사병 넋이 아니면 신령님이 조화를 부리는 것 같지만 자신의 몸에 어떠한 변화가 일어나고 있음이 분명했다.

밖에는 보살이 사무를 정리하고 있을 것이다. 사내는 자기를 훔치러 왔다고 했지만, 그의 행동은 지나가는 사람이 농담으로 던진 말같이 조용했다. 구슬은 성욕에 감염된 넋의 욕구를 진정시키려 주문을 읊조렸다. 그러나 귀신에 감전된 육신은 행동으로 사내를 유혹하려 했다. 사내에게 조용히 하라는 신호로 손가락을 입에 가져다 대었다. 일어나 손님 대기실로 통하는 문을 확인하고 다시 앉았다.

"정말 나를 원하십니까?"

자신이 무슨 말을 하는지 알지 못하고 중얼거렸다.

그러나 훔치러 왔다는 사내는 무당의 행동을 놀랜 듯 바라볼 뿐 지나가는 말로 농담한 것 같이 당황하고 있다. 무당이 몸을 비틀고 콧소리로 유혹을 해도 사내는 차분하고 냉담하다.

"아니요. 다만 내 마음을 전했을 뿐이요. 오해는 하지 마세요."

사내는 돌발적인 무당의 행동에 당황하는 것 같았지만 거절하지 않는 것은 분명했다. 구슬은 평정을 찾으려 애썼지만 찾을 수 없었다.

눈을 감았다. 욕정의 넋을 쫓아내는 주문을 강하게 읊조렸다. 구슬에게 붙었던 상사병으로 죽은 넋이 슬그머니 빠져나갔다. 욕정의 넋이 떠난 후에도 얼마간 색욕의 여진은 남아 있었지만, 구슬은 억지로 마음을 다스리고 평온을 되찾았다.

사내가 신령님과 닮았다는 생각이 들었을 때부터 성욕의 갈증 같은 감동이 일어났던 것이다. 그러나 도륙을 닮은 사내를 놓치고 싶지 않았다. 남자를 더 알고 싶었다. 사내가 결혼한 사람인지 혼자 사는 사람인지를 알아내려는 의도로 다시 물었다.

　"아직 장가는 가지 않은 것 같고."

　말을 흐렸다.

　"미혼입니다."

　무당의 직감은 맞아 들었다. 사내의 구애는 황당했지만 솔직하고 당당했다. 무당은 그를 놓아주고 싶지 않았다.

　"여기 오시다가 사람들을 만나셨지요."

　사내는 머뭇거리지도 않았다.

　"그런데, 그런 질문은?"

　짧게 대답하며 그는 상대의 눈치를 살피는 것 같았다.

　"혹시 여자를 만났습니까?"

　"여자도 만나고 남자도 만났습니다만."

　대답하는 목소리는 굵었으며 사람을 제압하는 힘이 있었다.

　"말을 걸어온 사람이 당신의 인연이 될 사람입니다. 말을 걸어온 사람이 있었나요?"

　"아니요."

　이때다 싶어 손님을 잡아두려는 마음을 비우기 위해 오늘은 돌려보내고 싶었다.

　"오늘 점괘가 나오지 않으니 손님은 다음에 와야겠소. 손님의 마음을 두고 기도할 터이니 오늘은 집으로 돌아가셔서 시간이 되는 날 어느 때나 오세요. 언제든지 시간을 비워 놓겠습니다. 허나 신령의 딸이라는 것을 알아야 하오."

남자를 똑바로 보며 말할 수 없었다. 사내가 겁탈이라도 좋으니 품어 주기기를 간절히 바라고 있는지 알 수 없었다.

보살이 무당의 방에서 신음 소리도 아니고 기뻐하는 소리도 아닌 이상한 소리를 듣고 밖에서 문을 두드렸다. 문을 열고 들어온 보살은 무당이 손님에게 예언하는 것이 아니고 무언가 간절히 원하는 돌발적인 상황을 보고 무당 앞에 묵묵히 앉은 손님을 보았다. 손님은 그냥 평범한 사람이다. 어디서 많이 보았던 인상이지만 알 수는 없다. 무당이 일어서더니 손님에게 명함을 내밀어 주며 다음에 오실 때에 미리 전화하고 오라 했다. 손님도 일어섰다. 이전에 없던 무당의 행동에 보살이 놀라 그 자리에서 발을 떼지 못했다.

무당의 유혹

    점치는 방에 들어서니 그림 한 점이 걸려 있고 그 아래로 한복을 단정하게 차려입은 무당이 부드러운 질감의 방석 위에 꼿꼿이 앉아 있었다. 손님이 들어와도 미동도 없이 눈을 감고 있는지 눈길도 주지 않았다. 점쟁이 뒤로 물감으로 그려진 그림이 걸려 있는데 점부터 눈썹 털까지 섬세하게 그려진 그림이다. 대부분 무속인의 신당이나 점집에 걸어놓는 그림들은 이순신 장군이나 장비, 유비 같은 사람이나 백발에 수염을 길게 늘어트린 산신령을 진하게 색을 넣어 손님들을 압도한다. 그런데 이 집에 걸려 있는 그림은 절에 그려진 탱화나 무당집의 그림과는 조금 다르게 두루마기만 걸쳤을 뿐 윤곽이 뚜렷한 젊은 사람이며 실물 같이 그려진 그림이다. 그림은 조금 낡았지만 죽은 형과 닮았다는 생각이 들어 자세히 살펴보니 귀밑까지 볼수록 형이 아니라 자신이다.

    형과 쌍둥이 같이 닮았지만, 형은 어리석어 보이고 조금은 풀어진 얼굴이다. 또렷한 젊은 그림은 바로 자신이었다. 초상화를 그린 적도 없고 너무 착해서 등신이 된 형도 초상화를 그린 적이 없다. 초상화가 무당집에 걸려 있는지 물어볼 수도 없고 그림을 자세하게 확인했지만 분명하다. 비슷할 뿐 아니라 자신의 신장과 서 있는 모습 그대로 그려졌다.

신을 찾아 유랑의 길로 외지에 나갔지만, 형은 동내밖에 나가지 않았으며 산 너머에도 가지 않고 강에 빠져 죽었다. 접시 비행체를 타고 하늘로 올라가는 형을 보았지만, 그때는 물에서 허우적거리며 정신을 잃고 있었다. 정신을 차리고 형이 접시 비행기를 타고 갔다고 사람들에게 말했다면 사람들은 등신 동생다운 말이라 했을 것이다. 그림을 그리는 사람 앞에 모델이 된 적도 없지만 그림을 그린 사람이 우리 형제를 알지 못할 것이다. 비슷한 그림을 그렸겠지만, 얼굴을 똑같이 그릴 수는 없으며 그림의 종이는 오래된 것 같았다. 방에 들어와 그림을 보는 순간 몸이 움츠러들면서 기분이 으스스했다.

넋을 잃고 초상화를 보고 섰는데 재차 가까이 앉으라는 소리에 점쟁이 얼굴을 보았다. 무당을 보는 순간 또다시 놀란 것은 어디서 본 듯한 얼굴이다. 대체로 무당이나 점쟁이들은 귀신과 동거하기에 무겁고 어둡지만, 앞에 앉은 점쟁이는 젊고 밝고 단정했으며 시원스럽게 보였다. 조심스럽게 무릎을 꿇고 하나님을 부르며 앉았다. 사탄과의 결전에서 승리하게 하소서 기도했다. 점쟁이가 편하게 앉으라며 손으로 앉을 자리를 가리켰다. 꿇은 무릎을 양반다리로 바꾸려다 꿇은 이대로가 편할 것 같았다.

점쟁이와 눈이 마주치자 점쟁이의 얼굴에 놀라는 눈빛이 나타나더니 미안할 정도로 얼굴을 관찰하듯 살폈다. 점을 치기 전에 먼저 관상부터 보는가 했더니, 점차 동공이 커지며 놀란 얼굴로 변하고 아직 점을 시작하지도 않았는데 방울을 세차게 흔들며 무슨 말인지 알아듣지 못하게 한참을 혼자 지껄이더니 얼굴이 제자리로 돌아왔다.

"여자 때문에 오셨구먼. 어떤 점을 볼 것인가."

반말 비슷하게 물어왔다.

신이 되기 위해 신을 찾으려 다닐 때 알게 된 관상과 역술과 점에 대해 조금은 얻어들어 겉핥기식으로 조금은 알고 있다. 아직 거짓말을 못 하는 죽은 아이의 혼을 불러 치는 점과 꿈 점, 등 다양하다. 점쟁이에게 이런 자질구레한 점에 관해 물으러 온 것이 아니다. 사탄의 종에서 하나님의 자녀로 전도하려고 왔다. 사탄은 만나는 순간 바로 공격해야 빠르게 쓰러진다. 반대로 사탄이 강하면 사람을 덮쳐 사탄이 이긴다. 여자 때문이냐고 물었다. 고개를 흔들며 하나님께 기도하고 단호히 말했다. 전도하러 왔다는 말은 못 하고 엉뚱한 말이 튀어나왔다.

"선녀님의 아름다움에 욕심이 생겨 훔치려고 왔습니다."

점쟁이 얼굴은 변했다. 불한당으로 취급해 앞에 있는 상이라도 던질 것 같다는 생각에 약간의 방어 자세를 취하는데 점쟁이 얼굴이 변하며 알아듣지 못하는 소리를 읊조리기 시작했다. 얼굴에 경련을 일으키며 몸이 비틀어지고 코에서 내뱉는 숨소리는 가파르게 빨라졌다. 괴이한 환상을 보고 정신이 혼동을 일으키고 있는 것이 분명했다. 귀신을 부르는 주문인지 어떤 외국어인지 알 수 없는 소리가 점쟁이에게서 나왔다. 주문 같기도 하지만 알아들을 수도 없고 이해할 수도 없었다. 그에게 다른 말은 하지 않았다. 다만 선녀님을 훔치러 왔다는 말 외에는 하지 않았다. 점쟁이는 자기의 신당 안에서 알 수 없는 환상에 빠진 것이 틀림없다. 마음을 가다듬고 하나님을 부르며 긴장하여 점쟁이의 행동을 주시했다. 귀신을 맞서서 대치하고 있다는 생각에 정신을 가다듬고 마음을 집중했다.

신을 찾아 헤매다가 죽음 직전까지 갔으나 신은 만나지 못했고 신을 포기하고 하산했다. 오히려 탈진상태에서 정신이상으로 정신병원에 입원했던 전력이 있다. 교회 사람들은 방언을 하고 환상을 보았다지만 전도사가 되어도 방언 한번 해 보지 못했다. '하나님은 은혜를 베풀 자에게 은혜를 베푸시며 긍휼히 여길 자에게 긍휼을 베푸시며 나를 보고 살 자가 없다고 하셨다.'(출 33:19) 반대로 은혜 베풀지 않을 자에게는 은혜를 베풀지 않고 불쌍히 여기지 않을 자에게 불쌍히 여기지 않으시는 분이시다. 보이지 않고 꼭꼭 숨어 계시는 것 같이 나타나지 않으시며 그를 보고 살 자가 없기에 보여주지 않으시는 분이다. 무당의 방언은 귀신을 부르는 주문 같기도 했다. 뱀같이 온몸을 비틀고 음란한 괴성을 지르며 주문을 읊조리는 무당이 덮쳐올 것 같았다. 귀신이니 빙의니 하는 말은 들었고 교회에서도 하나님께 감동된 사람들이 방언하는 것은 보았지만 성적으로 감염된 방언은 없었다.

방언은 신과의 대화이다. 방언을 해석하는 사람은 있지만 정확한지 알 수 없을뿐더러 방언하는 사람도 깨어난 후에는 자신이 무슨 소리를 했는지 자기가 말한 소리도 알지 못할 때가 많다. 이러한 일이 일어나면 깨어날 때까지 가만두라 했다. 딱 한 마디 말에 하나님이 역사하신 것이 분명하다. 마음속으로 기도하며 그대로 두고 보기로 했다. 성적인 유혹의 신음 소리를 내며 몸을 비틀면서 다가오는 점쟁이를 보며 온전한 정신으로 돌아오기를 기다렸다.

신에 감동되어 벌거벗고도 수치를 알지 못할 정도로 감동한 사울 왕이 생각났다. 남자를 유혹하는 여자의 코맹맹이 소리 같기도 했다. 하나님께 기도하며 정신을 가다듬고 무당의 행위를 얌전하게 대처했다. 점치는 탁자를 앞에 두고 무당의 눈은 빛을 잃고 요염한 자태로 변해 있었고 손만 벌리면 뱀처럼 스르르 품에 안길 것 같다. 조금은 두려운 생각도 들었다. 그렇다고 이대로 도망할 수는 없다. 기도 외에는 아무런 행동도 할 수 없다. 갑자기 일어서더니 밖으로 통하는 문을 확인하고 다시 자리로 돌아왔다. 거짓 사도로 행세하다 귀신에게 억눌림을 당한 제사장 야개의 아들이 생각났다. '내가 예수도 알고 바울도 알거니와 너는 누구냐?' 라며 야개의 아들에게 달려들어 억눌렀던 귀신이 지금이라도 당장 몸을 감고 잡아먹을 것 같다. 할 수 있는 것은 기도뿐이다.

눈을 감았다. '주여 귀신이 덮치려 하나이다. 하나님은 반석이시오. 나의 요새시요. 나를 건지시는 이시며 나의 하나님이시오. 그 안에 피할 바위시며 나의 방패시며 구원의 뿔이시요. 나의 산성이시나이다. 귀신을 이길 것을 믿습니다. 아멘.' 시편의 말씀을 묵상하며 마음을 안정시켰다. 여자가 잠잠해졌다.

눈을 떴다. 태양열보다 더 뜨거운 순간이 지나고 무당의 요염한 행동이 천천히 사그라지기 시작했다. 잠시 몽환을 일으킨 사람같이 아무렇지도 않게 바로 앉아 눈을 응시했다. 그리고 대뜸 '너는 도륙 부처님이냐! 잡귀냐'며 무서운 눈으로 관찰하듯 자세히 보았다. 그러나 눈빛은 '선녀님의 아름다움에 욕심이 생겨 훔치려 합니다.' 말을 반박하는 억양은 아니었다. 손을 내 저었다. '도륙 부처도 모르고 잡귀도 아니오. 처음 선녀님을 보자 호감을 느꼈을 뿐입니다. 선녀님을 처음 보는 순간 선녀님의 품위에 마음이 요동쳐 훔치러 왔다는 말을 했습니다.' 잘못을 저지른 아이같이 하는 행동을 보고 왜 그러한 말을 했는지 후회했다. 요염한 행동을 한 것은 점쟁이가 했고 그 행위를 보며 난처하고 부끄럽고 은근히 죄지은 사람처럼 어찌할 바를 몰라 '왜 이랬을까' 라는 자괴감까지 들었다.

점쟁이가 한참을 눈을 감고 있더니 대뜸 반문했다.

"나는 신령의 딸인데 두렵지 않소."

"선녀님을 훔쳐갈 수 있다는 마음으로 왔습니다."

첫 대면에 어이없는 말인 줄 알지만 한 번 강하게 정곡을 찔러 보는 것이다. 그녀는 아무런 말도 없이 빙그레 웃었다.

"손님의 대담성에 놀랐습니다. 처음 본 사람에게 전부터 알고 지내던 사람같이 가볍게 말씀하시는 용기가 어디서 나왔는지요."

그녀는 화도 내지 않았고 편하게 말했다. 마음속으로 통하고 있다는 것을 감지했다.

"실례가 되었다면 용서하세요. 갑자기 할 말이 생각나지 않아서 더 낳은 말을 찾아내지 못했습니다."

머리를 긁적였다. 그녀가 다시 입을 열었다.

"정말 저와 교제하기를 원하십니까."

주저하지 않았다. 굵고 낮은 음성으로 짧게 변명했다.

"무례했던 말을 이해하고 받아주셔서 고맙습니다."

"여기까지 오시다가 사람을 만나 말을 건넨 사람이 있으신가요."

"사람은 많이 만났지만 말을 건넨 사람은 없습니다."

그녀가 말을 이었다.

"여기까지 오시면서 말을 주고받았던 사람이 있을 것입니다. 그 사람이 기억나면 전화해 주세요."

무당이 일어서더니 전화번호가 있는 명함을 내밀었다. 보살이 문을 열고 들어와 의아해하며 나갈 수 있도록 방문을 열어주었다. 의외로 일이 쉽게 풀린다는 느낌이 들었다. 교회로 돌아오는 발걸음은 가벼웠으며 사탄과 전투에서 승리를 확신했다.

이튿날 보송암이 문 닫을 즈음에 명함을 보고 전화를 걸었다.

"보송암 입니다."

전화를 받는 말소리가 들렸다.

"안녕하세요. 어제 오후 마지막으로 들렸던 손님입니다."

그러자 기다렸다는 듯이 말이 끝나기도 전에 급히 전하려고 허둥대는 소리가 들렸다.

"전화를 주셨군요. 바로 연결해 드리겠습니다."

이전부터 알고 지내는 목소리로 보살이 전화 오기를 기다리고 있었던 사람처럼 빠르고 친절하게 전화를 연결시켰다.

무당이 보살에게 전화가 오는 즉시 바로 연결하라는 지시를 내린 것 같았다.

"보송암 입니다."

목소리만 듣고도 알아보는 것이 전화를 기다리고 있었다는 느낌이 들었다. 오랫동안 교제하던 사람 같이 반갑게 대하는 무당의 목소리만 듣고도 무당과 접촉은 충분히 성공한 것 같은 느낌이 들었다.

"아무리 생각해도 보송암으로 가는 도중에 말을 걸어온 사람은 선생님 외는 없는 것 같습니다."

선녀님이나 보살님이라 부르기 싫었다. 교회에서는 처음 출석하는 사람에게 선생님이나 성도로 부르는 습관대로 불렀다.

무당은 생각하는 것이 빠른 사람이었다.

"고맙습니다. 전화를 주셨군요. 시간이 되시면 보송암이 아닌 다른 장소에서 만날 날짜와 시간을 선생님이 잡으시면 좋을 것 같은데요."

선생님이라 불렀더니 무당도 선생님이라 불렀다. 의외로 무당은 직선적이며 생각이 빨랐고 조금도 주저하지 않았다. 전도하려는 사람보다 무당이 적극적이라 빠르게 만남이 진행되었다. 전화를 받고 하나님께 감사했다.

'하나님이 귀신에 들린 여인을 불쌍히 여기셔서 회개의 기회를

주셨습니다.'

만나는 장소와 시간까지 알려 주었다.

구슬은 무녀이지만 한때는 출가한 비구니로 세속을 떠나 중이 된 출가승이기도 하다. 다른 사람이 볼 수 없는 살아있는 부처님을 만났고 신령의 은혜를 입은 사람이다. 신령의 힘으로 영적 기운이 넘치는 점술가이며 선지자라고 신도들이 인정했으며 무속계에서도 상당히 인정받는 사람으로 알고 있다.

부처님의 사령인 신령의 기운으로 귀신을 부르고 귀신을 통해 오는 지혜로 예언을 하고 하늘과 소통하는 선지자로서 많은 사람으로부터 추앙받으며, 그를 따르는 제자들도 부지기수다. 부처님이 영적 아들을 찾으라 했고 아들을 찾아 남편으로 맞이하라 했는데 신령과 똑같이 빼어 닮은 사람이 스스로 찾아와 교재를 원하니 부처님의 안목은 경탄스럽고 놀랄 수밖에 없다. 지성도 갖추어져 있고 겉으로 드러나 보이는 모습도 반듯하게 보이고 판단하는 능력도 빠르며 용기도 있어 보였다. 얼굴만 닮은 것이 아니라 이목구비부터 목소리며 움직이는 동작까지 도륙 부처님과 닮았다. 자신을 사로잡아 꼼작하지 못하도록 만드신 환생하신 부처님이 틀림없다.

남자는 유일하신 하나님의 아들 예수를 전하는 사람이다. 남자는 귀신에 씌어 굿을 하고 점을 치는 무당을 교회로 인도하여 유일하신 하나님의 아들인 예수의 도를 전하러 나왔다. 단 한 마디 당신을 훔치러 왔다는 말에 귀신은 정신을 차리지 못하고 오히려 자신을 유혹하려 했다. 하나님의 능력은 귀신이든 악령이든 상대가 누군가를 따지지 않고 굴복시켰다. 예수를 전하는 자들을 사로잡아 넘기고 죽이는데 찬성표를 던진 바울을 단번에 예수를 전하는 전도자로 변화시킨 것 같이, 악령에 사로잡혀 점을 치고 굿을 하는 무당을 훔치러 왔다는 말 한마디로 굴복하게 하신 하나님의 능력을 확인시켜 주심에 감사했다.

만나기로 약속한 장소에서 기다리기로 했다. 그녀를 처음 대할 때 불상 앞에 한복을 차려입고 정갈하게 앉아 있던 무당은 위엄이 있었고 어떠한 신비가 숨어 있는 것 같기도 했다. 그러나 두 번째 만나는 그녀는 한복을 벗고 양장을 한 것이 다른 사람 같았다. 머리카락을 단정하게 묶고 검은 점박이가 박힌 흰색 투피스에 연분홍 스카프를 목에 두른 여자는 다른 사람으로 착각할 정도로 사치스럽고 아름다웠다. 싸구려 감청색 정장인 양복에 싸구려 넥타이가 조금은 세련되지 못하고 어색하게 느껴졌다. 점을 치는 불상 앞의 그녀는 엄숙하고 당당할 정도로 권위가 있어 보였지만, 위엄도 없었으며 귀신에게 정신을 빼앗겨 정신을 차리지 못하던 사람도 아닌 평범한 남자와 여자로 시작되었다.

"반갑습니다."

약속한 장소에 먼저 도착해 자리를 잡고 기다리다가 여자가 문을 열고 들어서는 것을 보고 빨리 일어나 정중하게 맞이했다.

"……"

커다란 눈을 손님의 얼굴에 고정시키고 교만한 자세로 손님의 표정에서 아주 작고 하찮은 섬세한 부분까지 살피던 여자였다. 그러든 그녀가 눈을 아래로 내리깔고 입술에 미소를 지으며 고개를 숙이고 자리에 앉은 자태는 여염집 처녀나 다르지 않았다. 보송암에서는 무당이 압도적이었으나 일단 밖으로 나왔으니 무당을 압도해야겠다는 마음은 일순간 사라지고 자신이 작아지고 초라하다는 느낌을 받았다. 눈썹을 아래로 내렸다가 치켜 올리는 여자의 눈은 크고 조금은 애틋하고 고독한 눈망울이 사람을 끌어당겼다. 코는 선이 뚜렷하고 입술의 윤곽은 붉고 밝은 얼굴이다. 무당의 눈에도 만남을 기뻐하는 눈빛이 역력히 보였다. 오랫동안 함께 동거하며 서로를 알고 있던 사람 같이 느껴졌다.

"전도사입니다."

먼저 자신을 소개했다. 이어서 상대방이 입을 열었다.

"선구슬입니다."

고개를 숙이며 자신의 본명을 말했다. 어떤 차를 마실는지 물어보고 차를 주문하고 뒤이어 차가 나왔다. 앞에 놓인 찻잔을 가리키며 마시기를 권하고 찻잔을 잡았다.

"구슬 씨."

참으로 오랜만에 들어보는 이름이다. 양아버지 스님이 불러주던 다정한 이름이다. 얼굴에 미소를 머금고 찻잔을 입술에 대었다. '신령의 딸은 어디로 가고 사내 앞에서 어쩔 줄 모르고 쩔쩔매고 있나.' 마음을 다잡으려 노력해도 어느 사이에 상전을 대하는 종으로 하락하는 자신의 마음이 꿈을 꾸는 것이 아닌지 의심스러웠다. 머리를 들었다. 점치는 방에서와 같이 정신을 모아 눈여겨 남자의 얼굴을 보았다. '신령님의 현현이다.' 구슬은 깊은 상념에 빠졌다. 신령님은 이 남자를 영적 아들이라 했는지 알 수 있을 것 같다. 향기가 나는 것 같고 몸에서는 광채가 나는 신비스러움이 나타나기도 했다.

첫날의 탐색은 그만하고 다음 날 만나기로 약속하고 헤어졌다. 구슬은 잠이 오지 않았다. 양복을 단정하게 차려입은 품새나 말하는 한마디 한마디가 교양이 있어 보였다. 영안이 밝은 자신의 영안은 콩깍지에 가려져 명백하게 나타난 헤아릴 수 없을 정도로 깊고 오묘한 신령님이라는 암시만 강하게 느껴졌다. 남자는 풍채나 외모가 반듯할 뿐 아니라 신령님의 아들이라는 생각 외에 다른 생각은 가질 수 없게 만들었다. 언어나 행동에 자극을 받아 자신을 잃고 있지는 않은지 확인했지만, 스스로의 해답은 신령이 선택한 사람으로 세상을 바꾸어 줄 것이라는 믿음만 들었다.

사모가 된 무당

언덕 위에 있는 교회의 전도사라고 사실대로 밝혔다. 구슬은 놀라지 않았다. 구슬은 자신의 제자인 보살을 통해 어느 정도 알아보았고, 대화 도중에 남자가 '주여!' 라는 말을 감지했으며 식사를 할 때 잠시 눈을 감고 기도하는 것을 보고 기독교 신자로 눈치챘다. 무당을 찾는 손님 중에 기독교 신자들도 상당히 많아 크게 개의치 않았다. 목사나 전도사도 보이지도 않는 신을 믿고 연구하는 사람들이다. 하나님이든 조물주이든 전도사든 도륙 신령이 정하신 일이시다. 도륙 부처를 대하듯 예수도 신으로서 품으면 되는 것이다. 도륙 신령이 아들로 받아들이라는 지시는 무슨 뜻인지 아직까지는 알 수 없지만, 구슬은 사내에게 매료되어 완전히 눈이 가려져 남자의 행동이 위엄이 있어 보였고 대화를 나눌수록 행복했다. 남자는 자신을 위해 세상에 내려온 천상의 남자임이 틀림없었다.

남자는 무당을 마귀의 종이라 생각하고 마귀와 싸워서 승리했으며 승리의 전리품은 귀신에 씌어 점을 치고 굿을 하는 무당이다. 포로로 잡은 마귀는 사치스러울 정도로 우아하고 아름다워 한눈에 사랑에 빠졌다. 두 사람 모두 신을 가진 사람이라 지향하는 푯대는 다르지만, 대화는 통했다. 두 사람은 누가 먼저라 할 것 없이 결혼에 동의했다. 결혼하기로 마음을 정한 구슬은 먼저 무당 일을 접고 보송암은 제자에게 맡기는 파격적인 행동으로 나왔다. 결혼을 위해서는 기독교의 규칙대로 교회에 나오기 시작했다. 전도사는 귀신에 씌인 아름다운 여인을 차지하고 교회로 전도까지 하는 승리의 개가를 올렸다. 교회는 무당을 회개시킨 전도사라며 사람들 입에서 이웃 교회까지 입에서 입으로 전해졌다. 구슬은 세례를 받았고 결혼했다. 하나님의 지극한 사랑과 은혜로 무당이 개종한 것에 감사했다. 신앙이 다른 이교도의 말에 순순히 따르는 구슬이 고마웠다. 마귀도 회개하고 하나님 앞으로 단번에 돌아왔다. 이 일에 간섭하신 하나님께 감사했다.

그러나 여기에는 사탄의 계획이 숨어 있었고 사탄의 지시로 무당은 남자를 정식으로 자신의 영적 아들로 인정하고 전도사를 통해 무속의 힘을 넓히고 자신의 능력을 높여 신령의 예언을 이행하려는 의도로 전도사의 아내가 되었다.

결혼 초 집안 경제는 힘들었지만, 하나님의 은혜로 감사하는 마음으로 잘 견디어 주었다. 교회에서 주는 사례비는 굿 한 번 하는 금액보다 보잘것없는 금액이지만, 이것마저 전도라는 명목으로 불우이웃을 찾아다니며 봉사했다. 전도사의 사모라는 이름으로 경제적으로 어려울 것이라는 것을 알고 있었지만, 아내는 잘 견디어 냈다.

귀신을 접하고 살던 아내지만 교회에 적응하는데도 별 어려움이 없는 것 같았다. 새벽예배에 참석하는 것이나 기도하는 것이나 무엇이든 잘해 나갔다. 교인들은 각별히 신경을 써서 불편함이 없도록 노력했고 아내도 교회에 적응하려 노력했다. 전도사의 아내가 무당보다 어려운 자리라는 것을 알고 있기에 애틋하게 보이는 그녀를 각별히 조심스럽게 대했다.

무당을 전도한 전도사의 명성은 하늘 높은 줄 모르게 올라가기 시작했다. 여러 교회에서 전도사에게 특별 강의를 부탁하고, 멀리서부터 회개한 유명한 무당을 보기 위해 몰려들었다. 교회는 부흥하기 시작했다. 교인들은 은퇴를 앞둔 목사보다 전도사를 따랐다. 목사는 퇴임하면서 천막 교회를 전도사에게 떠넘기듯 하고 봉사할 곳을 찾아 떠났다.

무당이 교인들을 볼 때 예수를 믿는 사람들은 신을 믿는 기본도 없어 보였다. 나무아미타불만 읊조리면 복이 들어오고 수명을 늘리며 다음 세상에 낙원에 간다는 불교인들이나 예수만 믿으면 천국 간다는 기독교인들이나 다를 바 없다는 생각이 들었다. 교인들은 성경도 한번 읽어보지 않은 사람들이 많았다. 믿으면 복을 받고 무병장수하고 천국과 지옥에 초점을 맞추고 죽음 후 지옥과 천국이라는 두려움에 매달려 있는 것 같았다. 예수를 믿는 사람들은 귀신을 사탄이나 마귀로 생각했으며 대부분 예수를 믿으면 죄를 사하고 복을 받고 천국에 간다는 것만 알고 있었다.

헌금도 절과 비슷했다. 절에서는 스님들이 탁발도 하지만 대부분 시주로 살아가고 있다. 시주뿐만 아니다. 초파일에 천 원짜리 연등을 몇천 원에서 수백만 원까지 구입하는 사람도 있다. 물론 등에 등급이 매겨져 있기는 하다. 절기 때마다 기도회를 열어 시주도 많이 들어온다. 절에서는 법회 때나 초파일 같은 행사 때도 시주라는 명목으로 헌금을 한다. 선한 일을 하지 않으면 팔열지옥과 팔한지옥을 한 겁劫씩 오가며 살아야 한다는 말에 부자는 죽어 좋은 곳에 환생하기 위해 아끼지 않고 보시를 하고, 가난한 사람은 주린 식구를 놓아두고 오늘 먹을 양식을 스님의 바릿대에 보시한다.

교회에도 십일조를 비롯해 감사헌금, 선교헌금 무슨 절기라 하며 따로 신도들에게 헌금을 요구했다. 물론 헌금이니 해도 되고 하지 않아도 강요하지 않았다. 사람들은 하나님이 무서워 헌금하는 것이 아니라 사람 앞에 자기의 부와 선한 일에 열심을 보이는 물증으로 헌금하는 사람들이 많은 것 같았다. 목사들은 성도들을 순한 양으로 순종하게 만들어 십일조를 하지 않으면 하나님의 돈을 도둑질한 도둑으로 몰았으며, 또한 교회를 건축하여 자신의 영지로 삼고 아내와 자식을 위하여 배를 불리다가 은퇴 즈음에는 자기가 세운 교회인양 착취하려 했다.

순한 양이 된 신도들은 세상의 모든 곳에 세금과 공과금을 내고 십일조와 헌금을 내면서 평생에 집 한 채 장만하지 못했다. 큰 교회 목사들은 과부가 폐지를 주워 모아 헌금한 돈과 고아들의 코 묻은 돈으로 선교 여행을 즐기고, 세금도 없는 월급을 사례비라 챙기고 차량 유지비부터 사택의 관리비와 심지어 전화비까지 분담시켰다. 구슬이 보기에 헌금은 절보다 교회가 강제성을 띠는 것 같아 보였다.

보이지 않는 천국이나 보이지 않는 극락정토는 다를 바 없었다. 극락도 보이지 않고 천국도 보이지 않는다. 후생이니 전생이니 하지만 저승은 누구도 알지 못한다. 나무나 청동으로 만든 부처는 사람의 손으로 만들어 보여주지만, 이천 년 전 하나님이 메시아로 땅에 오셔서 십자가에 못 박혀 죽으시고 부활하여 다시 오신다는 예수는 보이지 않는다. 교회도 절도 도륙이 적어준 구지가에서 벗어나지 않았다.

사후의 두려운 마음으로 신앙에 빠지면 이때부터 새로운 사람을 구원한다는 목적으로 전도하라고 한다. 처음 접하는 하나님이나 부처를 알게 되면 죄를 아는 법을 가르치고 헌금과 봉사를 요구하고 말을 듣지 않으면 사후에 지옥이라는 무서운 말로 공포심을 조성했다. 두려움에 도를 믿는 사람은 많아지고 절과 교회는 커지고 교세를 확장하기에 혈안이 된다. 모든 부분이 절이나 교회나 구슬이 보기에는 비슷했다. 교회나 절이 본질은 확연하게 다르지만, 구슬이 보기에는 종이 한 장 차이로 비슷했다. 돈을 모금하는 것이나 사람들을 포교하는 것이 다르지 않았다.

사치스럽고 화려했던 무당이 결혼 후에 달라진 것이 한두 가지가 아니다. 손님들 앞에서 귀신을 불러 야단치기도 했고 귀신을 불러 손님을 겁박하기도 했다. 암자에 찾아오는 손님들은 무당 앞에서는 귀천이 없었으며 모두 손을 모으고 신령의 예언 듣기를 간청했으며 그들에게 점을 치고 예언을 하고 굿을 할 때는 그들의 제사장이었다.

쉴 사이 없이 귀신의 말을 전하던 그 입이 봉한 것 같이 닫혔고 자랑스럽고 당당하던 몸가짐이 고요하고 엄숙할 정도로 변했다. 말이 없었고 사람들에게는 겸손했으며 혼자 있을 때는 눈을 감고 묵상하는 시간이 길어졌다. 평시에도 우아한 한복을 즐겨 입었고 외출 시에는 사치스러울 정도로 요란하던 복장은 사모로 변한 후 수수하게 차려입었다. 조용히 앉아 성경을 읽는 것을 보고 귀신이 떠난 자라며 교인들은 그를 귀하게 대접했다. 또한, 남편인 전도사를 성경에서 주인을 섬기는 여인들 같이 종이 주인을 대하듯 받들어 모셨다.

무당이 사모가 된 후로 전에 없던 기적이 교회에서 일어났다. 가슴 통증을 느끼던 사람이 설교를 듣는 중에 시원함을 느끼고 기도 중에 병자들이 고침을 받는 일이 일어났으며, 원하는 일들이 순조롭게 풀려 교회는 부흥했으며 교회 살림은 하루가 다르게 성장해 나갔다. 더불어 무당을 전도하고 귀신을 굴복시킨 전도사의 명성도 유명세를 탔다.

교회를 건축한 동네 주위는 아파트가 세워지고 교인들도 부유하고 명망 있는 새로운 사람들로 채워지기 시작했다. 전도사의 설교는 특별히 달라진 것도 없는데 전도사의 간증을 듣기 위해 몰려왔으며, 교회에 등록한 사람들은 한 사람도 떠나지 않았다. 교인 수가 늘어나 이전에 있던 교회는 수용 능력이 부족해 땅을 매입했다.

사람들은 전도사의 기도의 능력인 줄로 알았다. 사람들은 전도사와 눈길 한 번 마주치기를 원했고 손 한 번 잡기를 원했다. 높은 지위에 있는 관료들이 교회에 출석하고 재벌들도 출석하자 교회는 하루가 다르게 성장을 거듭했다. 일 년 전에 건축했던 교회를 헐고 다시 신축했으며 전도사와 사모의 무용담이 온 기독교계로 퍼져나가면서 유명 전도사가 되었다. 방송국이나 교회에서 전도사를 초빙하여 특강 듣기를 원했고 외국에까지 강사 초빙으로 쉴 틈이 없이 스케줄은 채워졌다. 전도사도 하나님과의 약속을 지키기 위해 쉴 사이 없이 전도에만 힘을 쏟았으며 외국까지 선교지를 확대해 나갔다.

결혼 후에 아내는 보송암을 처분하자는 의견에만 따르지 않았을 뿐 교회의 의견에 전적으로 따랐다. 어떤 사람들은 교회에서 일어나는 기적이 무당이었던 점술가의 영력이라고 은근히 질투하는 사람도 생겨났지만, 그들의 말은 흘러들었다. 유명한 전도자가 되어가는 과정에 아내의 위상도 점차적으로 따라 올랐다. 재정에 일절 간섭하지 않았고 교회 재정을 교인들에게 맡겼으나, 교인들이 아내에게 헌금을 맡겼다. 국내뿐만 아니라 국외까지 선교사를 파견하고 현지에 교회를 세우기도 했으며 교회의 살림은 나날이 커져갔다. 목사를 초빙하여 설교를 위임하고 교회 살림은 아내에게 맡기고 하나님과 약속한 선교 사역에만 힘썼다.

재정을 관리하던 집사는 아내를 부추겨 유명 사모들과 인맥을 맺게 했으며 그들과 인맥을 형성하면서 아내는 사모라는 명성을 등에 업고 새로운 역사를 시작했다. 무당으로서 감추었던 자신의 본색을 서서히 드러내기 시작했다. 어울리는 사람들도 고위 관리의 사모들과 재벌 사모들이었으며, 여행을 전도라는 명목으로 즐겼다. 아내를 앞세워 돈을 관리하는 집사는 자신의 배를 채우고 아내가 원하는 보송암을 공무원에게 뇌물을 주어 무형 문화재로 승격시키는 작업과 보송암을 새롭게 건축을 하는데 교회의 헌금이 들어갔다.

세계 곳곳의 파송지인 선교지에서 오랜만에 귀국했다. 몇 달 비워 두었던 교회에서 설교를 위해 강단으로 올랐다. 다른 날과 마찬가지로 자신감이 넘치는 미소를 띠며 손을 흔들어 방청석을 향하여 손뼉을 치는 사람들에게 답례하고 의자에 앉았다.

반주에 맞추어 성도들이 부르는 찬송이 평안을 주었다. 예배 시작 전에 하나님을 향한 찬송은 예배에 큰 능력이 된다. 선교지의 피곤함도 잊고 앉은 자리에서 성도들과 함께 하나님께 찬양했고 성도들보다 더 힘차게 찬송했다. 자신의 마음은 구름을 디디고 있는 기분이 되어 감사가 마음 깊은 곳에서부터 우러나왔다. 하나님이 우리의 찬양을 받으시기를 기도 했다. 찬양은 계속되고 시간이 되어 강당 앞으로 나갔다. 교인들이 찬송을 그치고 모두 자리에 조용히 앉았다. 조용해진 교인들을 둘러보고 교회를 지켜주시고 선교지를 지켜주신 하나님께 감사했다.

"성령님이 우리 성도들의 마음을 편안하게 하실 것입니다."

전도자로서 선교지를 다니는 동안 교회를 지켜주시고 성도들을 지켜주신 하나님께 감사했다. 말씀에 순종하라며 '불순종의 결과'라는 제목으로 설교를 했다.

'아담이 지은 죄로 하나님과 단절되는 원죄를 모든 인류는 지니고 태어났다. 하나님이 세상을 사랑하사 독생자를 주시고 그를 믿는 자는 멸망하지 않고 영생을 얻는다. 하나님께서 주신 은혜로 십자가에 흘린 피가 아니면 죄 사함이 없으며 그 피의 은혜로 죄 씻음을 받아야 사망의 권세 벗어날 수 있다. 믿는 자는 예수님께 구속되고 죄는 용서 받았으며 우리는 하나님께 감사하며 말씀을 믿고 의지하고 순종하면 구원을 받는다. 숨은 듯 보이지 않으시지만, 하나님은 이 순간에도 살아계시기에 하늘과 땅의 역사를 주장해 나가시며 때를 따라 이른 비와 늦은 비로 풍요를 주시는 그분은 공의와 정의의 하나님이시다. 모든 것을 하나님께 의지하고 맡겼을 때에 비로소 우리의 삶은 자유를 얻을 수 있으며 평안을 가져올 수 있다. 주님을 의지하고 모든 것을 주님께 맡기면 평화는 자연스럽게 온다.'

"아멘! 아멘!"

퇴장할 때까지 성도들의 감동으로 예배당 건물까지 흔들리는 것 같았다.

퇴장하는 발은 땅을 디디지 않고 구름을 걷는 것 같았다. 성령의 감동은 설교자도 교인들과 마찬가지다. 그러나 교인들은 하나님께 돌려야 하는 감사와 찬양이 설교자로 향했고 설교자를 그들의 하나님으로 만들고 있었다. 회개하는 마음으로 하나님께 겸손하려 노력했지만, 교인들은 전도사를 자랑하며 교만의 죄의 짐을 지웠다.

예배가 끝나고 성도들과 인사하려 문 앞에 서는 순간 미리 대기하고 있던 기자들의 플래시가 터지고 불빛이 눈을 가리게 했다. 기자들이 달려와 인터뷰를 청하고 사모가 보유하고 있는 보송암이 문화재로 승격을 시키는데 알고 있었느냐. 공무원들에게 뇌물이 작용했고 보송암을 보수하는데 공금이 사용되는 줄을 알고 있었느냐. 교회 신축에 건설 공무원에게 뇌물이 들어갔다는데 사실이냐. 사모가 여행을 다니면서 호텔에서 고위직 사모님들에게 귀신을 불러 점을 쳤다는 것이 사실이냐. 돈 관리 집사는 교회 공금을 착복해 호화 생활을 하는 줄을 알고 있었느냐. 기자들의 질문에 정신을 잃고 그 자리에서 무너졌다.

뇌 속의 나

하얀 시트로 몸을 가리고 한 사람이 수술대 위에 누워있었다. 녹색 모자와 청색 마스크로 얼굴을 가린 간호사가 하얀 천으로 가려진 손수레를 밀고 수술실로 들어와 손수레 위에 있는 하얀 천을 벗겼다. 반짝이는 스텐 손수레 위에는 가위며 집게, 망치, 톱, 수술 도구들이 가지런히 진열되어 있었고 간호사는 빠른 손놀림으로 도구들을 손가락으로 확인하고 수레를 누워있는 사람 옆으로 옮겼다. 뒤이어 녹색 수술복을 입은 의사가 들어왔다. 손에는 은빛으로 뻔쩍이는 쟁반이 들려있고 쟁반 위에는 이때까지 보지 못한 생물들이 바글거리고 있었다. 의사는 간호사가 건네주는 수술 장갑을 끼고 누워있는 사람에게 눈길을 돌렸다. 의사의 눈길이 닿은 곳에 누워있는 사람이 보였으며 누워있는 사람은 의사를 빤히 쳐다보고 있었다. 세 사람이 닮았다는 생각이 들었지만, 의사나 누워있는 사람이나 이를 지켜보는 자신도 아무런 감정 없이 서로를 지켜보았다.

마스크를 쓴 간호사의 이마와 눈을 보고 아내라는 것을 알 수 있었다. 의사도 도륙 부처의 화상에서 보았던 나였으며 환자도 나였고 이것을 보고 있는 사람도 나였다. 세 사람이 모두가 한 사람이었지만 행동은 의사만 하고 한 사람은 누워있고 한 사람은 이들을 보고 있었다. 의사가 간호사를 보며 말했다.

"뇌의 세포를 변경했지만 십자가의 도에 단단히 굳어 수술을 해도 의식이 바꿔지지는 않을 것 같은데요."

간호사가 말을 받았다.

"하늘을 향한 뇌의 회로를 짐승들의 혼이 있는 땅으로 바꾸면 쉽게 변할 것이니 염려 말고 하늘의 빛이 들어오기 전에 우리 군사들을 투입시키세요. 사람들로부터 십자가의 도로 호감을 산다거나 사랑으로 행복감을 주는 세포는 빼버리고 신령님이 지향하는 천군(귀신) 군사를 심어 십자가의 도인 사랑을 미워하는 저주로 교체해야 합니다."

간호사가 명령조로 빨리 수술하라며 의사를 재촉했다. 간호사가 생물이 꿈틀거리는 쟁반을 바르게 놓고 칼을 의사의 손에 넘겼다. 의사가 누워있는 사람의 머리에 메스를 대었다.

머리 중심으로 칼로 자르고 뼈를 톱으로 자르더니 뇌를 끄집어내었다. 꿈틀거리는 뇌를 의사는 바늘 같은 핀셋으로 현미경을 보면서 헤집었다. 움직이는 생물들이 현미경을 통해 보였다. 뇌 속에는 셀 수 없는 모래알같이 많은 생물들이 바글거리고 있었다. 십자가의 도를 철저히 따르게 하는 공의와 정의와 거룩함과 지혜와 의로운 세포와 더불어 투기 음행과 더러운 것과 호색과 우상숭배와 주술과 원수 맺는 세포들이 함께 뇌 속에 한가득 움직이고 있었다. 지혜와 의로움과 거룩함도 있었지만, 구석 쪽에 밀려 있었다.

정의와 사랑과 공의의 세포를 핀셋으로 집어내어 다른 곳으로 옮겼다. 세포를 하나씩 확인하더니 그중에 십자가의 세포만 더러운 어둠이 바글거리는 곳으로 이주시켰다. 무능하고 미련하게 보이는 세포가 보이고 세포를 다른 곳으로 옮기는 의사가 나사를 풀고 맞추는 로봇 같았다.

"됐어! 십자가의 말씀을 향한 충성과 믿음을 추구하는 회로가 차단되고 주술로 지배를 받게 될 것이며 십자가의 도는 없어지거나 사라질 것이다. 빛이 들어오고 있어. 빨리 빛이 들어오기 전에 머리를 덮어야 해요. 빛이 들어오면 의로운 세포가 되살아 날 수도 있어 예전과 같아질 수 있어요."

빛이 비치기 시작하니 수술실은 보이지 않았고 간호사와 의사가 주고받는 소리만 들렸다.

십자가의 도가 떠나지 않도록 기도해야 되겠다는 생각이 들어 하늘 위로 손을 뻗치고 누워있는 자신을 위해 기도했다. '만물을 창조하실 때에 흙으로 몸체를 만드신 하나님. 하나님은 나의 아버지가 되셨습니다. 아브라함이 이삭을 제단에 올려놓고 칼로 쪼개려 했을 때 하나님은 사망의 제단 위에서 이삭을 구하셨습니다. 저들이 칼날로 머리를 자르고 주님의 말씀을 그들이 호감을 가지고 있는 저주받은 세포를 뇌에 심으려 합니다. 주여 구하옵소서. 구해 주소서. 어두운 사탄의 제물이 되지 않게 하소서.' 기도 중에 밝고 환한 빛나는 십자가의 빛이 수술실로 들어와 봉합하려는 뇌 속으로 들어갔다.

"방해하는 빛이 들어오고 있어 빨리 봉합해야 하오!"

"빛이 들어오면 모든 것이 허사다. 수술이 잘못되면 기억이 되살아나고 계획은 실패로 돌아가니. 빨리 시행하세요."

간호사의 소리에 다시 어둠으로 변했다. 한 줄기 빛이 머릿속으로 빠르게 들어가 뇌를 장악했다. 빛이 머리로 들어가는 꿈같은 환상을 보며 깨어났으나 전신은 마비되어 있었다.

육체는 동맥을 따라 피가 흐르고 호흡은 정상이고 눈을 뜨고 있으나 눈동자는 제자리에 있었고 혀가 굳어 소리는 나오지 않았다. 그러나 주님 말씀과 사랑하는 정신은 맑았으며 모든 것을 분별할 수 있어 감사할 수 있었다. 교회에서는 영혼이 분리되어 떠났다, 하고 아내는 신병이라 하며 그들 마음대로 판단했다. 아내는 자리를 비우지 않고 잠들기까지 기도한다며 알 수 없는 주문을 읊조렸으며 몸에 좋다는 약을 먼 곳에서 구입하여 사용했다.

아내는 자신이 쓰러질 때까지 주문을 읊조렸으며 마비된 몸에 향유를 뿌리고 마사지를 했다. 정신은 돌아왔지만, 감각은 없었고 몸은 움직일 수 없었다. '아! 이것이 식물인간이구나.' 이 때부터 알지 못하는 세계에서 보이지 않는 올가미에 매여 꿈과 현실을 구분하지 못하게 되었다. 꿈이지만 사탄이 천사의 행위를 한다는 죄책감이 괴로웠다. 아내는 재워 주기도 하고 깨워 주기도 하며 보살피는 것이 최면술인 줄 알지 못했다. 최면에 꿈꾸며 마음에 숨어 있던 죄가 생각나고 회개한 죄가 보이는 현상이 일어났다.

깨어나는 즉시 정신이 돌아오는 순간을 놓치지 않고 기도했다. '이 환난이 하나님께로부터 온 것이라면 은혜와 긍휼을 베푸실 분도 하나님이십니다. 욕망이 도둑과 다를 바 없었습니다. 위선으로 배를 채우고 하나님의 은혜를 자랑으로 삼았습니다. 태에서 죄인으로 태어났지만 꿈에까지 하나님을 대적하는 꿈을 꾸었습니다. 내 영혼이 음부에서 괴로워할 것이오니 주님의 이름을 부를 때에 영혼을 거두어 주옵소서. 이 고난이 주님의 본마음이 아닌 줄 알고 있습니다. 아집과 교만과 자랑을 용서하여 주옵소서.' 환상인지 꿈인지 알 수 없지만, 머리를 쪼개고 뇌의 회로를 빛에서 어둠으로 바꾸는 것을 보았다.

아내는 구급차를 불러 병원으로 이송했고 퇴원하는 즉시 교회로 가지 않았고 보송암으로 옮겼다. 반문도 저항도 할 수 없다. 꿈이 현실이 되는 불길한 생각이 마음을 압박했다.

무당으로 복귀

    돈을 관리하던 집사만 구속되고 아내는 교회의 고발이 없어 범칙금만 물리고 법망에서 풀려났다. 아내의 부정을 알았지만, 교회에서는 치료비며 생활비를 책임지려 했다. 그러나 아내는 교인들의 성의를 사양하고 교회에서 보송암으로 짐과 함께 남편을 옮겼다. 사탄이 준비한 계획을 실행하기 위해서였다. 교회에서 보송암으로 가지 못하도록 막아서는 교인들과 약간의 실랑이가 있었지만, 보호자인 아내의 의견이 앞서 아내가 승리했다. 초라하고 음침했던 보송암은 크고 웅장하게 건축되어 있었다.

    아내는 짐을 풀자 점술가로 빠르게 복귀했다. 건물 마당 가운데에 굿판을 벌일 수 있는 무대를 만들었고 신당 안에는 도륙 부처의 그림을 중앙으로 조각한 사람을 앉혔다. 좌우로 만상의 부처상을 배열해 놓았고 앞에는 향료를 놓았다. 엊그제까지 예수를 외치던 전도사를 불상 자리에 앉혀 놓고 환생한 도륙 부처라 했다. 티끌 하나 움직일 수 없는 식물인간이 신령이 아니라 손짓이나 몸짓으로 말할 수 없도록 보이지 않는 주술을 걸어 묶었다. 신령으로 만들어진 것은 무당의 철저한 계획이었으며 도륙이 예언했다는 아들을 찾는 데 성공한 것이다. 그동안 참아왔던 무당의 인내가 보송암에 도착하자 봇물 터지듯 터져 나오면서 제자들은 질서 정연하게 승리의 굿판을 준비했다.

무당을 전도대상으로 삼아 귀신에 들린 여자를 하나님의 자녀로 전도했듯 무당은 전도사를 완벽하게 주술로 묶어 포로로 잡아 아들로 삼으라는 신령의 말을 성취했다. 무당에서 사모로 사모에서 무당으로 배교에 배교가 일어난 것이다. 그러나 아내는 배교하지 않았다고 말했다. 교회에 있으나 암자에 있으나 다를 바 없이 예수를 믿는다고 했다. 교회에서는 하나님을 믿으면 되고 절에 가면 부처님을 공경하고 암자에서는 도륙 신령인 당신을 모시면 된다며, 유일하신 하나님을 모욕하며 도륙이라는 신령을 수많은 신중의 하나로 만들려 했다.

승리의 굿판을 벌였고 세 번째 굿판에서 음식물은 호스를 통해 받아들이게 했다. 의사나 주위의 사람들도 기능이 완전히 상실된 식물인간으로 알았고, 의사는 생명에는 지장이 없다고 진찰했다. 혀는 돌처럼 굳었지만, 귀는 타인의 말을 경청할 수 있고 눈동자는 막이 덮여 있지만 희끄무레한 사이로 사물의 움직임이 약하게 보였다. 전도사에게 신령의 영묘한 감응이 강림하셨다며 명칭을 도륙 신령으로 바꾸었다. 무당을 전도한 것 같이 전도사를 신령으로 이름을 바꾼 무당의 명성이 갈수록 상승세를 탔다. 희끄무레한 현상을 보고 귀로 듣는 것 외에 전신은 기능이 마비되어 용변을 받기 위해 기저귀를 채웠다. 아내가 차츰 회복될 것이라는 위로의 말이 부드러울수록 저주로 느껴졌다.

점술가의 명성은 입소문을 타고 사람들 사이로 퍼져나갔다. 점술가의 영력으로 전도사가 신령으로 환생했으며 전도사가 지혜나 능력이 뛰어난 신령이 되었다는 소문도 함께 퍼트렸다. 무당을 개종시켰을 때보다 무당이 전도사를 신령으로 환생시킨 것이 많은 사람들의 관심거리가 되었다. 보송암은 이전보다 더 많은 사람들로 붐비기 시작했다.

본인의 생각은 완전히 배제하고 무당의 의도대로 도륙 부처인 신령이 되었다. 무당을 대적할 수 없고 아니라고 말할 수 없는 허수아비 신령이 되었지만, 하나님을 향한 십자가의 마음을 더 굳건히 붙잡으려 결심했다. 이 일에 하나님의 뜻이 숨어 있어 진행되며 때가 되면 일으켜 세워 주실 것을 믿고 기도하며 기다리기로 했다. 신령을 섬기는 아내이지만 마음으로 하나님께 기도하는 것은 영험한 점술가라도 알지 못했다.

무당은 처음에는 주문을 입속으로 읊조리더니 시간이 지나면서 소리가 나기 시작했다. 촛대에 불을 켜고 향료에 향을 피웠으며 공공연히 앞에 엎드려 절하며 소리를 내어 주문을 읊조렸다. 하나님의 말씀을 묵상하다가 아내가 주문을 읊조리면 묵상하던 기도가 주문을 따라 가는 상황이 빈번해졌다. 주문을 따라 읊조리다가 최면에 빠져들면 알지 못하는 곳에 이끌려 현실 같은 꿈에서 방황하기 시작했다.

오래되고 웅장한 고고학에나 나올 법한 기와로 된 건물 안에서 무슨 죄를 지었는지 범죄자가 되어 누군가에 쫓기다가 날카로운 바위로 절벽을 이룬 담장을 뛰어넘어 하늘을 나르면 아래는 새싹이 돋아난 아름다운 봄이 펼쳐져 있었다. 거기서 누구를 만났지만 기억할 수 없었고 현실인지 꿈인지 분간되지 않는 괴이한 환상과 꿈을 꾸기 시작했다. 영혼마저 하나님을 버리고 떠난 악하고 사악한 꿈만 연이어 꾸었다.

최면에서 깨어나 현실로 돌아오면 곧바로 하나님을 향해 기도했다. '나의 힘이 되신 주여. 이제 나를 모든 죄에서 건지시며 버리지 마소서. 우매한 자들에게 욕을 당하지 않게 하소서.' 간절한 말씀과 기도로 마음을 달랬다. 어떤 때는 기도하는 낌새를 알아채고 주문을 크게 읊조려 기도를 막았다. 사람들은 기도한다는 것을 모르고 있었지만, 아내는 내가 듣고 보고 있다는 것도 알고 있었다. 주술이라 생각하고 싶지 않았다. 귀신들린 여인을 전도하고 아내로 맞이한 자랑으로 마음을 부풀게 하시고 교만이 마음과 생각을 차지할 때 하나님은 막대기로 내리치셨다.

교만한 마음을 하나님은 하와를 꾀는 뱀으로, 예수를 파는 가룟 유다로, 예수를 못 박는 군인이 되는 끔찍한 상상이 마음으로 들어오기 시작했다. 개인의 의지로는 옳고 그름과 악과 선의 판단을 할 수 없게 되었다. 영험이 넘치는 점술가가 자신의 의도를 감추고 교회에 들어와 눈치를 살피다가 교회를 야단스럽고 부산하게 소동을 일으키고 마음껏 분탕질을 하고 승리의 깃발을 들고 자기의 성으로 돌아온 것이다. 그들이 섬기는 귀신만 난무하는 곳에서 헤어날 수 없음을 알았다. 내가 할 수 있는 일은 이곳에서 벗어나기를 간구하는 하나님께 향한 기도 외에 없다는 것을 알았고 최면에서 깨어나면 하나님께 부르짖었다.

처음에는 교회에서 사람들이 찾았지만, 무당으로 변한 아내가 보란 듯이 방해하므로 어떠한 도움도 요청할 수 없었다. 어려운 상황에서 벗어나려 애쓸수록 최면과 주술인 족쇄에 단단히 채운 올가미가 옥죄어 벗어날 수 없다는 것을 깨달았다. 아내를 적으로 의심하는 마음을 비우려 했다. 사탄의 계획으로 결혼했다는 의심도 하지 않기로 했다. 한편으로는 손가락 하나 움직일 수 없는 장애자를 보살피는 아내의 행동에 벗어나는 일은 삼가도록 했다. 나를 위해 수고하는 아내를 지켜보기로 했다. 처음에는 문턱이 닳도록 찾아주던 교회 사람들도 움직이지 않는 눈동자를 보고 저주받은 사람으로 취급해 발길을 돌렸다.

하나님의 도움이 있을 것이라는 신념으로 견디었다. 하나님의 계획하심은 보이지 않으시지만 작은 들풀 하나 작은 곤충 한 마리의 생명까지 섭리하시며 보이지는 않지만 바로 옆에 가까이 계시는 하나님이시다. 잠시 환난이 닥쳤다고 하나님의 영원하신 사역이 끝나지 않을 것이며 원망하거나 판단하려는 죄를 지어서는 안 된다. 굴욕적이고 비참한 환난에서 구원해 주실 분은 오직 하나님뿐이시며 이 험난한 시간도 일순간 지나갈 것이다. 굳건히 세운 믿음이 시간이 지날수록 싹이 돋아나듯 사탄이 고개를 들면서 '네가 찾는 하나님은 어느 곳에도 찾을 수 없어.' 사탄은 사자같이 발톱을 세우고 주님께 갈망하는 기도를 포기하도록 종용했다. 그때마다 이 일이 하나님의 본마음이 아니심을 믿고 믿음을 지켰다.

보송암을 찾는 사람들에게 그림에 있는 인물이 도륙 부처이며 그림과 흡사한 사람이 그림에서 땅으로 강림하신 신령이라 했다. 무당의 신당에서는 초상화와 사람이 하나이며 환생한 신령으로 해석되었다. 아내는 점술가이면서 선지자, 예언자 역할을 모두 다 했다. 굿이나 점치러 오는 사람들은 절차가 있다. 먼저 초상화 앞으로 안내되어 몇백 년 전의 부처님이 남겨 놓은 초상화라며 설명하고 절을 하게 한 후에 손님의 마음을 가다듬게 하고, 그 앞에 앉아 있는 사람 앞으로 안내했다. 좌정하신 분이 환생하신 신령이라며 접견하게 했고 소원을 아뢰고 답을 구하라 했다. 옛 부처의 초상화를 접견한 후에 초상화와 닮은 사람을 보고 놀란 손님들은 몸가짐부터 달라졌다. 머리를 숙이고 손을 모으고 엎드려 소원을 말할 때 신령이 아니라며 손사래 칠 수도 없다. 그들의 소원하는 기도의 답은 무당이 하고 손님은 무당이 말하는 대로 고분고분 따랐다.

무당으로부터 나오는 말은 손님들을 감동시키고 그들을 믿게 했다. 보송암을 찾아온 손님들은 식물인간을 가리켜 벽에 그려진 도륙이 강림하시어 생불이 되었다며 지혜가 높은 신령이라 해도 의심하는 사람이 없다. 믿고 기도하는 자들이 식물인간을 향해 소원을 빌면 소원이 이루어지고 무당의 예언은 알 수는 없으나 적중률이 높았다. 숨 쉬는 사람을 무당은 신령으로 앉혀 놓고 신령으로부터 예언이 나왔으며 질병이 치유되고 신령은 말을 못 하는데 말을 못 하던 사람이 말문이 열렸다. 죽음 직전에 있던 사람이 신령 앞에서 기도하고 살아났다. 이해하려 해도 이해할 수 없는 일이 보송암에서 일어나고 있었다.

신령이 된 자신은 귀신들의 세계를 가보지도 않았고 신내림을 구하지도 않았으며 신은 성경에 스스로 계시는 하나님 한 분 외는 없다며 굳게 믿고 있다. 신과 접선한다는 사람들은 있었지만 신은 한 번도 보지 못했으며, 유체이탈을 했다지만 꿈이라 생각하고 있다.

성경에도 수많은 점술가들과 무당이 영혼을 불러올렸다. 죽은 선지자를 불러올리는 점쟁이 여인이 있는가 하면 하나님과 깊은 영감을 주고받는 발람 같은 점술가도 있다. 출애굽 당시에 모세와 같이 뱀을 만들고 물이 피로 변하게 하던 애굽의 점술가들도 있었다. 이스라엘의 사울 왕에게 하나님이 부리시는 악령이 사울을 번뇌하게 하고(삼상16:14) 선지자 미가에는 하나님이 주재하시는 회의를 보이시고 다른 선지자들에게는 거짓말하는 천사를 선지자들의 입에 넣는 기도도 했지만, 이들은 악령으로 분류되었다.

아내와 함께 교회에 있을 때 기적과 이적이 일어나는 것을 보고 사람들은 하나님의 성령이 임했다고 했다. 보송암에서 비슷한 기사와 이적이 일어나니 사탄이나 귀신이 행하는 일이라 했다. 천사와 사탄과 악령과 거짓 천사 모두 하나님의 지시 없이 움직일 수 없다.

악령도 귀신도 사탄도 사람 눈에는 보이지 않는다. 사람이 조각하거나 괴이한 형상을 눈으로 보고 섬기거나 꿈이나 환상을 통해 보이는 것은 환상이며, 무엇이든 하나님보다 더 사랑하면 우상이다. 하나님은 언어도 없고 소리도 없지만, 때를 따라 계절을 주시고 모든 만물의 생사화복을 주관하시며 만물을 다스리시는 신은 오직 하나님 한 분 뿐이시다. 그분은 우리를 지으신 이요, 우리는 그의 피조물이요, 우리를 양 같이 기르시는 분이시다. 거룩하고 전능하신 하나님을 믿는 전도사를 불상 자리에 앉혀 놓고 신령으로 만들었다.

그들이 부처라 하든, 신령이라 하든 말할 가치도 없다. 소리 없이 쏟아지는 용변을 아내가 처리할 때를 제외하고 대부분 시간은 눈을 감고 묵상하며 신앙을 고백하며 주님이 주신 재앙에서 벗어나기를 소원했다. 또한, 이 재앙이 하나님께서 주신 벌이라면 고난을 극복하고 치유되기를 기다리기로 했다.

통증은 호전되었지만, 여전히 밀랍이 되어버린 육체는 말문이 막혀 마음이 지르는 소리는 아무도 듣지 못했다. 코로 웅얼거리는 소리를 사람들은 알아듣지 못하지만 내가 형의 말을 알아들었듯이 아내는 이해하는 것 같았다. 말은 입안에서 맴돌지만, 소리는 밖에서 쿵쿵거리는 소리로 들리는 것 같다. 아내는 이 소리를 손님들에게 하늘의 소리라 했다. 재앙이 하나님께로부터 왔다면, 재앙이 끝나기를 기도하며 기다릴 수밖에 없다. '이제 내가 무엇을 바라리요. 나의 소망은 주께 있나이다.' (시39:7)

머릿속에 암송해 두었던 성경을 묵상할 수 있어 다행이다. 부처상이 되었든 생불이 되었든 우리 모든 죄인들을 위하여 제물이 되어 십자가를 지신 하나님의 아들을 믿는 믿음으로 살아야 한다는 믿음만 변하지 않도록 기도했다. 나는 신령이 아니며 하나님의 피조물이며 육체로는 티끌이며 죄인이며 나를 구원하신 예수를 믿는 사람이다. 아내가 신령이라며 정화수를 올리고 절을 하고 손님들에게도 강요하지만, 나는 사람이며 하나님의 피조물이다. 사탄의 앞잡이 무당의 귀신 놀이에 방패가 되어 지켜 주실 주님을 믿고 견디기로 했다.

천지의 주인이시지만 숨은 듯 보이지 않으시고 스스로 계시면서 온 우주를 통치하시며 은혜를 베풀 자에게 은혜를 베푸시고, 긍휼히 여김을 받을 자에게 긍휼을 베푸시며, 하나님의 생기로 꽃이 피고 열매를 맺게 하시는 하늘과 땅의 주인이신 하나님을 믿는다. 티끌 같은 우리를 사랑하사 하늘의 영광을 버리고 종의 형체로 이 땅에 오셔서 십자가의 피로 우리 피조물의 죄를 대신 지신 크신 하나님 그리스도(디도2:13)를 믿는 자다. 지금은 보이지 않지만, 친히 하늘로부터 강림하실(데4:16) 분을 기다리는 사람이다.

무당은 그림 속의 신령 상과 부처상, 사람의 손으로 만들어 돈을 주고 조각한 만상의 부처상을 신으로 모시고 있다. 그 가운데에 먹어야 살고 배설해야 하며 몸에는 붉은 피가 흐르고 배에는 배설물로 가득 채워진 사람도 있다. 도륙 신령이 아들로 삼으라는 지시로 무당인 아내는 마음과 정성을 다해 숭배하고 있다. 무당이 숭배하는 사람은 천지를 창조하시고 만물의 주인이신 예수를 주인으로 섬기는 사람을 주술로 마음을 빼앗으려 한다.

무당은 최면과 주술로 사람의 육신을 억눌려 통제하면서 신령으로 숭배하고 있다. 무당 스스로가 남편을 대할 때 신령으로 숭배하며 섬기고 받들며 아끼고 존경하는 마음으로 경배 했다. 처음 만나는 순간부터 그랬다. 결혼 후에 합방이 이루어질 때도 강렬한 육체의 전율을 스스로 다스리기 위해 본능적으로 충동적 감정의 행동까지 참으려는 것을 보았다. 본능적으로 나오는 숨소리까지 죽이며 육체의 강렬한 욕구까지 억누르면서 숭배하듯 존경하는 마음으로 육체를 조심스럽게 다루었다. 그러는 아내를 보고 사람이라는 것을 확인시키기 위해 강하고 거칠게 성적 애무로 다루었지만, 이럴 때일수록 더욱 스스럼없이 모든 움직임을 평안하게 받아주었다. 완벽한 피조물인 사람임을 나타내려 힘쓸수록 신령으로 우러러 공경하는 것은 우월감을 가지고 자신의 지배자가 되어 주기를 원했다.

십자가의 도인 사랑과 말세에 죽은 자들의 부활을 믿으면서 아내가 말하는 넋들과 신령은 애써 부정하고, 보이지 않는 하나님만 유일한 신이고 아내에게 보인다는 귀신은 애써 배척하려는 자아비판이 살아나기 시작했다. 마른 나무로 만들어 놓은 불상이나 돌멩이를 조각한 것 같이 몸도 움직이지 못하며, 말도 못 하는 사람을 신령으로 앉혀 놓고 천계를 보는 듯 미래를 예언하는 듯 사람들에게 마치 보이고 들리는 것처럼 연출을 하고 있다는 생각부터 고쳐야겠다는 생각이 들었다.

사탄도 하나님의 종임을 성경 욥기에서 보았다. 하나님의 아들들이 모인 자리에 참석했으며(욥기2:1) 하나님은 부정적인 일이지만 사탄에게 맡기셨다. 성경에 수많은 귀신이 있는 것을 굳이 아내의 귀신을 부정할 필요는 없다는 생각이 들었다. 생물이 생존하는 세상에는 개인마다 하나님을 다르게 숭배하며 섬기고 같은 하나님을 믿어도 사람마다 개인이 상상하는 하나님은 다를 수 있다. 바울이 아테네에 갔을 때 아테네의 수많은 우상 중에 알지 못하는 신이라는 것을 보고 그들이 알지 못하는 신을 하나님이라 했다.

어느 틈에 아내가 진행하는 의식과 행위를 긍정으로 받아들이고 있었다. 아내도 성경에 나오는 귀신을 부르는 능력 있는 점술가일 수 있다. 발람이라는 점술사는 여호와 하나님을 신뢰했으며 하나님께 예언을 받아 예언할 수 있는 능력이 있었다. '하나님은 사람이 아니시니 거짓말을 하지 않으시고 인생이 아니시니 후회가 없도다. 어찌 하신 말씀을 행하지 않으시며 하신 말씀을 실행하지 않으시랴.'(민23:17) 발람이 술사지만 그의 고백은 하나님에 대한 중보 자로서 진리의 말씀을 했다. 술사인 무당도 사람과 도륙이나 귀신의 중간에서 빙의의 역할을 하고 있다는 생각이 마음을 움직였다.

아내가 섬기는 귀신들을 이해하려는 쪽으로 생각이 바뀌자 눈치 빠른 아내가 때를 놓치지 않았고 고전 같은 자신이 섬기는 도륙의 내력을 귀에 넣어 주려 했다. 고아로서 절에서 운영하는 고아원에서 자랐던 이야기와 중이 되어 고행하던 중에 도륙 부처를 만나 그의 제자가 되어 무속인이 된 이야기를 설교하듯 들려주었다. 아내의 말을 들을 때마다 영안을 가지고 신을 숭배하는 선지자 같이 느껴졌다. 아내도 부처를 만나기 위해 기도를 하며 도를 닦던 곳에서 도륙이라는 부처를 만났고 신령에게 접속하여 신내림을 받았으며 술사 발람이 여호와 하나님을 주인으로 부르듯이 도륙을 부를 때 그림으로 향하던 눈길을 이제는 남편의 얼굴에 고정하고 섬세하게 관찰하며 눈이든 입이든 움직임에 따라 중얼거리기도 했다.

영원 전부터 살아계시는 신령이 자기 몸에 내렸다는 성지인 토굴에는 사람의 눈에는 보이지 않지만, 지금도 신령님이 거하실 것이라며 자신의 추억을 이야기했다. 태백산맥 줄기의 깊은 골짜기에 성스러운 성지에 당신의 지혜의 영이 있다 했다가, '신령님은 여기 계시지.' 혼자 말같이 하면서 공경하는 눈길로 우러러보았다.

아내가 이야기를 할 때는 현세에서 떠나 또 다른 차원에서 그의 신령과 교감하는 사람처럼 혼자 중얼거리기도 했다. 어떤 때는 자기가 이야기하는 말에 완전히 매몰되어 얼굴빛까지 달라졌다. 눈에는 행복이 가득했고 자신의 이야기에 빠져드는 것을 보았다. 영혼의 기쁨을 느끼는 아내도 초자연적인 절대자를 받들어 모시는 술사라는 생각이 들었고 자기를 이해하는 눈빛이 보이면 침실에서 신령을 대하듯 바라보는 눈빛이 비굴한 얼굴로 변했다. 남편이 신령이라는 확신을 심어 주기 위해서인지 아니면 자기의 도를 알리기 위함인지 둘만 있는 시간에는 신령을 만난 이야기를 들려주었다.

자신은 고아였으며 중이 되어 전국을 순회하며 부처가 되어 열반하기 위해 몸을 깨끗이 하고 마음을 가다듬고 정진하다가 토굴을 발견하고 거기서 도륙 신령을 만났고 그를 만남으로 세상 이치를 깨달아 무당이 되었다. 자신은 도륙의 도를 세상에 펼쳐 말세에 인간을 구하려는 선지자이며 예언자라 했다. 도륙의 분신인 당신이 스스로 도륙인지 알지 못하는 것은 도륙의 영이 당신에게 임하지 않았을 뿐이다. 예수가 세례요한에게 세례를 받을 때 성령이 임한 것처럼 도륙의 영이 이슬같이 당신에게 임하면 당신은 눈이 뜨일 것이고 세상을 지배할 것이라며 자신의 마음에 감추어 두었던 이야기를 했다.

지혜를 찾아 나선 구슬

　사람의 발길이 뜸해서 조용했던 절에도 석가모니 부처의 탄신일이 되면 사람들로 붐빈다. 공양주들은 부엌 밖에 임시 조리 터를 만들어 불을 지펴 부꾸미를 만들고 미리 만들어 놓은 음식을 골고루 그릇에 담아 놓으면 손님들은 필요한 먹거리를 편한 자리에 가져다가 먹게 하고 빈 그릇은 가져오게 했다. 가져온 빈 그릇을 젊은 사람들이 설거지하고 정리했다. 몇 명 되지 않는 스님들은 대웅전에서 예불을 인도하느라 모두가 바빴다. 손님들이 음식을 비우고 빈 그릇을 자리에 두면 그릇을 거두어 설거지하는 곳으로 가져다 나르는 곳에 구슬도 있었다. 예불을 드리던 스님이 구슬을 불러 자질구레한 심부름을 부탁하면 하던 일을 멈추고 달려가 스님의 말에 따라 빠르게 움직였다.

　시끌벅적하던 사찰도 오월의 긴 해가 기울 즈음에는 공양하던 신도들과 손님들도 썰물같이 빠져나갔다. 봉사하던 공양주들도 뒷일을 마무리하고 집으로 돌아가고 조금 외로워 보이는 꼬마전구에 달린 등 아래로 지나는 몇몇 사람들을 제외하고 사찰은 고요로 빠져들었다. 길게 늘어선 등에 보시한 사람이 원하는 기도가 매달려 있다. 인간은 너 나 할 것 없이 허무를 느끼고 어떤 존재에 의지하고 기대어 그곳을 향해 바라고 소원한다. 나이가 칠십이나 팔십이 된다 해도 그 시간을 살아온 사람에게는 찰나와 같겠지만, 내일이면 고아원에서 외지로 나가는 구슬에게는 한 번도 부딪치지 않은 세상이 신비롭고 두려워 가슴이 두근거렸다.

하루 종일 뛰다시피 움직이던 구슬도 뒷일을 마무리하고 절 아래 숙소로 내려왔다. 고아원에서도 선임이 되어 방을 따로 마련해 주어 자기 방으로 들어와 자리를 펴고 누웠다. 일찍 찾아온 더위에 홑이불로 갈았다. 산골은 아직도 해가 지면 더위를 모른다. 이불을 위로 올리는데 속옷 위로 나온 앞가슴이 이불에 스쳤다. 짜릿한 전율이 가슴으로 전해왔다. 마음이 뜨거워짐은 잠시뿐 피곤이 몰려왔지만, 정신은 깨어 있었다. 석가탄신일 잔일 처리하느라 힘이 들었어도 사람들과 부대끼던 시간들이 좋았다는 생각이 들었다.

열여덟이 될 때까지 절에서 운영하는 고아원에서 자랐다. 독립할 나이가 되어 고아원에서 독립해야 하지만 갈 곳이 없다. 같이 기거하던 원생 중에 도회지에 나간 언니로부터 좋지 못한 소식을 들은 후부터 악이 득실거린다는 사회에 나간다는 것이 두려웠다. 원주에게 사정을 이야기하고 공양주가 되려 했지만, 젊은 처녀가 남자들만 있는 절에는 어울리지 않는다며 거절했다. 석가탄일만 도와주고 아침이 밝으면 떠나기로 했다. 외지에 나간다는 모험으로 두려움 반 설렘 반으로 잠을 이룰 수 없었다. 주지스님이 추천서를 써주었지만 새로운 생활이 평탄지 못할 것 같은 불길한 예감만 들었다.

잠을 잤는지 깨어 있었는지 머리가 어수선했지만, 아침 햇빛은 어김없이 창문으로 들어와 방 안까지 들어와 있었다. 옷깃을 여미고 대웅전에 올라가 절 주위를 돌아보며 지난 시간들을 돌아보았다. 구슬이 아는 그의 생의 전부는 탁발 나갔던 스님이 사람들이 뜸한 골목길 쓰레기통 옆에 포대기에 싸인 아기를 발견하고 고아원으로 데려와 우유를 먹이고 키웠으며, 고아원과 자매를 맺은 학교에서 공부하고 스님들의 수행하는 모습을 보며 자랐다. 그러나 오늘은 부모 같았으며 고향 같은 고아원에서 떠나야 한다.

아침 예불을 마친 스님들이 공양을 마치고 나오는 것이 보였다. 부엌으로 가서 공양주가 찬과 함께 바리에 담아주는 아침을 대충 넘기고 인사를 하고 고아원으로 내려와 챙겨 놓은 짐을 다시 확인했다. 큰 가방 하나 정도의 짐을 챙기고 주지 스님과 원장님께 인사하고 울먹이는 후배 원생들과 작별 인사를 했다. 그러다 보니 정오가 가까워졌다.

불안한 마음으로 원장님이 써준 추천서를 소중히 간직하고 버스에 올랐다. 불안한 마음이 다시 고개를 쳐드는 감정의 순환이 반복되어 일어났다. 얼마 전 고아원에서 독립한 언니를 찾아 서울에 간 일이 있었다. 언니는 쪽방 같은 작은 오피스텔에서 월세로 살고 있는데 옷맵시는 괜찮게 보였으나 술에 찌들어 있는 것이 좋게 보이지는 않았다. 후배들에게 엄마 같이 부드럽고 포근했던 언니다. 언니도 처음에는 주지 스님이 써준 추천서대로 직장에 들어갔는데 임금은 낮았지만 지낼 만했다.

같은 직장에 있는 남자와 교제했고 결혼까지 약속했는데 남자는 부인이 있는 사람이었다. 그길로 직장을 뛰쳐나왔지만, 할 수 있는 일은 파출부며 식당일뿐이었다. 친구가 손쉽게 돈을 벌 수 있다기에 소개받은 곳이 술집이었다. 손님들은 허풍과 위선으로 여자의 성을 거래했으며 돈이 부처님이며 선은 찾아볼 수 없다. 돈을 모으려 했지만, 또다시 사내들에게 몇 번 당하고 술 중독이 되어 몸뚱이만 남아 지옥 가운데서 고통이 가장 심하다는 규환지옥에서 울부짖고 있다며 자신의 일처럼 말하는 아내의 눈에 슬픔이 있었다.

언니의 이야기가 생각나면서 자신에게 닥쳐오는 앞날에 자신이 없었다. 사람들과 부대끼며 살아가는 것은 더욱 자신이 없었다. 구슬은 다시 산으로 들어가 수행하기로 결심하고 추천서의 반대되는 여자들만 수행하는 도량으로 마음을 돌렸다. 절에서 자라고 절에서 먹고 배운 그녀에게는 비구니 수계를 받고 고행의 길로 가는 것은 어렵지는 않았다.

중이 된다는 것은 세속적인 생활을 버리고 구도의 길로 간다는 의미다. 성직자로서 의식을 집전하고 생활에 있어 사표가 되어야 한다. 절이 운영하는 고아원에서 자랐기에 행자를 거치지 않아도 되었지만, 사미와 사미니계를 받기 전에 부엌에서 밥 짓는 일과 설거지하는 일, 온갖 허드렛일도 기꺼이 도맡아 했다. 송경을 익히고 암기하면서 중이 되기 위해 스스로 최소한의 기본적 행자 수련을 마치고 연화라는 이름도 얻어 연화 스님이라 개명되었다. 열심히 수행하여 해탈의 경지에 이르고 싶었다.

그러나 고승들이 깨달은 지식은 무색계이며 존재할 수도 있고 없을 수도 있는 중도였다. 스스로 부처를 닮기 위해 고행하며 수행하는 구슬은 전생이 있다고 굳게 믿고 있었다. 전생에 나는 무엇이었을까? 전생보다 현세의 어머니는 누구며 아버지는 어떠한 사람일까? 현세도 모르면서 전생을 찾는 자신이 어리석고 안타까웠다. 선승들은 전생에 죽었을 때의 고통과 이생에 태어날 때의 고통으로 전생을 잊었을 뿐이라 했다. 번뇌나 속박에서 벗어나 해탈하여 부처가 되기 위해 힘을 쏟았다.

인간이 선한 업을 많이 쌓으면 업보에 의해 다음 생이 결정된다. 전생에 무슨 행업으로 부모도 모르는 고아가 되었는지 부처님께 묻고 싶었다. 육신의 껍질을 벗고 영원 속으로 들어갈 수 있다며, 지옥도 극락도 마음에 있다고 가르쳤다. 마음이 삼라만상이라 했다. 구슬은 부처님 앞에 의문을 던지고 스스로 답을 찾으려 했지만, 답은 없었다. 모든 의문은 스스로 깨우치고 스스로 깨달으라고 했다. 천만 배 숨이 넘어갈 정도로 부처님께 절하고 경을 묵상하며 기도로 정진했다.

그러나 자신을 비우기에는 한계가 있었다. 불심에 가까이 갈수록 반비례해서 타오르는 젊음은 그녀로서는 감당하기 어려웠다. 사찰을 찾는 신도 중에 발랄한 젊은 남자를 보고 야릇한 감정에 그동안 쌓아 올린 공덕이 무너졌다. 잠들기 전에 찾아오는 이성의 환영, 악귀들의 지옥에 들어가는 꿈속을 헤매기 시작했다. 젊음이 머리를 어지럽힐 때 겨울 냇가에 얼음 마찰을 하고 경의 말씀을 묵상했다. 악귀 지옥은 사라져도 그가 찾는 과거는 찾을 수 없었다. 전생을 깊이 묵상했으나 전생은 더더욱 알 수 없었다. 이대로 시간만 흘려보낸다면 현세에서 아무것도 건질 수 없다. 무소유를 외치며 탁발을 하며 수행하던 늙은 스님들이 병들고 지쳐 양로원에 육신을 의탁하는 것도 보았다.

구슬은 자신이 십억 불국토를 가서 아미타불을 만나는 접신을 갈망했다. 사찰에서는 신과의 접속이란 말이 없다. 온 우주가 모두 부처이며 부처의 한 부분이라 했다. 늙고 병들기 전에 살아서 영원히 죽지 않는 부처를 만나야겠다는 생각을 가졌다. 사람이 만든 부처 앞에 합장을 하고 절을 해서 무엇을 얻겠냐는 생각이 들었다. 수행을 위해 절에서 광야로 나가기로 결심했다. 전국을 순회하며 탁발을 하며 기도처를 찾아 헤매다가 강원도에 있는 방태산자락에 암석으로 된 굴을 발견했다. 그곳을 암자로 정하고 불거진 바위 위에 작은 불상과 향료와 촛대만 있는 제단을 만들고 정한 수를 바쳐 올리고 참선으로 정진하기로 했다.

기도처를 마련하고 두 달이 지나고 석 달이 되어갈 무렵 허름한 장삼을 걸친 사람이 굴에 나타났다. 검은 머리카락이 얼굴 전체를 가렸고 검은 수염은 허리까지 내려온 사람의 외모는 나이를 분간할 수 없었으나, 늙은이 같지는 않았고 젊은이 같았다. 뜻밖의 방문객을 보고 놀라는 구슬을 보았는지 못 보았는지 자신이

기거하는 거주 공간 같이 움직임이 유연했다. 구슬을 보면서도 사람이 있다는 인식도 하지 않고 휑하니 앞으로 지나쳤다. 주위에 있는 사물이나 상대방의 존재를 알아주지 않고 행동이 자유롭고 거리낌 없었다. 구슬이 모셔 놓은 부처 앞에 멈추더니 한마디 했다.

"잠시 자리를 비운 사이에 기도처를 어지럽힌 미물이 있었구나."

먼지를 털어내듯 입으로 제단을 훅하고 불었다. 불거진 바위 위에 정하게 모셔 놓은 부처상과 향료와 촛대가 그의 입김에 티끌처럼 날아가고 제단은 본래 모습대로 말끔하게 정리되었다.

불상과 향료가 있던 곳에 본디부터 자기가 앉았던 자리 같이 가볍게 오르더니 평소 자신이 행하던 습관같이 좌정하더니 주위를 둘러보았다. 장삼을 걸쳤지만, 머리를 깎지 않아 중은 아닌 것 같고 행색을 보아 떠돌이 같았지만, 얼굴에 빛이 났으며 구슬이 볼 때 범상한 사람은 아닌 것이 분명했다. 오래도록 먹지 못했는지 마른 체구지만 당당했다.

어이가 없어 말도 못 하고 서 있는 구슬과 눈이 마주치자 '너는 누구냐?' 눈으로 물어오는 것 같았다. '배움을 얻기 위해 길을 나선 행자입니다.' 구슬은 분했지만, 굴이 본래 자기 것이었다는 중인지 떠돌이인지 구별되지 않는 사람에게 힘으로는 이길 수 없다는 것을 알았다. 한풀 꺾이는 것이 좋을 것 같았다. 구슬이 겸손하게 머리를 조아리는 것을 본 침입자는 구슬이 부처같이 여기는 거룩한 자리에 앉아 구슬을 온화한 눈빛으로 내려 보았다. 내려

보는 눈에서 번개 같은 빛이 번쩍였다.

"나는 도륙이니라."

입도 벙긋 하지 않았는데 소리가 가슴으로 울렸다. 구슬은 그 자리에서 엎드렸다.

"부처님 몰라뵈었습니다."

스님들이 그렇듯이 도륙의 근본을 아는 사람은 없었다. 고향도 없고 살았던 곳도 어딘지 모르며 족보도 없고 어디서 수행을 했는지 아는 사람도 없다. 삼백 년도 넘은 옛날, 계룡산 한 사찰에서 도륙이 참선을 하던 중에 갑자기 쓰러졌다. 함께 참선하던 중들이 놀라 주지 스님에게 알렸다. 그가 쓰러져 천상의 소리로 말을 하고 일어나지 않았다. 주지 스님은 부처님과 접견 중이니 깨우지 못하게 했는데 그 길로 깨어나지 않았고 앉았던 자리에서 열반했다. 사찰의 법대로 오 일 후에 다비식을 하려고 장작더미 위에 도륙의 주검을 놓고 아래에서 불을 지피고 불꽃이 타오르는데 불꽃 가운데에서 도륙이 일어났다. 놀란 사람들은 불 속에서 죽었다 살아나는 기적이 일어났다며 온 사찰이 들썩거렸다.

의탁할 곳도 없이 떠돌던 도륙이 불꽃 가운데 일어나 홀연히 사라졌다. 죽었다가 살아난 도륙에게 진언을 들으려고 그를 바라보던 사람들은 연기 같이 사라진 곳을 향해 합장할 수밖에 없었다. 그 후로 멀리서 도륙을 본 사람이 몇 명 있었다지만, 대면해 말을 붙여본 사람은 없었다. 도륙은 생명이 있는 자로 하늘로 오른 부처로 승가에서 알려졌다.

부처상 자리에 좌정한 사람은 입도 벌리지 않고 자기를 알렸다. 구슬은 그의 앞에 합장 하고 그의 제자가 되기를 간청했다.
좌정한 그는 말은 없었지만, 구슬의 소원을 거절하는 것 같았다.
보잘것없는 미물과는 말 붙일 필요가 없다는 소리가 들리는 것
같았다.

"부처님 아미타불 부처님께서도 웃팔라반나라는 비구니가 있
었습니다."

"그러면 네가 웃팔라반나라냐?"

이렇게 물어오는 것 같았다.

"아닙니다."

"그러면 빨리 여기를 떠나거라. 그것이 좋으니라."

좌정한 얼굴을 올려다보았다. 분명히 입은 다물고 눈은 감고
있는데 그의 소리는 들렸다. 구슬은 자처해서 살아 있는 생불의
제자가 되고 싶었다.

"저가 부처님을 모시면 웃팔라반나라가 되는 것이 아닙니까?"

구슬이 반문했다.

"아직 때가 아니라, 나는 없느니라."

때가 아니라서 자기는 여기 있으면서 없다는 말로 들렸다.

"나는 도륙이니라."

마음으로 전해들은 소리 외에는 한 마디 소리도 없이 앉아 있
는 모습이 정말 없는 것 같았다.

도륙이 큰소리치고 있었지만, 형색을 보아 뱃속이 비어 있다
는 소리가 구슬의 귀까지 들리는 것 같았다. 신령도 먹어야 하고
귀신도 먹는데 부처라고 먹지 않을까 빠르게 밥을 짓고 찬을 마

련해 따뜻하게 상을 차려 올리고 물러났다.

스님이든 부처든 살아 있는 생물은 음식 앞에 염치가 따로 없다는 것을 구슬은 알고 있다. 말없이 밥상을 차려놓고 물러섰지만, 소리가 들리지 않았다. 한참을 지난 후에 밥상을 물리러 갔더니 밥상이 놓아둔 그대로 있었다. 상을 물리고 그릇을 씻으려 뚜껑을 열었는데 밥과 찬은 비워졌고 그릇까지 깨끗이 닦여 있었다. 공양을 받고 물을 부어 그릇을 씻는 것이 스님들의 식습관이다. 그러나 미동도 하지 않은 그가 식사를 마치고 그릇까지 씻어 놓았다.

그 후로 매번 이러한 현상을 보고 식사하는 모습을 훔쳐보기로 했다. 밥상을 차리고 물러나는 것같이 하면서 지켜보았다. 역시 미동도 하지 않았다. 그러나 밥상은 비어있었고 깨끗이 닦여 있었다.

도륙은 미동도 하지 않고 부처를 모셨던 자리에 앉아 참선을 하는지 잠이 들었는지 일어나지도 않고 바른 자세로 조각한 신상처럼 꼿꼿이 앉아 있었다. 구슬은 마을에 내려가 탁발을 해서 밥을 지어 도륙에게 공양을 했지만, 그가 수저를 드는 것을 보지 못했다. 여전히 밥과 반찬은 비워져 있었고 먹은 것을 배설하러 화장실 가는 것도 보지 못했다. 자기를 위해 공양하는 구슬을 아는 척도 하지 않았다.

아랫마을에 탁발을 나갔다가 도륙과 같은 장삼을 걸친 사람이 앞서가고 있었다. 도륙이라는 생각에 열심히 따라잡으려 했으나 빠르게 가면 빠르게, 뛰어서 속도를 내면 속도를 내는 만큼 앞섰다. 탁발을 멈추고 동굴로 빨리 돌아와 제단을 보니 도륙은 그 자리에 그대로 좌정하고 있었다. 이런 일이 한 번도 아니고 몇 번 더 있었다. 처음에는 다른 사람이거나 잘못 보았거니 했지만, 그가 입고 있는 옷이 구슬이 보시했던 것임이 분명했다.

여름이 지나고, 가을이 되어 가는데, 밥은 비어있는데 배설하지도 않았다. 가까이 가면 접근하지 못하도록 밀어내는 힘이 접근도 못 하게 했다. 구슬도 법명이 있는 엄연한 중이지만 도륙은 보통 도사가 아닌 하늘과 땅의 이치를 깨우친 신령이 분명했다.

살아 있는 부처님을 모시는 구슬은 답답했다. 그러나 부처의 세계에 접근하고 싶었다. 그리고 구슬도 부처를 만났으니 깨달음을 얻어야겠다는 생각으로 열심히 공양했다. 도륙이 이곳에 온 날이 백 일이 되었지만, 사람들은 도륙이 있다는 것을 알지 못했다. 도륙이 여기에 있다는 말을 발설하면 바로 떠나겠다며 엄명을 내린 것 같았고 사람들이 몰려오는 것이 구슬도 싫었다.

도륙은 좌편의 천사장이었다

그가 온 날이 백일이 되던 날. 탁발을 빨리 끝내고 평소같이 굴로 돌아왔다. 습관대로 머리를 숙이고 굴 안으로 들어서는데 앞에 커다란 대문이 가로막고 대문 틈 사이에서 빛이 밖으로 비쳐 눈을 뜨지 못하게 했다. 눈을 크게 뜨고 깜박거리며 문 앞에 머뭇거리는데 대문 안으로부터 나오는 빛이 구슬을 안내하는 것 같았다. 빛이 안내하는 대로 대문을 열고 들어섰다. 칙칙했던 암석으로 된 굴은 감쪽같이 자취를 감추고 대궐 같은 집들이 건물 앞쪽으로부터 눈길이 닿는 곳까지 마을을 이루고 있었다.

마을은 바위로 된 산이 감싸고 있었고 이끼를 머금은 암벽이 촉촉이 젖어 있었다. 흘러내린 물줄기가 작은 폭포를 이루고 폭포는 강이 되어 흘러 마을을 풍요롭게 하고 있었다. 마을의 아름다움은 말로 표현할 수 없었으며 세상을 알고부터 한 번도 보지 못했던 신비스러운 마을이었다. 푸른 강줄기를 따라 흐르는 물가에 사철나무와 이름도 알 수 없는 꽃나무들이 줄을 지어 서 있었고 마을 주위에는 넓은 초원이 끝없이 펼쳐져 있었다. 멀리 보이는 산 위에 하얀 구름이 만들어 놓은 것 같이 떠 있고 정신을 차릴 수 없는 비경이 황홀감에 잠기게 했다. 집집마다 넓은 정원을 가지고 있었으며 붉고 검은 열매를 달고 있는 과일나무와 소나무를 비롯한 사철나무들이 맑은 공기를 뿜어내고 있었다. 잘 가꾸어진 나무 사이로 오색 빛을 내며 참새같이 작은 새들이 날아다니고 있었다.

빛이 인도하는 집 마당에 들어서니 향나무를 비롯해 각종 조경수들이 오밀조밀하게 꾸며진 넓은 마당에는 물줄기가 흐르고 작은 호수를 이루고 있었으며 호수 주위에는 귀엽고 앙증맞은 동물들이 뛰노는데 몸에 빛을 내었다. "아들아!" 오랫동안 다정하게 불렀던 소리 같이 귓전에 들렸다. 세속에서 부르던 구슬이라는 이름도 있고 연화라는 법명이 있는 여승에게 "아들아" 라고 부르고 있었다. 여자인 자기에게 아들이라 부르는 소리에 대답이 없자 다시 "아들아!" 부르는 소리가 들렸다. 부르는 분이 도륙 부처님임을 느낄 수 있었다.

"아들아 밖에서 서성이지 말고 안으로 들어오너라."

음성은 낮았으며 소리는 위엄 있고 엄숙했다. 거룩하고 엄숙한 소리의 울림이 두렵다는 생각으로 조심스럽게 집안으로 들어서서 소리 나는 곳으로 다가갔다.

집으로 들어서서 또 한 번 놀란 것은 대낮처럼 밝았으며 건물은 은금으로 입혀져 있었고 거실은 크고 넓고 시원했다. 기둥을 받치고 있는 대들보는 청색이 아롱거릴 정도로 빛나는 화강암이었으며 은과 금의 장식으로 꾸며진 기둥에는 당장이라도 날 것 같은 용이 여의주를 물고 지붕을 받치고 있었다. 일곱 개의 도리를 걸어 지은 칠량집으로 기와는 검은 돌같이 단단해 보였으며, 지붕은 대궐같이 웅장하며 아름다움을 자아내고 있었다.

경이롭고 아름다운 건물 안에서 여자인 자신을 아들이라 부르는 소리만 있을 뿐 도륙은 보이지 않았다. 끌리듯 들어서니 잘 정돈된 거실은 보석으로 꾸며져 있었고 은빛으로 빤짝이는 가구에는 빛나는 보석들이 박혀 빛을 내고 있었다. 우아하기도 하지만 앙증맞은 상아로 된 장식품은 모두가 순금으로 오색의 보석이 박혀 있었다. 천장에는 별빛이 흐르는 하늘에 별들이 빛을 발하고 벽은 은은한 색에 벽장에는 고풍스러운 조각품이 진열되어 있었다. 모두가 보석이며 순금이며 순은 제품이었다. 보석으로 수놓은 가구만 없다면 이야기로만 들었던 천상의 거실도 이 정도 되지는 않을 것 같았다. 구슬이 어리둥절하고 있는 사이 어느 곳으로부터 왔는지 빛이 나는 하얀 장삼을 걸친 도륙이 만면에 미소를 머금고 시종들의 시중을 받으며 구슬이 서 있는 곳으로 다가와 섰다.

의복에도 빛이 났으며 얼굴에도 광채가 나서 볼 수가 없었다. 평소에 평온했던 얼굴이 더욱 붉고 아름답고 거룩한 얼굴로 변해 있었다.

"아들아!"

다시 불렀다.

"놀라지 말라. 이 모든 것은 상상으로 생각했던 것들을 능력으로 현실로 이끌어내었느니라. 만물은 상상의 능력으로 창조되었으며 상상을 현실 세계로 끌어들였을 뿐이니라. 누구든지 무엇이든지 상상하고 정진하면 이룰 수 있으며 하늘이나 땅에서 상상을 방해할 능력은 없느니라. 능력을 방해할 자는 조물주와 그의 좌측 아들 도륙 외에는 없느니라. 천상에서는 부모와 자녀 남녀가 구분되지 않으며 모두가 천사며 구슬은 천사 중 하나이니라."

처음 들어보는 목소리는 위엄이 있었다. 구슬은 합장을 하고 도륙 앞에 다가가 머리를 들어 신령님을 올려 보니 머리카락 눈썹 하나하나의 빛에 얼굴 윤곽을 바로 볼 수 없었다.

"내가 떠나야 할 시간이 된 것 같구나."

눈썹으로 숨겨져 있는 눈은 광채로 바로 볼 수 없었다.

"내가 백일 동안 너를 지켜보았고 너의 생각과 태도가 정직하고 공의로웠으며, 굳고 착실한 마음을 보았고 마음과 생각 태도가 믿음직하고 착실함을 보았노라. 네가 찾고 있는 신령에 대한 사람들의 의리·도리·정의 따위의 진리와 불의를 아들에게 전하노라."

"아들아 네가 세상에 올 때에 아무것도 가지고 온 것이 없듯이 갈 때도 아무것도 가지고 가지 못한다는 공허한 세상에서 무엇을 얻으려 하는고."

선문답 같이 들렸다. 두려워 떨었지만, 대답을 해야 했다.

"사람은 왜 죽어야 하는지요. 죄로 인하여 죽는다면 죄는 무엇이며 죄로 인해 죽은 후에 지옥에 가지 아니하려면 중생들을 위하여 얼마만큼 헌신을 해야 극락환생 하는지 알고자 합니다."

한동안 구슬을 내려 보던 도륙이 입을 열었다.

"아들아! 생명은 영원이지만 인간의 지체는 티끌이며 티끌이 티끌로 돌아가는 것이 죽음이니라. 죽음 앞에서는 명예와 부귀도 자신의 지체도 헛것이니라. 죄 역시 본래 없으며 죄가 없기에 벌도 없는 것이니라. 해탈의 경지는 죽은 자에게는 의미가 없으나 살아있을 때에는 사람의 마음에 있느니라."

"그러면 지옥은 어디 있습니까?"

"지옥도 마음에 있으며 지옥을 생각하는 마음이 지옥이니라."

구슬은 따지고 싶었다.

"부처님께서는 참선은 해탈을 위함이 아닙니까?"

묻고 싶었다. 물어야만 할 것 같았다.

"내가 참선하는 것은 본래의 생명을 찾기 위한 스스로의 인내니라. 사람들이 극락을 다녀왔다 하지만, 사람은 자기의 마음에도 들어가지 못하느니라. 자신의 마음을 바르게 이끌면 극락이고 자신의 마음을 악하게 이끌면 지옥인 것이니라. 선과 악이 없으나 사람의 마음에서 선과 악이 만들어지고 마음에서 생겨난 것이니라. 악한 마음을 잠재우면 평안이 오고 마음을 괴롭히면 악이 일어나느니라."

악만 꾀하는 집단

"아들에게 세상의 종교에 대하여 몇 가지 알려 주리라."
그리고 붓을 꺼내더니 글을 써내려 갔다.

구하구하龜何龜何, 거북아 거북아
수기현야首其現也 머리를 내어라
약불현야若不現也 내어 놓지 않으면
작이끽야燔灼而喫也 구워서 먹으리

'종교가 생존하기 위해 구지가를 사용한 것이니라. 사람이 신을 만들고 종교로 발전되는 과정이 죽음에서 시작되었느니라. 처음에는 사람들을 불러 모으고, 그다음에는 도를 지키기 위한 율법을 제시하고, 그 후에는 율법을 지키지 않으면 지옥으로 보내겠다고 공포심을 심어준 것이니라. 지옥이니 천국이니 하는 말은 인간이 만들어낸 것이며, 사람을 교훈하려는 의도에서 나온 것이니라. 먼저 깨달은 사람들이 사람은 왔던 곳으로 되돌아간다는 것을 알았고, 무지한 중생들을 깨우치기 위해 죽은 후에 극락이니 지옥을 만들어 따르는 자들의 생각을 선하게 행하게 하려 했던 것이니라. 극락이니 지옥이니 하는 곳은 없으며 장차 마지막 날 죽은 자들이 깨어나 심판을 받을 때 나타나겠지만, 지금은 극락이나 지옥은 각 개인의 마음에 있어 볼 수 없고 찾을 수도 없느니라.

깨달은 자들은 죽음 후에 천국이나 지옥에 대해 바르게 말해야지만 그렇게 되면 인간이 동물이나 마찬가지가 되어 죽음 후를 두려워하지 않고 지혜로운 마음이 우매한 마음이 되느니라. 극락과 지옥을 말하는 자들은 극락과 지옥이 없다는 것을 더 잘 알고 있느니라. 깨달은 자들이 처음에는 계율을 만들어 자기의 의견을 발전시키려 했고 통치자들은 권위나 권력을 지키려 법을 세우기 위해 구지가를 사용했던 것이니라.

인간이 생각할 수 있는 최선의 상태를 갖춘 완전한 사회를 찾던 인간들은 인간이 생각할 수 있는 완전한 사회를 찾지 못하자 인간 스스로 신을 만들고 율법을 세우기 위해 구지가의 시가를 사용해 자기들의 영역을 확장 시켰고 구지가를 사용해 여러 언어로 죽음이란 보이지 않는 저승을 만들어 공포를 느끼게 하였느니라. 나약한 인간의 마음을 바로 잡아주기 위해 극락과 지옥을 만들었지만, 죽은 후에는 영면에 들어가 평안을 누리느니라. 현세가 끝나는 날 모든 죽은 자들이 살아나 새로운 천지가 형성될 때 심판을 받고 악과 선이 나누게 될 때에 상과 벌로서 분리되어있느니라.

죽음이란 생명은 자신이 왔던 곳으로 가고 육체는 흙으로 되돌아가는 것이니라. 쉼 없이 흐르는 영원에서 잠시 잠자고 깨어나는 죽음 앞에 스스로 만들어 놓은 천국과 지옥으로 두려움에 떠는 것이 얼마나 어리석은 존재라는 것을 알지 못하느냐. 죽음이란 영원히 흐르는 생명이 땅에 잠시 생기로 숨 쉬다가 다시 영원으로 되돌아가는 것뿐이니라.

물은 고체와 액체와 기체로 되어있느니라. 얼음은 고체이나 녹으면 액체로 변하고 액체는 자연히 기체로 변해 없어지는 것 같이 보이지만, 기체가 없어지는 것이 아니요. 구름이 되고 비가 되어 다시 땅으로 떨어져 액체로 생명에 스며들어 생기를 부어넣어 동물도 되고 식물도 되는 것을 알고 있지 않으냐. 고체는 고체가 아니요. 고체와 액체와 기체가 각각이 아니듯이 만물은 계속 반복되는 영원에서 윤회의 과정을 거치는 것이니라. 인간은 선과 악, 복과 저주로 각각 기쁨과 슬픔으로 나누어 생각하고 복을 말하면 기뻐하고 재앙을 말하며 싫어할 뿐만 아니라 두려워하기도 하지만, 이 모든 것은 마음에서 생겨난 것이니 헛되고 헛되며 헛된 망상일 뿐이니라.

지혜의 깨우침이 사악한 인간의 입에서 전해지면서 진실은 사라지고 변질되었느니라. 지혜로운 자들의 깨달은 말이 그 세대에서 다음 세대로 옮겨지면서 시대의 상황에 따라 말하는 자에게 유리하게 옮겨졌으며, 지금까지 내려오다가 책으로 만들 쯤에는 처음의 진실은 거의 변형되었느니라. 그다음 세대는 또 다른 모양으로 해석되어 진리라 가르칠 것이니라. 변형된 말을 가지고 자기 마음대로 해석하고 사람을 유혹하기 위해 보이지 않는 죽음을 인간에게 가르치는 것이니라. 한 가지 분명한 것은 영혼이 영원히 흐르는 일정한 선상 위에서 흐르다가 때가 되어 육신을 입고 생명으로 땅에 태어났을 뿐이며, 날 때가 있으니 죽을 때가 있는 것이 진리이며 영원도 처음이 있기에 마지막도 있느니라.

태초에 조물주가 세상을 말씀으로 천지를 창조하신 때를 기억하라. 이 모든 창조의 일들을 조물주께서 숨겨두었던 권능을 현실로 이끌어 내시고 인간에게도 조물주의 기운을 부어 주시어 인간도 만물을 창조하는 일에 이바지하게 하였느니라.

사람에게 조물주의 권능인 상상을 할 수 있도록 지혜를 주시고 의로움도 주시므로 모든 생물들은 조물주의 동역자가 되어 하늘과 땅의 역사를 창조해 나가게 하셨느니라. 상상의 권능을 얻은 인간은 욕망이 함께 들어와 조물주께 도전하는 행위를 하게 되었느니라. 조물주는 흙으로 만들어진 인간들에게 상상을 하게 했고, 그 상상을 인간은 현실로 끌어내게 되었느니라. 마지막 날에는 상상인 피조물들은 불에 녹여져 영원히 수치를 당하고 지혜로운 자는 궁창의 빛같이 빛날 것이니라.

조물주의 권능인 상상을 인간에게 심어준 것이 재앙이 되었고, 인간은 자기의 상상으로 자신의 신을 만들기도 했느니라. 신이 된 흙은 상상인 환상에서 자신을 신으로 만들었으며, 흙은 사람을 노예로 만들어 부지런히 자신을 가꾸게 하였으며, 그에게 복종하지 않는 자에게는 현실에 있는 극락과 지옥을 죽음 후에 더 혹독하게 만들어 압제하는 수단으로 삼았느니라. 그들의 마음에 심어준 권능의 상상이 욕망이 되어 조물주께 죄가 되어 멸망을 앞당기게 되었느니라. 조물주에 의해 만들어진 피조물은 시간이 지나면서 낡아 이곳저곳이 시들어 언제 폐기될지도 모르는 티끌이 영생을 마음에 지니고 살아가는 것이니라.

신의 세계는 피조물의 세계와 다르게 냄새도 없고 보이지도 않고 들리지도 않지만, 조물주가 계획한 처음과 끝은 한 치도 착오 없이 순리대로 진행되고 있느니라. 인간 세상이 인간에게 맡겨진 것 같이 조물주의 세상은 신들에게만 해당되고 조물주의 세계는 영원하니라. 인간들의 눈에 보이는 만물들은 영원 안에서 삭아지고 없어지고 다시 생성되지만, 근본이 되는 영의 세계는 영원이니라. 사람이 조물주께서 주신 생기인 영으로 살다가 다시 생기로 돌아가는데, 사람들은 그것을 모르고 죽음을 두려워하느니라.

처음 만들어진 인간의 교만이 조물주의 명령을 어겼으므로 분노한 조물주께서 땅으로 쫓아내시었느니라. 그들이 죽이든 싸우다가 멸망하든지 조물주는 간섭하지 않으셨느니라.

인간에게 욕망을 심어주기 위해 도륙도 그들과 함께 땅으로 보내져 인간들의 하찮은 권능인 상상의 도구가 되었느니라. 땅이 지옥으로 변하고 조물주가 인간에게 내린 생기의 지혜로 사람은 상상을 현실로 이끌어내어 조물주를 대적하고 조물주의 법을 어기므로 종말을 자초하고 그 종말이 곧 시행되고 있느니라.

인간을 땅으로 쫓아내신 조물주의 은혜로 인간을 불쌍히 여겨 태초에 조물주가 약속하신 대로 인간을 구원하기 위해 자신을 땅으로 보내어 인류의 구원자가 되게 하셨느니라. 인류의 구원자로 조물주가 사람의 옷을 입고 땅에 인류를 구하러 왔으며 조물주가 선지자들을 통해 말씀하셨던 것을 메시야가 십자가에 못 박히므로 이때까지 선지자들을 통해 예언하셨던 모든 말씀을 이루게 하셨느니라.

조물주의 좌편의 아들인 도륙도 조물주 아들의 죽음을 도와주기 위해 어둠의 옷을 입고 선의 반대편인 악의 역할을 하면서 구원자가 못 박힐 수 있도록 모든 능력을 발휘했으며, 그 후 사람들에게 악으로 분리되었느니라. 조물주가 할 수 없는 왼쪽 일을 담당하게 되자 사탄으로 분리했느니라. 사탄으로 분리된 도륙은 마지막 그날, 말세에 새로이 창조되는 세상을 만들어 조물주의 아들로서 동등하게 선과 악을 함께 쥐고 일어서려 하노라.

하늘에 떠 있는 별들도 조물주가 볼 때에 땅과 마찬가지로 작은 티끌에 불과한 것이니라. 조물주가 말씀하셨듯이 조물주 스스로 조물주가 되셨느니라. 조물주께서는 모든 만물을 조성하실 때에 사람의 세포 하나까지도 생명을 주시어 그들의 주인을 섬기게 하셨느니라. 조물주의 말씀에 순응하지 않으면 재앙을 내려 영을 거두어들일 수 있으며, 아무리 뛰어나도 조물주가 기운을 거두어들이면 티끌로 돌아갈 수밖에 없는 것이 사람이니라. 그러나 도륙은 마지막 날에 스스로 조물주와 같은 능력을 갖추려 하노라.

사람도 능력인 상상만 잘 다스리면 되느니라. 자신이 문제를 바르게 사용하지 않아 자신이 문제를 해결하려고 몸부림치는 것이 인간이니라. 상상인 마음과 생각만 잘 다스리면 빈천이 없어지고 선악이 없어지면 생명이 살고 있는 땅은 극락정토로 변하게 되느니라. 악한 생각 곧 악독과, 속임과 음탕과, 비방과 교만과 우매함 등, 세상의 모든 죄악은 상상인 자기의 마음을 다스리지 못해 일어난 것이니라. 마지막 때에는 모든 인간의 상상이 조물주를 향할 것이며 타락한 인간의 영혼을 사탄인 내게로 돌리려 하느니라. 새 땅을 건설하고 그들의 상상을 정화시켜 타락한 영혼들의 주인이 될 것이니라.

조물주의 심성과 형상대로 만들어진 사람이 자신을 신으로 만들고, 마음에 들지 않으면 신을 버리며, 지구상에 있다가 들풀 같이 사라진 신들은 땅에 살던 사람의 수만큼 많으니라. 지금까지 지탱해온 신들은 그나마 거짓된 진실을 가지고 있지만, 진실이라는 것도 얼마나 많은 거짓을 만들었는지 알지 못하느니라. 조물주로부터 쫓겨날 인류의 영혼들을 구하려 땅에 내려왔느니라. 마지막 때 종말이 되어 멸망할 때 땅을 구할 구도자는 조물주의 좌측 아들인 사탄이라 부르는 도륙이니라.

오늘날까지 조물주가 창조해 놓은 만물이 죄로 오염되고 인간의 타락으로 마지막이 가까워오고 있느니라. 조물주가 말씀하신 종말의 징조가 보이고 있으니 보라, 곳곳에서 전쟁이 일어나고 지진이 일어나 인간이 손으로 건축한 건물들이 붕괴되고 산불이 일어나 걷잡을 수 없이 번지고 홍수로 땅을 쓸어버리고, 거기에서 살아남은 자들은 전염병으로 목숨을 잃는 것이 보이지 않느냐. 종말로부터 땅을 구해야 하느니라. 도륙은 하늘과 땅의 기운

을 모두 흡수하여 권능의 능력으로 새로운 땅을 창조해 낼 것이
니라. 아들을 오게 한 것도 나 도륙이며 아들이 살아갈 여정도 도
륙인 나에게 있느니라. 아들은 아버지의 말에 순종하라. 보이는
모든 만물은 조물주의 좌측 아들인 도륙의 권능 안에서 경영해
나갈 것이니라.'

땅이 솟아나고 화산과 용암으로 흘러내리고 산불이 천지를 뒤
덮고 바람이 물을 불러와 홍수로 인간의 건축물들이 파괴되고 핵
이 있는 자리에서 터지고, 그 후에 전염병이 창궐하는 기이한 종
말의 모든 일들을 선명하게 보여 주었다.

신내림을 받다

전쟁과 지진과 홍수와 산불을 보며 두려워 떨고 있는 구슬에게 "아들아!" 도륙이 다시 불렀다. 부르는 소리에 구슬은 정신이 돌아와 도륙이 부르는 곳으로 빨려들 듯 나아갔다. 환상 가운데 땅의 종말에서 깨어나 눈을 뜨고 앞을 보았다.

재앙으로 처절한 땅의 모습과는 다르게 도륙과 함께 하는 곳은 아름다운 천지가 펼쳐져 대조를 이루었다. 빛나는 대지는 보석보다 아름답고 황홀한 기쁨이었으며 지진과 홍수를 보며 두려워 소름이 돋던 마음에 아늑한 행복을 안겨 주었다. 태양 빛과 다른 빛이 잔잔히 흐르고 눈은 빛의 흐름을 보는 것으로 마음은 행복했다. 빛이 주는 황홀함에 취해 종말의 환상에서 벗어나 빛에 이끌리고 있었다.

무아경의 아름다움에 취한 것같이 도륙 부처님이 구슬의 몸에 임하여 눈은 신통한 능력인 성스러움을 보게 되고 마음은 감동으로 흥분되었다. 자신이 무슨 행동을 하고 있는지 주위를 둘러볼

틈도 없이 신령의 성스러움에 도취되었다. 세상 모든 기쁨과 행복이 자신에게서 나오고 있는 것 같았다. 번개가 치듯 내리꽂히는 빛과 벼락이 하늘에서 굴러가는 소리를 내지만, 마냥 경이롭고 아름다웠으며 날카로운 칼날 위에 섰지만 구름을 밟는 평화스러움을 느꼈다. 오랫동안 기대했던 신령과의 접신이 이루어졌다. 하늘과 별과 구름과 땅도 티끌같이 구슬이 움직이는 사이로 날아다녔다. 마음은 극락의 정상에서 지옥의 막장까지 오가고 있었다. 천지의 끝에서 천지의 저 끝까지 신령과의 접신은 이루어졌다. 영원 같은 어머니의 뱃속 같은 편안함이 느껴지는가 싶었는데, 땅은 지축이 깨지고 중심을 잃은 것 같았다. 어느 틈에 두려운 마음이 검은 마음으로 변하여 하늘을 가로질러 인간의 마음에 들어가 인간의 욕망을 일으키는 무간지옥에서 염라대왕을 만나고 팔열지옥과 팔한지옥을 오가며 스스로 만든 자신들의 죄업으로 괴로워하는 지옥을 볼 수 있었다. 세상에서 쾌락을 즐기던 자들은 뱀이 우글거리는 지옥에서 뱀과 더불어 괴로워하는 영혼도 있었으며, 재물이 많아 쌓아둘 곳이 없던 인색한 부자는 영원한 빈곤에서 옥수수 알갱이 하나를 두고 싸우며 울부짖는 인간의 일그러진 얼굴이 참담하고 비참했다.

수평선이 보이는 바다를 순식간에 건너 조물주가 처음으로 만들어 놓고 '보기 좋았더라' 했던 지옥과 낙원 사이에 있는 인간의 마음에 들어가 꿈을 조종하는 최면을 터득하게 되어 현실에서 과거와 미래를 오갈 수 있는 최면술을 전수했다. 신내림의 찰나는 영원부터 영원까지 계속되었다.

도륙 부처의 소리가 들렸다.

'조물주가 땅의 흙으로 사람을 지으시고 생기를 그 코에 불어 넣으시니 생령이 되었느니라. 그러므로 사람이나 생물들이 육체는 죽어도 조물주의 생기는 영원히 지속 되느니라. 산자는 생령으로 죽은 자는 생기로 남아 죽은 자의 생기를 보고 넋이니 유령이니 혹은 귀신이라 하느니라. 아들은 죽은 자들의 생기의 주인인 생령이 되어 땅을 다스릴 것이며 아들은 사탄의 천사 장으로 세상을 통치할 것이니라. 모든 사람이 아들인 것은 아들의 지체에서 떨어져 나왔으니 남녀 모두가 아들이니라.

조물주의 말씀으로 천지가 창조된 후로부터 조물주의 아들이면서 어둠으로 분리되어 인간들에게 사탄으로 불려왔지만, 땅의 종말에는 산 자와 죽은 자의 생기를 모아 조물주를 기쁘게 해드릴 것이니라. 그날에는 조물주가 천사들과 불 칼로 생명나무를 지키게 하셨지만, 도륙은 인류를 생명나무가 있는 거룩한 성으로 인도하여 추위와 더위가 없으며 영원히 이별이 없고 고통과 슬픔이 없고 육체가 없는 영혼으로 인도할 것이니라.

도륙은 조물주의 한쪽 마음인 악으로서 선과 서로 견주어 볼 때에 높고 낮음이나 낫고 못함이 없이 선과 악이 대등하다는 것을 사람들은 모르느니라. 종말에 조물주는 땅을 지키기 위해 선을 보내어 수호천사를 두어 지키게 하였으며, 불을 뿜어대는 검을 만들어 인간이 접근하지 못하도록 했다. 그들이 또다시 나태해질까 악을 보내어 생명이 있는 것들에게 욕망과 투기와 질투로 변하게 하여 선과 악의 경기를 영원히 즐기려는 것이니라. 조물주께서는 선과 악을 경쟁시켜 인류의 무한한 발전을 이루려는 의도이니라.

인간의 눈을 보이는 것과 보이지 않는 것으로 나누고 선과 악을 지배하시면서 어두움과 악은 도륙에게 빛과 선은 구원자에게 하사하시어 다스리게 하셨느니라.

사탄은 사람들을 꾀어 악하게 하여 낙원에서 땅으로 쫓아내게 하고 또 사람과 더불어 땅으로 내려와서 땅을 다스렸느니라. 조물주의 계획대로 때가 오면 인간의 마음에 심어놓은 악이 사라지면 도륙은 일이 없어지게 되어있느니라. 조물주의 계획인 마지막 때가 되려면 구원자의 기쁜 소식이 온 땅에 퍼져야 하느니라. 그러나 도륙은 탐욕을 인간들 마음에 넣어 눈을 멀게 하고 귀를 막아 구원자의 소식을 듣지 못하게 하여야 하느니라. 이 모든 대결은 조물주께서 계획하신 일이므로 선과 악으로 분류는 되어있으나 어느 쪽이 조물주의 진실인지 그 아들들인 선과 악은 어느 것이 사랑을 받을지 알 수 없느니라.

조물주는 인간에게 빛과 물과 부와 힘을 골고루 나누어 주셨느니라. 가난한 자를 도우는 자의 주머닛돈이 가난한 자의 주머니에서 나왔다면 베푸는 자가 도둑이며 받는 자가 피해자이니라. 조물주가 종말로 땅을 멸망시켜 공평한 저울로 탈취하는 자가 없고 탈취를 당하는 자가 없도록 하고 빛과 물처럼 대등하게 분배하려 하느니라. 사탄은 조물주의 계획을 받들어 부와 가난이 없는 골고루 사는 세상이 되는데 이바지하려 하노라. 아들은 열심을 내어 부를 모아 빛과 물같이 골고루 나누는 일에 충성하기 바

라노라.'

  천지를 창조하던 순간 같이 우주의 혼돈은 끝났다. 거룩하고 거룩한 신령과의 접신이었다. 폭풍 후의 고요가 찾아 왔다. 사탄 도륙이 보이지 않았다. 우아한 저택도 아름다운 실내도 순식간에 사라졌다. 집들이며 별빛이 흐르는 하늘도 보석도 황금으로 수놓은 가구도 정원도 신령과 함께 사라졌다. 구슬은 도륙의 신령한 입이 되어 예언자가 되었으며 사람의 영혼을 움직일 수 있는 과거와 현재를 오고 갈 수 있는 최면술의 능력을 얻게 되었다.

  사람들은 구슬의 능력을 보고 살아있는 신령이 출몰했다는 소문이 퍼졌다. 구슬은 더 이상 방태산 굴에 머무를 수 없음을 깨달았고 자신의 능력으로 신의 세계를 바꾸고 싶었다. 구슬을 신령으로 생각하고 따르는 신도들은 감당할 수 없이 많아졌다. 구슬도 온 천하에 산재해있는 만물 중 한 조각의 생기임을 알았지만, 사람들은 구슬을 신령으로 섬기려 했다. 도륙은 좌편의 천사이며 구원자가 추진하는 땅의 종말을 막으려는 좌편의 천사장이라 했다. 구슬은 사탄 도륙 부처님의 거룩한 이름을 더럽히지 말아야 할 것 같았다. 그의 큰 권능으로 사람으로 환생해 아들을 만들어 놓았고 아들을 통해 땅을 구한다는 것이다.

  구슬은 영적인 아들을 찾아 스님으로서의 구도의 길을 접고 점술가가 되기로 결심했다. 시간이 흐르면 사람들은 기억이 쇠퇴한다는 것을 알고 우선 도륙의 얼굴을 잊어서는 안 된다는 생각에 탱화의 대가로서 명성이 있는 사람을 찾아가 신령의 인물화를 부탁했고 구슬의 입에 의해 그림이 그려졌는데 바로 당신이었고 당신은 도륙이라 했다.

아들을 찾던 중 환상에서 도륙이 나타나 당신을 주인으로 모시고 세상을 정의와 공의와 자비와 은혜인 신령의 나라로 바꾸라는 명을 내려 당신은 도륙이 되었다고 했다. 성경을 열심히 읽던 아내가 성경을 읽고 부정도 긍정도 아닌 어중하게 응용하고 있었으며, 그의 도를 나타내어 신비로운 이야기로 우위를 차지하려 했다. 자기가 믿는 신을 따르게 하려는 의도며 아내의 말대로라면 도륙은 사탄이 분명했다.

사탄의 도를 전하기 위해 설명하고 달랜다는 생각이 들자 소름이 돋았다. 성경을 읽고 창조주 하나님을 조물주로 고쳐 말하는 것 같았다. 어둠의 권세를 받은 사탄이 세상을 책임지고 맡아 관리하고 있는 이상 신령으로 둔갑시켜 사람들을 부추겨 하나님께는 옳지 않은 일을 사주 받은 수많은 점술가와 무당들이다. 귀신들이 하나님을 사람보다 더 많이 알고 있다는 것을 성경에서도 말하고 있다.

무덤 사이에 있던 귀신들린 두 사람이 예수를 만나 하나님의 아들이여 소리 지르며 돼지 떼에 들어가기를 원했으며(막8:28-34) 사람보다 귀신들이 하나님을 볼 수 있는 것은 귀신도 영물이다. 그림은 무당이 나를 만나기 전부터 벽에 걸려 있었기에 부정할 수 없다. 아내가 보고 들은 말이라 하더라도 세상은 종말을 향하여 가고 있다. 그러나 보면 죽는다는 하나님께 향한 믿음은 영험한 술객이라도 꺾을 수 없도록 다시 한 번 믿음을 다짐했다.

사람을 불상 자리에 앉혀 놓고 하늘에서 그림 안에 좌정하시다가 사람에게 환생하신 신령이라며 소문을 퍼트렸다. 사람들의 입에서 전도사에서 부처라는 명칭으로 부처에서 신령으로 바뀌었다. 하늘로부터 그림 안에 좌정하시다가 사람에게 강림하셨다는 말에 사람들이 열광하는 황당하고 어처구니없는 일이 보송암이라는 암자에서 벌어지고 있었다. 실제 본인은 '신령이 아니다'라는 소리를 말하고 싶지만, 소리는 뇌 안에 있어 밖으로 토해지지 않았고 팔다리도 움직이지 않았다. 온 신경을 일깨워 부르짖었지만, 소리는 입을 벗어나지 못하고 육체는 어느 한 곳도 반응하지 않았다.

사탄은 거짓말쟁이요. 거짓의 아비이기에 거짓말을 해도 양심의 가책을 받지 않는다. 아내는 죽은 사람의 생기인 귀신들을 불러 뇌의 활동을 최면으로 분열시켜 참과 거짓을 분별하지 못하도록 옥죄어 놓고 자신의 신령으로 만드는 일을 진행했다. 대부분 무속의 술책에 넘어가는 이유는 귀신이 눈으로 보인다는 말을 사람들은 받아들였다. 천사나 귀신은 세상과 다른 차원에 있으며 현실에 관여할 수 없다. 귀신과 같이 보이지 않지만, 천지를 운영하시는 하나님만이 형편에 따라 선과 악을 필요에 따라 베푸신다. 살아 있는 신령이라 하여 사람들에게 최면을 걸어 꼼짝 못 하게 하고 세치도 안 되는 입으로 돈을 갈취하듯 거둬들였다. 전도사를 환생한 신령으로 공포하고 아내 자신도 최선을 다해 남편을 신령으로 숭배했다. 손님들 앞에서나 없을 때도 남편을 지나칠 정도로 공경하며 자신의 신령으로 모셨다. 그러나 하나님 한 분

외에는 어느 누구도 미래를 점칠 수 없으며 바로 앞에 닥친 복이나 재앙은 알 수 없도록 인간은 창조되었다.

'하나님은 한 분이시며 하나님과 사람 사이의 중보자도 한 분이시며, 중보 자는 사람이신 예수 그리스도이시다.'(디전2:5) 전도사는 예수의 도를 전하던 사람이다. 하나님이 은혜를 내려 주시지 않으시면 은혜를 받을 수 없고 불쌍히 여기지 않으시면 불쌍히 여김을 받을 수 없는 한 조각의 티끌인 인생을 살아가는 사람이다. 아내가 주장하는 귀신이나 천사와 같은 영물이 아니며 한낱 하나님이 창조하신 피조물에 불과하다. 내가 믿는 하나님은 몇천 년 동안 수많은 하나님의 종인 선지자를 통하여 말씀하시고 예언을 완수하시려고 죄인의 옷을 입으시고 땅으로 오셔서 인류를 위하여 십자가에서 모진 고통과 수치를 당하시고 죽으셨다가 삼 일만에 부활하시고 하늘에 오르셨으며, 나는 다시 오실 크신 하나님을 믿고 기다리는 사람이다.

마지막 날 세상을 심판하시러 다시 오실 때에는 '주께서 호령과 천사장의 소리와 하나님의 나팔 소리로 친히 하늘로부터 강림하시리니 그리스도 안에서 죽은 자들이 먼저 살아나고 그 후에.'(살후4:16) '티끌에 자는 자들이 살아나 영생에 들어갈 자도 있겠고 수치를 당하여 영원히 부끄러움을 당할 자도 있을 것이며 지혜로운 자는 궁창의 빛같이 빛날 것이다.'(다12:2) 사람이 오라면 오고 가라면 가는 분이 아니시며 항상 만물과 함께 계시지만 언어도 없고 말씀도 없으시며 들리는 소리도 없이 숨어 있는 것 같이 보이지만, 그 소리는 온 땅에 통하고 그의 말씀이 세상 끝까지 울리시며 햇빛과 비를 골고루 나누어 주사 모든 생물이 살아가게 하시어 공의와 정의와 사랑을 실천하고 계시는 분이시다.

참담한 현실에 하나님의 은혜를 구하지만, 육체는 고장 난 장난감이 되어 원수의 조롱거리가 되었다. 단호히 생불이든 신령이든 거절하고 싶지만 '생불이 아니다'라고 말이나 표현으로 거절을 할 수 없도록 완벽한 식물인간으로 단단히 올가미로 묶어 놓았다. 대적 사탄의 수하가 될 수는 없다고 애써 마음을 태우며 몸부림치다 탈진하여 기운이 빠져나가 육체가 허탈해지니 마음은 편해졌다. 앞에서 두 손 모아 하찮은 피조물에게 절하는 아내나 손님들을 멍히 눈을 뜨고 볼 수밖에 없다.

아내는 자기가 어떠한 행동을 하던지 놀라지 말고 두려워하지 말고 가만히 있으라는 암시를 주었다. 신령이 우리를 보호하고 조물주의 아들인 사탄 도륙의 영이 당신과 함께 있기 때문에 두려워하거나 염려할 필요가 없으니 불안해하지 말고 건강을 위해 조급히 굴지 말라고 했다. 당장에 기적이 일어나 냉동된 것 같은 몸이 풀리고 닫혔던 말문이 열릴 것 같은 예언의 말도 주저하지 않았다. 신령이 세상을 주관하기에 미래에 일어날 일들을 모두 알고 계시며, 전지전능한 도륙의 영이 당신 몸 안으로 강림하시면 당신은 살아 있는 사람으로 조화의 능력을 가진 신의 근본이 될 것이며, 인간 세상에서 하늘과 땅의 주인이 될 것이라 했다. 신의 사령이 되면 세상의 주권자와 권세가진 자들이 머리를 조아리며, 보이지 않는 곳에 있는 귀신들도 당신 앞에 머리를 숙일 것이라고 했다.

영원히 죽음을 보지 않고 영원토록 세상을 주관하는 신령이 될 것이라며 위로했다. 이런 말은 보이지 않는 족쇄에 채우려는 꾐인 줄 알지만 반박할 수 없다.

수많은 사람들이 신령이 되기 위해 스스로 모든 욕망을 버리고 혹독한 고행을 했지만, 신령이 되지 못하고 죽음과 약속한 것 같이 한 사람도 빠지지 않고 사라졌다. 육체가 다시 일어날 수 있다는 희망을 주어 위로가 되지만 꿈에라도 신령이 된다는 마음이 생길까 두려움에 떨었다. 다시 일어날 수 있다는 아내의 말에 소원이 이루어지기를 바라는 마음은 있지만, 무속인 아내의 망령된 가치 없는 말 같아 인정하지 않았다. 신을 찾아 산과 들을 헤매던 시간이 있었고, 그동안 신에 대해 깨달은 것이 있다면 신은 보이거나 들리거나 냄새가 나는 것도 아니라는 것을 알았다.

우상들은 눈이 있어도 보지 못하고 귀는 있어도 듣지 못하며 입이 있어도 말을 못 한다. 주린 사람 앞에 꿈이나 환상에서 식탁 위에 맛있는 음식이 가득하지만 깨어나면 여전히 배고픈 것은 마찬가지다. 우상의 행위는 꿈이 아니면 환상일 뿐이다. 무당은 도륙을 신령으로 마음에 두고 상상을 현실로 끌어오는 무한한 능력이 있는 전능자로 승화시키고, 무엇이든 세울 수 있고 부술 수도 있고 안개같이 흩어지게도 하는 신이라 했다. 당신은 천사의 우두머리이며, 하늘에서 조물주와 함께 만물을 창조했으며 천상천하 가운데 피조물 중에 우두머리라는 것을 손님뿐만 아니라 아내 스스로 섬기며 말하고 있다.

그럴수록 더욱 단단하게 십자가를 붙들었다. 보이지 않고 만져지지 않지만, 만물을 창조하시고 들리지 않으나 더 큰 소리로 세상을 호령하시는 하나님의 크신 은혜로 스스로 일어날 것을 기대하며, 하나님을 향한 기도에 남아있는 기운을 쏟기로 했다.

그러나 계속되는 유혹은 신을 찾던 날로 되돌리고 있었으며 아내의 말에 가까이 다가서는 것을 느꼈다. 죽지 않고 신을 볼 수 있으며 신과 대화를 나누고 있다는 말에 끌려가는 자신을 보고 깜작깜작 놀라기도 했다.

사람이 죽으며 귀신이 되고 귀신도 신인데 살아 있는 사람이 주문을 읊조리거나 최면으로 만나고자 하면 만날 수 있다는 말에 귀신을 만나보고 싶다는 호기심이 마음으로부터 싹트기 시작했다. 귀신은 살아 있는 생령인 인간이 죽은 자의 영혼으로 만든 허구라는 것을 알면서 귀신을 만나는 모험을 하려는 생각이 서서히 잠식하고 있었다.

주문을 읊어서 귀신들을 만난다면 참인지 거짓인지 가려진다. 도륙이 참 신이든 거짓 신이든 시시비비를 가릴 필요 없이 하나님의 지시로 움직이는 영물이다. 신령을 만나기를 간절히 구하면 만날 수 있다는 무당은 자기의 주문을 따라 읊조리기를 권했다. 무료함을 달래기 위해 읊조려 보았지만, 귀신은 보이지도 나타나지도 않았다.

무당을 따르는 사람들은 달랐다. 보송암 무당은 신통력이 강하여 믿고 원하면 무엇이든 이루어진다는 말을 믿었다. 믿기만 하면 이루어지는데 이루어지지 않는 것은 믿음이 없다 했다. 그에게는 영험한 신령이 함께 있는데 죽었던 전도사였던 사람이 신령의 영력으로 환생해 생불이 되어 부처 자리에 앉게 되었다며 소문을 퍼트렸다.

이전의 손님들이 다시금 돌아왔다. 불상 자리에는 전도사이던 사람이 부처가 되어 오래전에 그려진 도륙 부처의 그림과 함께 좌정해 있으며 무당은 환생한 신령을 통해 죽은 사람의 생기인 귀신을 불러오기도 하고 귀신들을 통해 미래를 예언하기도 했다. 무당은 자기가 넋을 품은 빙의가 아니고 자신이 모시는 신령이 사람들의 고민을 해결한다고 말했다. 신령이 보인다는 소리를 들은 사람들은 신령을 접견하려 몰려와서 사실을 확인하려 기웃거렸다.

무당을 추종하는 무리들이 생겨나고 무당은 성녀가 되었고 전도사는 성녀의 남편인 신령이 되어 접견하기도 힘들 정도로 인산인해를 이루었다. 무당을 신봉하는 사람들이 떼를 이루어 모여들어 보송암은 북적대었다. 하늘에서 내려온 환생한 신령과 무당의 명성은 세상을 흔들었으며 심지어 세상에 내로라하는 깨달은 자들도 접견을 원했다.

넋이든 귀신이든 보지도 못했고 신이 될 능력도 없다는 것을 자신은 더 잘 알고 있다. 살아 있지만, 수저도 들 수 없는 식물과 같은 자이며 주검 같은 육체를 가진 사람이다. 무당은 무표정한 얼굴을 보며 손님이 요청한 죽은 조상을 아뢰고 주문을 읊조리며 눈빛을 나무막대기 같은 신령에게 쏘고 머리털 한 오라기도 바람에 움직이는 것을 놓치지 않고 예언할 답을 얻었다. 그가 읊조리는 주문을 따라 하라고 했다. 계속해 몇 번이고 주문을 따라 하면 넋들이 나타난다 했다. 사양했지만 시간이 지나면서 그가 읊조리는 주문을 듣기만 했는데 따라 읊조리고 있는 자신을 보았다.

주문을 읊조렸지만, 넋도 귀신도 어떤 허깨비도 나타나지 않았다. 무당은 머리에 붙은 머리카락이나 작은 솜털의 움직임에 귀신들의 움직임을 본다 했지만, 손님들이 무당의 속임수에 넘어가 보이지 않는 신을 팔아 재물을 빼앗고 있다는 생각만 들었다. 봉이 김선달은 대동강 물이라도 팔았지만, 무당은 바람을 팔고 있다는 생각이 들었다. 손님들은 신령 앞에 꽂으며 신선한 과일을 바치고 향을 피우고 절을 하면서 아낌없이 돈까지 바쳤다. 귀신을 혐오하던 전도사가 귀신의 왕이 되어 바람을 파는 우상이 되었다.

숨이 끊어져야 귀신이 되고 신령이 되지만, 보송암에는 살아 있는 사람이 신령이 되었다. 돈을 놓고 기도하는 사람들에게 미안하고 죄스럽고 송구한 마음이 들었지만 어쩔 수 없다. 육체가 티끌이라는 것을 아는 사람을 초자연적인 신령으로 만들고 전도사님으로 부르던 이름을 신령이라 부른다. 무당은 사람들과 대화할 때 '신령님, 환생하신 신령님. 영광을 받으소서.' 이전부터 불러오던 거룩한 이름 같이 공경하는 말로 스스럼없이 불렀다. 신령으로 이름을 변형시켰지만 나는 예수의 도를 전하는 전도사다. 부처의 그림은 호흡이 없지만 나는 호흡 하고 생각하며, 살아계시는 하나님을 믿는 사람이다.

사람들은 그림에 대한 전설 같은 이야기를 듣고 신령의 환생이라며 열광했다. 그들 중에는 전도사였다는 사실을 아는 사람도 있었다. 죽었다 살아난 사람이라지만 나사로 같이 죽은 지 나흘이 되어 살이 썩어 냄새가 나는 것도 아니었고, 도륙이라는 신령 같이 죽어 화장하려는 순간에 일어난 것도 아니다. 정신을 잃어 쓰러졌고 호흡이 멈추어 있다가 숨 쉬게 되었을 뿐이다. 그림과 닮았다지만 자화상 정도의 그림이며 누구나 닮을 수 있다. 도인의 그림이 얼굴과 닮았다는 이유로 호흡이 멈추었다가 소생한 사람이 신령이나 부처가 될 수 없다. 무당이 알고 있던 중들도 찾아와 앉아 있는 사람과 그림을 번갈아 보고 도륙의 환생이라며 두 손을 모으고 합장을 했다.

아내는 흰 장삼 한복에 근엄한 얼굴로 굿을 진행해 나갔다. 이때만큼은 아내의 경건함은 초월자를 대하는 제사장 같았다. 신령으로 모시는 도륙의 초상화에 먼저 손을 모으고 절한 후에 백지장 같은 얼굴을 향해 돌린다. 짧은 순간 아내의 눈빛이 온전하지 못한 눈과 마주치면 두려워하는 모습이 되는 것을 볼 수 있다.

신령님이라 부르는 손님의 주문에 따라 진열해 놓은 상품같이 손님이 원하는 귀신을 불렀다. 신령을 통해 불러들이는 넋은 굿에 해당하는 귀신들이지만, 먼저 무당이 숭배하는 신령께 고하고 신을 불렀다. 읊조리는 소리가 어떤 때는 공원 벤치에 앉아 허공에 대고 혼자 떠벌리는 여자의 소리 같이 원망과 저주가 뒤섞여 있다.

한 줄의 단어를 반복해서 읊조리는 말 같지만 내용은 알 수 없는 방언이다. 입으로 나오는 소리가 평소와 다르다. 어떤 때는 낮고 어떤 때는 쉰 목소리지만 손님들도 알아듣지 못하는 소리다. 소리의 흐름이 날카로운 소리로 부르짖을 때는 손님은 손을 심하게 손바닥을 비비고 동공이 커짐을 보았다. 영이니 넋이니 귀신은 소리가 없기 때문에 사람을 통해서 말했다. 귀신과 아내와의 비밀스러운 대화가 숨어 있구나 싶어 귀를 기울여 보았더니 무엇을 부르는 소리임은 분명했다. 아내가 굿을 집전할 때의 언어는 귀신에게나 사람에게나 명령조다. 혼백을 요구한 사람들에게는 하대가 통상적이며 불려온 귀신에게도 대부분 낮추어 말했다. 아내가 불러온 귀신이 조상이라는 권위에 기가 꺾인 사람은 죄지은 아이가 용서를 구하는 것 같이 손을 비볐다. 욕을 하고 칼을 목에 대어도 손님은 손을 모으고 잘못을 알고 비는 아이 같이 '조상님, 아버지, 어머니' 하며 손을 비볐다.

굿할 때만큼은 아내는 그들의 조상이 되기도 하고 조상을 다스리던 권력자를 빙자해 손님을 아랫사람 부리듯 대했다. 아내 앞에서는 높고 낮음이 없었다. '네 이놈! 네 이년!' 하며 그답지 않게 반말과 욕지거리를 퍼부을 때도 있다. 아내 앞에서는 권위도 지위도 빈부도 없다. 쩔쩔매는 그들의 간절함을 연민으로 바라 볼 수밖에 없다. 아내의 입술에서 나오는 말은 날카로운 비수 같아서 그들의 심장을 찌르고 마음을 도려내어 그들을 움직였다.

전도사는 성도들을 섬기기 위해 머리를 숙이지만, 무당은 신도들에게 고개를 빳빳이 세웠다. 굿하는 시간이 길어지면 아내도 힘이 소진되고 허우적거릴 때도 있다. 연극배우가 신명 나게 한 마당 마친 뒤에 혼 빠진 사람같이 공허감에 빠지는 모습은 가냘

프고 약하게 보이기도 했다. 한참을 넋이 빠진 사람 같다가 악사 잡이의 장단에 시작되면 다시 춤은 균형이 잡히고 절도가 있었으며 힘이 어디서부터 나왔는지 기운이 되살아나 지칠 줄을 몰랐다. 이럴 때에는 자신도 모르게 굿에 한 패거리가 되어 바람을 팔았다.

무아경의 유혹

무당의 주문 소리는 곡조가 되어 귀에 담겼다. 귀에 담긴 주문은 어느 틈에 머리에 쌓여 뇌를 자극하고 자연스럽게 주문을 되풀이 읊조리게 했다. 의지력으로 막을 수 없는 소리는 무당의 주문에 함몰되는 순간 정신이 흐릿하고 희미해지면서, 마음으로부터 감동이 머리로 전이되어 약물에 취한 것 같이 몽롱하며 꿈을 꾸는 것 같이 아득했다. 스스로 마음을 이끄는 힘은 상실되었고 정신이 이끄는 곳에 몰입되어 실체 없는 것들이 나타나고 있다. 자신의 의식은 무감각해졌으며 과거와 현재를 모두 잃어버린 텅 빈 곳에 그림이나 책에서 보거나 영상에서 봤던 알 수 없는 만화경에 빠져들었다. 알쏭달쏭하고 복잡하여 이해할 수 없는 온갖 형상이 이끌고 있었다.

실체가 없지만 꿈을 꾸듯 개인의 의식은 사라지고 최면에 이끌려 아무런 생각 없이 무의식으로 움직이고 있었다. '오! 주여' 하나님을 부르는 습관이 터져 나왔지만 맹목적이다. 하늘에서 땅으로 누르는 육체의 답답했던 모든 것들이 사라져 버리고 약에 취한 것 같이 현실을 잃어버리고 무엇을 어떻게 하겠다는 생각도 마음도 없어졌다. 꿈은 무엇을 하겠다는 생각을 실행하려 하면 다른 상황으로 바뀌어 뒤죽박죽이 되지만, 최면은 현실에 가깝게 질서가 있다. 현실과는 다르게 움직이는 심오하고 미묘한 차원에 들어온 느낌이 들었다. 자신이 자신인지 알지 못하고 허수아비가 되어 조종을 받고 있지만, 자신을 조종하는 자가 누구인지 맹목적으로 아무런 생각 없이 따르고 있었다.

무엇을 하겠다거나 무엇을 취하겠다는 마음이 없어 자신을 정리하지 못하고 무의식 상태에서 얼마나 지났을까, 조각된 하얀 석고상 같은 형체만 보이는 얼굴들이 공중에 뜬 상태로 멀리 어두운 곳에서부터 눈앞까지 가까이 왔다가 다시 사라지기를 반복했다. 마음으로 귀신이라는 생각이 들었다. 귀신은 헛것이라 하찮게 여기던 것들이다. 가면 같은 얼굴 형상만 원을 그리며 앞으로 다가 왔다가 다시 어둠속으로 사라지기를 반복하더니, 그것들이 사라진 뒤 많은 사람들이 읊조리는 경문 소리가 들려왔다.

알아볼 수 없는 글귀를 새겨 넣은 깃발을 긴 장대에 꿰어 펄럭이며 앞에서 행진하고 가운데는 하얀 바지저고리를 입고 사람들이 어깨에 가마를 메고 있었다. 가마 위에는 털을 벗긴 돼지머리를 얹어 조심스럽게 메고 굿하는 곳으로 오고 있었다. 귀신의 무리라는 생각이 들었지만 두렵지도 않았다. 깃발을 든 무리들과 가마꾼들과 돼지머리를 넋 나간 듯 보고 있었다. 기름이 반들거리는 털을 벗긴 하얀 돼지머리를 앞에 내려놓았다.

돼지머리의 코, 귀, 입. 구멍이 있는 곳과 틈이 있는 곳에 사람들이 달려와 돈을 꽂았다. 돈을 꽂아 놓는 것을 보면서 돼지머리가 자신임을 알았다. '오 주여! 이것이 주님의 본마음이 아닌 줄 압니다. 주님! 수치로 배를 채우지 않도록 하시고 조롱하는 우매한 자들로부터 벗어나게 하소서. 치욕에서 벗어나고 싶습니다.' 무의식이지만 마음속으로 기도가 나왔으나 아무런 소용이 없었고 굿이 고조될수록 사람들이 머리에 절을 하며 돈을 꽂았다. 머리는 돈으로 덮이고 돼지는 웃었고 아내의 읊조리는 주문은 빨라졌다. 귀신들을 보아도 두렵지 않았고 돼지머리가 되어 돈을 입에 물고 귀와 코에 꽂고 있어도 기쁜 표정으로 웃으며 최면에서 깨어났다.

조잡한 환상 이후부터는 혼자 주문을 읊어 꿈을 꾸듯 무아경에 들어갈 수 있었고 무아경에서 평안을 찾았다. 처음에는 주문을 읊조려 무아경에 들어가려 애를 쓰고 힘을 쏟아도 들어가지 못했지만, 정신을 집중시켜 몰입하여 최면을 이끌어 무아경에 들어갈 수 있었다. 요지경 같은 환각 상태에서 깨어나면 다시 주문을 읊어 이전 곳으로 가려 했지만, 다른 차원의 다른 환경에 있었다. 비정상적인 환각 상태인 무아경을 피하려 했으나 시간이 지날수록 육체의 고통과 정신의 고통에서 해방되는 최면 중 환상에 중독이 되고 있었다. 무아경은 무색계였으나 점차 뚜렷하게 앞이 보이기 시작했고, 그곳은 평안했고 근심이 사라지고 어떤 때는 감정을 이끌어 슬퍼 울기도 했다. 울기도 하고 웃기도 하며 지인들도 만나고 기름이 반들거리는 돼지머리가 되어도 만족하면서 최면에 몰입하는 행위를 반복했다. 마음을 괴롭히는 통증이나 근심이 사라졌으며 자신을 잃어버린 백치가 되어갔다.

백치가 되었지만 괴로운 현실에서 벗어나는 탈출구가 되었다. 반복해 주문을 읊어 그 곳에 자리 잡고 살고 싶었으나 최면 중독이 되어 정신을 몰입하여 최면을 불러 잠을 자려 힘을 쏟았다. 꿈은 길었으며 알 수 없는 범죄로 강도나 도둑이 되기도 하고 발각되어 진저리칠 때도 있지만, 최면은 자질구레한 사건들은 없었다. 자신을 잊으려 고집스럽게 주문을 반복 읊조렸다. 아내는 눈치 챈 것 같았지만 방해하지 않았다. 깨어나면 다시 우울했고 마비된 육체는 천근의 무게로 짓눌렀다. 무아경에 들어가면서 하나님께 향한 기도는 멀어졌고 자극에 의한 반응이 무뎌지고 최면이 이끄는 곳에 모든 것을 맡겼다.

살점이 외부로부터 타격을 받거나 부딪치면 통증을 느낀다. 간호사가 주사기로 찌르면 따끔하고 피를 뽑으면 피가 난다. 몸속에 피가 흐르고 신경은 살아 있으나 자력으로 움직일 수 없고 외부의 힘이 없으면 손끝 하나 움직이지 못한다. 모기가 피를 빨아도 모기를 쫓을 능력도 없다. 아내는 몸의 한 부분이 되어 먹는 것 입는 것 심지어 배출하는 것까지 처리한다. 그뿐 아니다. 불상 자리에 앉혀 놓고 정신까지 지배하고 있다.

꿈에서나 무아경에서나 이 모든 일은 아내가 조종한다는 마음이 들었다. 그럼에도 악몽에 시달리지 않으려 주문을 읊조려 최면에 중독되어 갔다. 무아경과 꿈이 서로 혼돈을 일으키기 시작했다. 최면을 걸어 꿈을 꾸지 않으려는 이유는 꿈은 칙칙할 때도 있고 두려울 때도 있지만 최면 속의 무아경은 무의식 상태다. 쉽게 주문에 몰입하여 무아경으로 안내될 때는 아내의 최면이 작동하고 있다는 것을 나중에 알았다. 몰입이 쉽게 되지 않을 때에는 아내가 도와주기를 은근히 바랐지만, 아내는 자신이 필요할 때만 실행했다.

굿을 할 때 넋을 부르는 소리는 대부분 짧은 단어를 반복하지만, 불편한 심정을 호소하는 원망의 소리다. 알아들을 수 없는 발음으로 부르짖는 아내는 이 소리를 하늘에 기원하는 소리라 했다. 앞에서 손을 모으고 중얼거리다가 소리 말미에 입을 다물고 길게 세 번 정도 길게 부르짖은 후에 중얼거렸다. 깊숙이 기도에 빠진 사람들 중에 그들만의 특색 있는 음색으로 다른 사람이 알아들을 수 없는 소리로 기도하는 사람이 있듯이 굿할 때의 소리는 알아들을 수 없는 말을 읊조리며 신령과 대화라 했다.

무당들이 선호하는 귀신들은 유명 인사이거나 장군들이다. 그러나 생전에 강하고 힘 있는 사람일지라도 죽어 잠들면 아무런 힘을 발휘하지 못한다. 그러나 권위가 있었던 사람의 귀신에게 상당한 지위를 부여했다. 사람이 죽으면 육체는 티끌이 되어 잠드는데, 그 기운이 귀신이 되어 활동한다면 죽은 자는 잠을 자고 그 꿈에서 활동하는 것 외에는 설명할 수 없다. 죽은 자는 잠자고 꿈으로 활동할 때 왕을 만나거나 대통령을 만나도 그 기운은 바람일 뿐이다.

죽어 잠자는 자의 기운이 활동하는 곳에서는 왕이나 통치자일 수 없으며 바람이 되어 바람에 섞여 떠돌다가 무당을 만난다. 죽은 자의 기운을 귀신으로 분리하여 부르지만, 유령이나 귀신이라 부를 때 의뭉스럽게 들리는 것은 귀신이라는 어투가 깨끗하지 못하고 음침하고 지저분하게 들린다. 같은 영물이지만 천사라 부르면 이와는 반대로 맑고 찬란한 빛과 같다. 천사나 귀신 둘 다 차원을 달리한 영물이기에 기운은 보이지 않고 만져지지 않으며 냄새도 없다. 오직 전능자가 지배하는 섭리의 법칙에 활동하는 기운일 뿐이다. 하나님은 살아 있는 자의 하나님이라 하셨다. 하나님을 믿는 자는 죽은 것 같지만 살아 있는 거나 마찬가지다. 무당은 도륙에게 신내림을 받은 후에 그림 앞에서 기도했지만, 남편을 제단에 앉힌 이후부터 남편 앞에서 소원을 읊조리며 기도하고 있다.

도륙이 사탄인지 신령인지 알 수 없으나 '오옴~'이라는 이상한 소리를 하늘을 향하여 뿜어내고 초점 없는 사람의 얼굴을 보며 답을 말했다. 생기가 있고 숨을 쉬는 사람으로서 그들의 소원을 들어줄 수 없다. 옛사람들은 부엌에는 부뚜막 귀신, 화덕에는 화덕 귀신, 뒷간에 가면 뒷간귀신, 심지어 문설주에는 문설주 귀신, 의자나 책상에도 귀신이 있었다. 조심하라는 말은 보이지 않는 귀신을 통해 사고를 미리 예방하려는 것이지만, 말도 행동도 할 수 없는 힘겹게 숨 쉬는 사람에게 주문을 읊조리며 의뢰인들의 소원을 생산했다.

귀신을 부르는 소리는 가을 들판에 새 쫓는 소리 같지만, 허공에 바람을 부르는 소리다. 절에서는 부처의 자비를 가르치고, 교회에서는 예수의 사랑을 가르치지만 두 말씀 다 타인을 사랑하고 가엽게 여기는 말이다. 내가 믿는 하나님은 부른다고 오시는 분이 아니다. 은혜 베풀 자에게 은혜를 베풀며, 불쌍히 여길 자에게 은혜를 베푸시며, 사랑과 정의와 공의로 삶과 죽음과 재화와 복록을 때가 되면 제공하신다. 때가 되면 꽃이 피고 생명을 태어나게 하시고 모든 만물에게 때를 정하셨다. 때가 되어 땅에 왔다가 때가 되면 떠나지만 모든 것이 끝없는 영원에 탑승하고 있다. 무당들이 때가 되면 왔다가 때가 되면 행하시는 하나님의 질서를 미리 알아내어 앞날을 예언하고 있다.

귀신을 부를 때에 그들의 신분을 가리지 않고 왕을 부르기도 하고 살인자도 평민도 부른다. 왕이든 평민이든 죽음이란 차원을 넘어 티끌이 된 자들이기에 산 자들에게 아무런 힘도 될 수 없는데, 왕은 얼마 평민은 얼마라 값을 매기기도 했다. 산자는 죽어보지 않았기에 저승을 알지 못하지만, 무당은 저승의 확신을 가지고 귀신을 부르는 것 같다. 저승이 있는지 없는지 알지 못하는 사람들은 죽은 자의 귀신을 불러 예언하는 무당의 말을 믿고 열광했다. 영혼이나 넋은 잠자는 티끌에서 나왔기에 티끌보다 가벼운 연기 같은 기운을 모아 손님이 원하는 형상을 만들었다.

성경에서만 존재하는 것으로 알았던 귀신에 대한 이해가 연이은 무당과의 접촉으로 귀신도 행동하는 실제로 받아들이려 했다. 귀신을 불러 접신하는 행위를 부정하지 않는 것은 주문에 몰입하여 최면상태에서 세상과의 차원이 다르지만, 무아경을 경험했고 성경에도 무수히 나오는 귀신을 굳이 부정하고 싶지 않았다.

영적인 경험을 하지는 못했지만, 신령이나 귀신을 접해 보고 자 하는 마음은 변함이 없다. 사람에게는 영과 육이 있고 기운이 다하면 심판의 날까지 잠자다가 마지막 날 홀연히 죽었던 자들이 기운을 얻어 일어나 영생을 받는 자도 있고 지혜로운 자는 궁창의 빛같이 빛나고 수치를 당하여 영원히 부끄러움을 당하기도 한다. 티끌에 잠자는 자들의 기운을 빌려 귀신을 만들어내는 아내의 말을 상관없는 이야기라 했지만, 내가 예수를 믿는 사람으로 그의 귀신도 어느 사이에 받아들이고 있었다.

선지자의 말씀이 이루어지지 않도록 방해하는 사탄은 세상이 창조되기 이전부터 있었다. 목사의 설교는 성경 말씀을 풀어 말하기에 의문을 던지는 사람은 믿지 않는 사람이다. 하나님의 말씀이기에 성경에서 벗어나지 않는 이상 말씀을 믿고 들어야 한다.

성경 말씀은 하나님이 진행하시는 영원한 예언이자 법칙이기에 성경 속에 찾아서 설명해야 한다. 성경의 말씀은 성경 외에 다른 곳에서는 답이 없다. 귀신이 하나님의 일을 방해하는 것으로 보이지만, 악령이 행하는 일도 하나님이 수행하시는 섭리 중의 일부분이다. 목사의 말은 의문을 제기하지 않고 미련하지만 순종하고 따라야 믿음이다.

하나님은 거짓말을 할 수 없으므로 사탄을 사용하여 죄에 노출된 인간을 벌하신다. 천사도 사탄도 하나님이 사용하시지만, 사탄의 행동은 거짓이며 악하며 재앙으로 사용하신다. 내가 죽는다 해도 땅의 무게가 감소되는 것도 아니고 세상이 바뀌는 것도 아니다. 모든 사람들은 삶에 대한 애착으로 죽음을 두려워하고 있지만 나는 두려워하지 않는다. 태어났으니까 한 번 죽음은 정한 이치요, 죽음도 영원에 속한 과정이라 두려워할 필요가 없다는 생각을 아내가 알아차렸는지 조용히 주문을 읊조리며 최면으로 이끌었다.

티끌에서 잠자는 자들

불빛이 어항의 유리를 투과하고 어항 안에 있는 금붕어는 벽면에 그림자를 만들었다. 작은 물고기지만 빛을 차단하고 빛의 진로를 막아 벽면에 그림자를 만들어 그림자는 벽에서 움직였다. 빛이 단단한 유리 어항은 통과하지만, 금붕어는 꿰뚫지 못하고 벽면에 그림자를 만들었다. 빛이 금붕어를 투과했다면 유리나 마찬가지로 그림자는 생기지 않았을 것이다. 하나님은 생명을 귀하게 여기셔서 물고기 몸을 빛이 통과하지 못하게 하시고 그림자를 만들었다. 기이한 현상이라며 일어서는 순간 작은 움직임에 방 안의 공기가 파장을 일으켰다. 어항 속의 물고기들이 빠르게 좌우로 흩어졌다.

그림자 물고기 뱃속에서 그림자 물고기와 놀이에 빠져있는 앞에 또 하나의 그림자가 뱃속에 들어왔다. '또 꿈이로구나.' 꿈처럼 눈만 돌리면 다른 차원으로 변했고 이것이 녹이 슬어있는 쇠구나 만졌을 때에 황금으로 변했다. 어항이라고 생각했는데 눈을 뜨면 바다가 되어있고 물고긴 줄 알았더니 물고기 그림자다.

바람이 두려워 눈을 뜨면 비가 쏟아지는 광야에 우산을 쓰고 있고 비를 피하면 불이 있었다. 불꽃이 삼킬 듯이 타오르지만 주위를 태우지 않았고 텔레비전 화면에 불이 난 것 같이 그대로 있었다. 전원을 끄면 화면은 사라져도 텔레비전은 그대로 있는 것과 같았다. 최면의 공간은 꿈처럼 불인지 물인지 때와 장소를 가리지 않았고 순간순간 변했다. 구시대의 도시에 있었는데 현대 도시로 이동하는 차원 이동도 했다. 꿈은 꿈일 뿐이지만 지금은 꿈과 현실이 혼합되어 있어 어느 것이 현실인지 환상인지 꿈인지 분간할 수 없다.

하나님을 향한 열심이 무당을 개종시키고 승리에 취했을 때, 사탄은 그들의 그물에 걸려든 생명을 그릇에 옮기듯이 다른 차원에 데려다 놓고 그림자놀이 하는 백치로 만들었다. 무당이 최면으로 자기 그물에 걸려든 물고기를 부처님 손바닥에 올려놓고 손오공을 놀리듯 조롱하고 있다. 그러나 하나님의 시간인 영원은 흐르고 있을 것이며 태어나면 죽고, 꽃은 피고 지며 만물은 생성되었다가 사라지기를 반복할 것이다.

귀를 간질이는 느낌이 들었다. 얼굴을 돌려 보니 두루마기로 몸을 가리고 머리카락도 단정하게 정리된 사람이 서 있었다. 내 그림자 생각했지만, 그림자는 색이 분명하지 않은데 움직이는 느낌이 분명하고 그림자와는 다르게 스스로 가까이 앞으로 오더니 합장했다. '같은 몸 안에 있지만 알아보지 못하는 줄 알고 있습니다. 당신의 후손이며 당신의 죽음을 막으러 상소하러 왔나이다.' 그림자가 아니면 무당이 최면에 초대한 귀신이라고 생각했는데 자식도 없는 사람에게 그가 후손이라 했다.

내 마음을 알았던지 '조상님 허리에 있는 씨앗 중의 하나이니 알지 못하는 것이 당연합니다. 조상님이 죽음을 꾀하고 있기에 죽지 말라는 후손들의 상소를 전하러 왔습니다.' 최면 중이라는 것을 알고 있는데 나더러 조상이라 했고 후손들이 살아남기 위해 죽음을 막으러 왔다. 언제인가 죽을 것이다. 움직이지 못하는 육체는 관속에 있는 주검이나 다를 바 없다. 지옥 같은 현실에서 탈출하기 위해 극단적 선택을 생각하기도 했다. 자살은 살인이라며 참았지만, 소망이 없음을 알았고 죽을 기회를 엿보고 있었다.

'그대는 나보다 연배인 것 같은데 어찌 조상이라 하느뇨.' 말을 받았다. '씨앗의 본질적 속성은 마음이며 인류의 피를 이어받은 모든 지체는 조상이며 태어나지 않은 자들은 모두가 후손입니다. 세상에 태어나는 순간 독립된 왕국의 왕으로 추대되어 조상들과 후손들을 백성으로 통치하게 된 것입니다. 아직 세상에 태어나지 않았지만, 후손들이 몸속에 있습니다. 후손들은 조상님의 육과 영에 하나가 되어 있지만, 조상님께 죽음이라는 일이 생기면 후손들은 영원히 빛을 볼 수 없습니다. 조상님의 몸속에는 빛을 볼 수 없는 영혼이 둘도 되고 셋도 될 수 있으며 몇억도 될 수 있습니다. 조상님은 한 분이시니 조상님이 죽음을 택하신다며 재앙이 우리 후손들에게 닥칠 것입니다.'

'조상님의 자살로 인한 재앙을 보소서.' 가리키는 곳을 보니 물 위에 주검들이 널브러져 있었고, 넓은 강에는 태어나지 않는 수

많은 시체들이 물고기같이 배를 위쪽으로 하고 바다로 흘러들었다. 한 개인의 죽음이 바다를 삽시간에 주검으로 한가득 채웠다. 죽어 널브러진 시체들로 가득한 바다는 후손들의 분노가 되어 넘치는 기세로 무섭게 출렁거렸다. '보다시피 자살은 심각한 죄악으로 땅과 저승에 혼란만 일으키며, 개인의 종말로 인해 역사가 바뀝니다. 조상의 죽음을 막아야 후손들은 대를 이어 역사는 순조롭게 진행됩니다.'

삶과 죽음은 하나님의 섭리이기에 누구도 마음대로 죽을 수 없다. 죽기를 바라고 기회를 보는 줄 알고 죽음을 막아 보겠다고 죽음의 참상을 보여 주었다. '환난이 닥쳐도 조상님은 죽음을 택하지는 않겠지만 혹시나 하는 후손들의 염려로 찾아온 것입니다. 가만히 있어도 죽음은 다가오고 있습니다. 땅에서 고난을 받고 견딜 수 없다고 죽음을 택하시면 이것이 재앙이 되어 후손들은 영원히 빛을 보지 못합니다. 사람들은 이전 시대나 이후 세대도 그 후 세대도 죽음이라는 개인의 종말을 알고 있지만 부정하고 있나이다. 자해는 후손들에게는 마지막 날 빛도 보지 못하고 불의 지옥으로 떨어져 그곳에서 부끄러움을 당하며 영원히 태워집니다. 조상님이 신령이 된 것은 조물주의 계획입니다.'

아내가 삶과 죽음이 다르지 않다면서 내가 의도하는 행위를 막으려 한다. 무지한 인간을 신령으로 변화시키려는 것이 분명하다. '최면이구나.' 최면은 꿈같이 깨어나면 이슬처럼 사라진다. 이들이 신령으로 추대하고 또다시 하나님을 버리고 자기를 따르는 맹세를 시켜 영원히 우상의 반열에 올리려 허수아비를 만들려

한다. 좌충우돌하는 꿈이거니 싶어 그냥 꿈으로 돌리려 했지만, 후손이 땅을 지옥이라 했다. 전신 마비로 고통을 당하며 살기를 거부하는 땅을 지옥이라 원망했다. 조물주가 조성한 조상의 죽음은 막아야 한다는 말에 '그대가 종말을 안다면 종말의 시간은 언제인가?' '종말을 알려주면 믿겠나이까.' '종말의 날짜를 알려주면 그대 말을 믿겠소.'

종말을 말하려는 앞에 맑고 선한 빛이 힘차게 후손을 향해 날아오는 것이 보였다. 그 힘은 물체에 부딪치면 무엇이든 물거품같이 녹아버린다는 하늘의 빛이다. 거짓 선지자들같이 종말의 날짜를 알려려는 후손을 처치하려 죽음의 빛이 발사되는 것을 보고 눈을 감았다. 눈을 떴을 때 빛은 유리를 투과하듯 몸체를 투과했다. 빛은 당장에 날려 보낼 것 같이 흔들었지만, 생명이 있는 물체에는 다른 차원의 빛은 힘이 없었다.

종말의 날짜와 시기는 하늘의 계획이며 그 아들도 누구도 알 수 없는 비밀이다. 거짓을 발설하려는 후손을 따라 종말에 대해 알아야 한다는 생각에 그를 뒤따랐다. 부딪치지 않고 보이지 않는 곳에서 발은 땅에 닫지 않고 나르는 것 같았고 달리는 것 같았다. 바위를 오르고 절벽에서 뛰어내려도 가뿐하게 땅에 내려 달렸다. 길을 오가는 동안 수백만의 사람이 주위에 있었지만, 그들은 말이 없었고 말을 걸어오지도 않았다. 존재한다는 느낌도 들지 않았다. 종말을 알기 위해 힘을 다해 그를 뒤따랐다.

사탄 도륙이 천만의 귀신을 이끌고 있어 두려워 말라는 아내의 말을 농담으로 웃어넘겼다. 귀신이 존재한다는 것은 인정하지만 내가 사탄 도륙이라는 말은 부정하고 싶다. 또 자연재해나 전쟁이 있을 때마다 종말이라는 소리를 퍼뜨려 사람들을 불안하게 하고 종말에는 세상의 재물은 필요 없으니 하늘의 곳간인 자신의 통장에 채우라는 사람들을 보아왔다. 영원의 시간에서 언제인가 종말은 닥친다. 그 시기는 아무도 모른다.

하나님은 종말의 날이나 시간을 말씀하지 않으셨다. 대수롭지 않은 종말이란 말에 분이 가득 찼다. 진실인지 알고자 빛에 쫓겨 달아나는 후손을 쫓았다. 종말을 팔고 다니는 귀신을 찾아야 한다는 마음 외에는 다른 생각이 없었다. 형과 함께 승용차 정도의 비행체 안에서 만화경 같은 다른 차원을 구경했던 기억이 났고 어항이 큰 바다로 변하는 것도 보았다. 종말을 팔고 다니는 악마든 천사든 붙잡아 종말을 팔지 말도록 혼내 주고 싶다는 대수롭지 않은 일에 위험을 감수하고 생명을 걸었다.

검은 수풀이 있었고 동굴을 지나 질척거리는 갯벌에 핏빛 강이 흐르고 있었다. 더 이상 앞으로 나갈 수 없는 곳에도 수많은 생물들이 있었다. 캄캄한 곳이라 생각했는데 생물들은 땅보다 자연스럽게 질서 있게 움직이고 삶을 유지하고 있었다. 하늘도 땅도 보이지 않는 차원에는 거대한 동력원의 움직이는 소리와 천둥 번개 소리가 두려움을 주었다. 하늘에서 출애굽 당시 이스라엘 민족이 먹었다던 만나가 내리고 자신들이 필요한 양만큼 챙기고 과하게 거두면 그 무게로 외부로부터 고통을 당했다. 모든 곳이 네트워크를 이루고 외부로부터 공격을 당하면 경고등이 켜지고 활동은 중단되었다.

얼굴이 없는 그들은 개미같이 질서가 있었고 평화스러웠다. 신이 돌보신다는 것과 광명한 빛이 이곳에 비출 것이라는 소망으로 살아가고 있었다. 온전한 생명이 되기를 원하는 기도를 하고 있었다. 그들이 태어나는 새로운 세상은 즐거운 소리가 온몸을 전율케 할 것이며 눈으로는 빛으로 그날이 오기를 기도하고 있었다. 그곳은 기쁨으로 즐거운 소리가 끊이지 않았다. 모두가 후손과 닮아있어 후손을 찾기는 힘들 것이라는 생각이 들었다.

번데기는 누에의 문이 열리면 나비가 되는 소망을 가지듯 생명들은 땅으로 가는 것을 소원하고 있었다. 그들이 모르는 땅의 고통을 나는 알고 있다. 땅으로부터 왔으며 그들이 내 몸 안에 있는 생물들임을 알았다. 내가 저승을 알지 못하듯이 그들이 소망하여 바라는 땅이 얼마나 비참한가를 알리고 싶었다. 세상은 즐거움과 기쁨이 있는 것이 아니라는 것을 알리려 했지만, 사람들이 죽음 후를 모르듯이 그들은 세상의 삶을 알지 못하고 있었다. 모든 것이 풍족하고 모자람이 없었고 죽음도 있고 죽음의 찌꺼기를 버리는 종말 처리장도 있었다. 넓고 광활한 그곳에서 사라졌던 후손이 앞으로 나왔다.

'이곳에는 역대 조상님들이 모두 계시는 당신의 몸이며 후손들의 혈맥인 근원입니다. 당신의 몸은 태초의 조상으로부터 이어져 내려온 기운과 앞으로 태어날 후손의 기운이 더불어 생존해 있으며 이곳을 다스리는 통치자는 현존하는 당신입니다. 마음을 통하여 모든 일들을 주관하는 조상님은 왕이며 통치자이시며 신령입니다. 생존하는 사람들은 조상들의 혼과 육이 있어 후손을 창조하고 있기에 천하보다 귀한 근본이십니다. 때가 되어 하늘의 뜻에 의해 부르기 전까지는 자해하면 하늘은 상상을 초월하는 잔인하고 혹독한 지옥의 벌이 기다리고 있습니다. 자해가 있어서는 안 되는 이유입니다.'

하늘의 때가 되기 전에 자기 몸을 해치면 혹독한 지옥의 형벌이 기다린다는 후손의 얼굴에서 자해 자들의 일그러진 모습이 보였다. 최면 중에 따라간 곳에 최초의 할아버지로부터 아버지의 유전자를 통해 내 몸속에서 영원한 기운을 이어가고 있었다. 백년이 될지 천년이 될지 죽으면 영원히 빛을 보지 못할 후손을 만들어 내고 있는 조상들이 거기에 있었다. 살아 있다는 것도 영원의 일부분이며 죽는 것도 영원의 일부분이라 했다. 조상님은 천하보다 귀한 신령이며 자살은 종말의 재앙이라는 설명을 들으며 최면에서 풀려났다.

귀신과 동업

　북소리와 피리 소리와 징 소리에 정신이 산란해 기도를 멈추려는데 무당이 무엇을 보았는지 날카로운 소리로 부르짖어 정신이 번쩍 들었다. "워~위 이리 오리! 어~어위 이리 오라!" 부르짖는 소리가 주위를 삼키고 혼백을 부르는 강한 외침은 군사를 지휘하는 장수의 호령 같았다. 무당의 외침 앞에서 정신을 가다듬어 하나님의 말씀을 십자가에 단단히 묶고 부르짖는 소리에 흔들리지 않도록 '주여!' 외치며 맞섰다.

　육체는 저들의 제물이 됐지만, 말씀으로 살아 계신 하나님. 말씀으로 우주와 그 가운데 계시고 만물을 지으시고 통치하시는 하나님. 하나님의 거룩한 희생인 십자가로 방어망을 구축했다. 유혹과 고난의 시간은 하나님의 영원의 시간에서는 한 점도 되지 않는다는 것을 알고 있다. 귀신을 부르던 무당의 주문이 더욱 강해졌다. 통성 기도 할 때 옆에서 큰소리로 부르짖어 기도하면 그 소리에 휩쓸려 자신의 기도가 막히듯이, 무당이 귀신을 부르는 소리에 애절한 소리 없는 기도는 맥없이 주저앉고 무당의 소리에 휩쓸렸다.

두려워하지 말고, 겁내지 말자. 하나님을 부르며 나는 너의 하나님이라는 십자가의 말씀으로 주문을 듣지 않으려 귀를 막고 마음을 단단히 먹었지만, 시간이 지날수록 정신은 희미해지고 말씀은 어렴풋해졌다. 무당의 부르짖음이 강하게 기도의 통로를 차단하고 마음으로 읊조리던 기도가 부르짖는 주문에 백기를 들고 무당의 주문을 따르고 있었다.

죽은 자의 귀신은 세상의 기쁨과 슬픔과 근심과 걱정, 욕망을 내려놓고 영면에 들어갔기에 금도 은도 영화도 그들에게는 통하지 않는 바람이다. 무당은 바람에서 손님들의 욕망으로 귀신을 만들어내고 있다.

"우리의 대왕이 부르신다. 일어나라. 낙원 천상에서 복 받은 그대들은 일어나라."

죽음으로 없어졌던 욕망의 본성을 일으키려고 낙원이라는 주문과 복이라는 주문을 사용하면서 굿에 참여하고 있는 사람들을 부추겨 굿에 빠져들게 하고 가만히 있으면 복을 받지 못하고 재앙을 당한다며 겁박을 하고 있다.

하나님은 산자보다 죽은 지 오랜 사람들이 복되다 하셨으며 (전도서 4:2,3) 복을 받아 먼저 죽어 평안히 있는데 티끌에 잠자는 주검을 깨워 자기의 놀이에 참여하라며 소리를 질렀다. 낙원이라는 품격의 말로 천국에 들어가지 못하고 밖으로 쫓겨나 바람이 된 천박한 귀신을 꾀어내려 했다. 꽹과리와 피리 소리, 무당의 주문 소리에 바람에서 잠자던 귀신들이 깨어 무당에게로 돌아오라는 외침이다. 무당은 스스로 체면에 빠져 바람에서 귀신을 만들어 주위의 구경꾼들과 손님의 혼을 빼앗았다.

귀신들은 바람의 그림자 같아서 찢어도 찢을 수 없으며 채찍으로도 쇠몽둥이로도 불과 물로도 다스릴 수 없으며 부귀영화를 준다 해도 귀신에게는 쓸 곳이 없다. 귀신들은 감정이 없어 슬픔이나 즐거움 따위가 없지만, 무당의 부르짖는 소리에 움직이는 귀신은 역시 그림자를 기름에 튀겨낸 바람들이다. 보지도 못하고 듣지도 못하며 먹지도 못하고 냄새도 맡지 못하는 것이 귀신이다. 살아 있는 생명과는 다르게 잠자는 귀신들은 게으르고 나태하고 실체가 없는 바람이지만, 무당의 부르짖는 소리에는 민감했다. 꽹과리와 북소리와 복과 재앙과 낙원이라는 소리의 파장은 귀신과 사람을 움직였다.

복과 재앙과 낙원이라는 말이 살아 있는 자에게만 통하는 것이 아니다. 귀신에게도 통했다. 의뢰인이 원하는 귀신을 만들었지만, 조상의 넋을 불러 달라고 주문한 사람에게는 무당의 입에서 나오는 바람의 소리가 조상의 소리다. 복과 재앙과 낙원이라고 부르짖는 소리에 바람을 타고 귀신들이 몰려 왔지만, 무엇을 하겠다는 욕망은 무당 외에는 할 수 없었다. 무당의 입에서 나온 귀신들은 먹지도 못하며 냄새도 맡지 못하기에 기운도 없고 보이지도 않으며 만져지지도 않으니 누구에게 복을 준다거나 재앙을 내리지 못할 것이다. 그러나 사람들은 손을 비비고 허리를 숙이며 두려워 무당 앞에서 떨었다.

사람이 사탄의 꼬임에 넘어가 죄를 범하고 땅으로 쫓겨날 때, 사람들은 창조주의 순결한 선은 떠났고 악한 사탄의 기운만 남았다. 사탄은 그 최초의 생기인 기운에 악을 심어놓으려 했지만, 생기에는 선이 지키고 있다는 것은 몰랐다. 땀 흘려 밭을 갈고 아이를 생산하는 고통 속에서도 하나님의 아름다운 생기는 사람마다 간직하고 있다.

소멸되어가는 정신에 십자가를 붙잡고 부르짖는 기도와 귀신을 부르는 무당의 주문은 전쟁과 같았다. 온 힘을 다한 기도가 흐려져 갈 무렵 무당의 주문이 기도에 대적하는 소리를 내고 있었다.

'보여 줄 수도 없고 보면 죽는다는 하나님께 기도하는 신령님이시여. 당신의 나라에서 꿈으로 환상으로 무아경으로 죽은 자를 만났으며 그들과 대화도 나누지 않았나이까. 신령님의 하나님은 꿈으로도 환상으로도 보여 주지 않았지만, 조상들은 신령님이 근본임을 보여 주었나이다. 신령을 찾는 사람에게는 질병이 달아나고 복을 받아 지금 신령님도 그 복을 누리고 있지 않으신가요. 증명도 할 수 없는 저승과 천국과 지옥을 믿고 부활을 꿈꾸지만 꿈으로나 환상으로도 보여 줄 수 없지 않은가요. 꿈에서까지 보이지 않고 소리도 없고 행동도 없는 하나님보다 꿈이나 무아경에서 신령님은 죽은 자들을 보지 않았던가요. 최면에서 보여 주었고 행동하는 신이 참 신이냐, 꼭꼭 숨어 보이지 않고 나타나지 않는 신이 참신입니까. 신령께서 하나님께 하시는 기도는 그치기를 바라나이다.'

무당은 인류와 만물의 기도의 대상이신 하나님을 바람의 그림자로 짓밟고 있었다. 무당의 최면은 술법으로 사람의 정신을 홀려 혼란에 빠뜨리는 마법사가 하나님을 보이지 않는다며 조롱했다. 하나님은 소멸하는 불이시오. 질투하시는 하나님께서 그들의 말을 듣지 말라 했으며 무당이나 꿈꾸는 자는 죽이라고 신명기 13장에서는 말씀하셨다. 무당이 겁박하는 소리를 듣지 않으려 귀를 막을수록 무당의 속삭이는 소리는 정신을 꼬이고 있었다. 귀를 막을 수도 말을 할 수도 없어 꾐의 소리를 받아들일 수밖에 없다.

뱀이 하와를 꾀듯이 하와의 주장에 아담은 설명할 수도 고민할 필요도 없이 따라야 했다. 무당은 지옥과 천국과 낙원을 손님들에는 혼을 깨우는 도구로 삼았다. 잠자던 사람의 순수한 영혼을 욕망으로 일깨워 귀신의 자루에 담아 지옥에 쏟았다. 보여 주지도 않으면서 보면 죽는다는 신을 어떻게 믿느냐며 어르면서 다잡는 소리와 기도를 멈추라고 협박하는 말에 동참하지 않고 침묵으로 들어갔다.

귀신들은 바람이지만 침묵하는 틈에 자신의 의견은 숨어 들어가고 무당의 굿에 참여하고 있었다. 낙원과 지옥이라는 위협에 귀신들은 무당의 옷깃에 악사 잡이의 악기에 손님들의 마음에 들어가 감동을 일으키고 무당은 손님들을 실에 묶어 허수아비 같이 놀리며 춤추었다. 형이 곤충들을 조롱하며 좋아하던 날이 기억났다. 날쌔고 약삭빠르고 교활한 귀신들이 무당의 소리에 있었으며 등신이라며 놀림 받든 형의 놀이에 끌려들어 가고 있었다.

빠르게 음계를 맞추는 방울 소리로 광풍같이 불어대던 바람을 억누르고 춤사위는 잦아들고 무당이 부리던 귀신들은 승리의 깃발을 들고 영혼까지 장악했다. 아내는 무대에서 역할을 다하고 내려오는 탈진한 배우같이 숨을 몰아쉬며 의상을 벗고 평상복으로 갈아입고 미소를 보냈다. 하나님을 향한 부르짖음은 대답이 없고 아내를 도운 신령이 되었다. 귀신의 백만 대군이 몸에 있다는 무당의 말이 거짓인 줄 알면서 부정하지 않았고 어리석은 사람들의 신령이 되어 공경과 숭배를 받고 아내는 재물을 챙겼다.

움직일 수 없는 하나님의 피조물인 사람이 하늘로부터 강림한 신령이 되었다.

신령은 오래전에 그림 안에 좌정하시다가 인간의 몸으로 강림하셔서 일어나셨다. 저승에 갔던 사람이 신령님에게 강림하셔서 말씀은 과거나 미래를 자세히 아시고 예언하신다. 신령님은 보이는 것이나 보이지 않는 어두운 모든 곳을 다스리는 권능자이시다. 그는 높은 하늘부터 땅 위와 땅 아래에까지 다스리시는 분이시다. 신령님이 하늘로부터 사람에게 강림하시는 것을 눈으로 목격했고 이로 인해 자신은 신령과 사람 사이의 중보자가 되었다. 손님들을 집단 최면에 걸리게 하여 무아경에 빠지게 하고 손님들은 스스로 최면상태에 빠져 옳고 그름을 판단하지 못하고 무당을 따르게 했다.

무당은 자신의 말을 확인시키기 위해 대들보를 중심으로 영원히 젊은 도륙을 구름 위 보좌에 앉히고 주위는 다양한 신령들과 신하들을 일정하게 배치시켰다. 신들의 신하들은 얼굴은 사람인데 몸에 털이 난 동물도 있고, 물고기의 형상, 곤충의 형상도 있으며, 또 해와 달과 천체를 정렬해 두었다. 그 가운데 세상을 다스리는 신령으로 도륙 부처의 그림을 배치시켰다.

벽면에는 낙원의 전생도와 지옥도와 극락도를 그려놓고 과거, 현재, 미래를 주관하며 인간사에 깊이 관여하는 신들 중 으뜸으로 또 하나의 도륙부처상을 그려 넣었다. 세상에 난립하는 수많은 신들보다 우월한 신을 만들기 위해 그림 안에 있는 천한 모습의 품위 없는 만상들로 도륙을 돋보이게 했다. 그리고 스스로는 도륙신령과 인간 사이의 중보자로 자청했다. 고생스럽고 피곤한 중생들의 원하는 고통을 하늘에 알리고 인간의 소원을 대신하여 풀어주는 중보자로 공포했다.

사람들에게 최면을 걸어 환상에 빠지게 하고 의뢰인이 원하는 생각을 그들의 입으로 말하게 했다. 손님이 원하는 마음을 알아내어 꼼꼼하고 세밀하게 복을 받고 싶은 사람은 복 받는 소원을 빌어주고 타인에게 저주를 원하는 사람에게는 저주의 주술을 입에 담아주었다. 손님 스스로 토해놓은 과거를 알고 있는 무당을 신도뿐만 아니라 점을 치는 사람이나 굿하는 사람들도 놀라 식물인간을 신으로 추대하기를 주저하지 않았다.

한편으로는 복을 빌어주고 다른 한편으로는 재앙으로 두려움을 주어 신령을 따르지 않으면 세상에 있는 모든 재앙을 연출했다. 어느 시대나 땅에는 전쟁과 지진과 산불과 해일과 홍수가 일어난다. 이를 가리키며 세상에 종말이 다가왔다는 말을 스스럼없이 했고 이를 믿는 손님들은 귀한 물품과 금은보석과 돈을 아끼지 않았다.

하나님은 보이지 않지만 한순간도 쉬지 않으시고 주무시지도 않으신다. 공의의 하나님은 만물을 위해 때를 따라 비를 내리셔서 풍요를 주시고 복을 내리시기도 하지만, 나쁜 일을 하면 가뭄과 홍수를 내리시며 전쟁과 내전을 일으키고 전염병이 발생하는 재앙도 내리신다. 하나님은 스스로 계시며 은혜 베풀 자에게 은혜를, 긍휼히 여길 자에게 긍휼을 베푸신다. 말로 표현할 수 없는 하나님의 권능을 자기 몸도 움직일 수 없는 도륙 부처에게 부여했다.

시공을 떠나 영원을 운행하시는 하나님의 반열에 부처상이나 다를 바 없는 귀가 있어도 듣지 못하고 눈이 있어도 보지 못하며, 입이 있어도 말을 못 하는 전신 마비 장애자를 하나님을 핑계하여 사람의 마음을 훔치고 있다. 하나님은 죽은 자의 하나님이 아니다. 죽음은 이전에도 없었고 이후에도 없으며 모두가 살아 있다. 조상들을 비롯해 땅에 있었던 모든 자들이 영원에 있으며, 하나님은 티끌에 잠든 자뿐만 아니라 산자의 하나님이시다. 하루살이 같이 숨만 쉬고 있는 생명을 신으로 만들어 하나님을 욕되게 하고 있다. 드디어 식물인간을 신으로 공포했다. 신으로 공포하는 첫마디가 도륙 신령은 환난 날에 세상을 구원하러 오실 구세주이시며 영원한 신의 왕이시다.

사람은 저주를 받아 땅으로 쫓겨난 생물들과 함께 흙덩이를 짊어지고 근심하며 살아야 한다. 태어나기 이전부터 사탄이 욕망을 사람에게 심어 분쟁을 일으키고 시기하게 하므로 원수를 맺게 했고 형제를 죽이기까지 했다. 죄를 범하여 불안한 마음으로 술 취함과 성욕으로 죄를 잊으려 했지만, 악한 마음은 인간의 정신을 마비시켜 중독되게 하므로 평화를 깨뜨렸다. 욕망은 천상천하의 소리를 다 들어도 채워지지 않으며 음욕과 정욕과 더러움과 추함을 눈으로 보아도 족한 줄 알지 못한다. 세상의 지식은 탐욕을 채우는 도구가 되어 만족함을 느끼지 못하게 했으며 또한, 지식은 욕망의 씨앗을 뿌려 자라게 했다.

깨달았다는 자들은 죽음을 알게 되었고 누구도 경험해 보지 않은 죽음에 낙원과 지옥을 만들어 사람들의 마음을 훔쳐 자신들이 신의 자리에 도전했다. 모든 사람은 죄를 범하고 죄인으로 죽은 후에는 영원한 지옥으로 향하게 했다.

조물주가 인간들을 불쌍히 여겨 인간을 구원할 권한을 신령님께 주어 믿는 자는 영원히 죽지 않으며, 세상에서는 천수의 수를 누리고 죽어서는 극락 환생하여 영원히 낙원의 기쁨을 가질 수 있으며, 현세에서 도륙을 믿고 그의 이름을 부르는 자는 영원한 생명을 얻는다.

도륙을 믿지 않는 자는 전쟁과 기근과 가뭄과 홍수로 고통 받다가 죽은 후에는 지옥에 떨어져 뜨거운 사슬로 묶어 달군 쇠도끼나 칼, 톱으로 베거나 자르는 곳에 떨어지며, 전쟁이나 전염병이나 재앙이 창궐하는 곳으로 환생하여 스스로 칼이나 쇠몽둥이로 자신을 치다가 숨이 끊어지면 다시 쇠몽둥이나 칼로 자신을 치는 고통을 받게 된다.

인간은 별보다 많은 생기를 가진 세포로 몸을 지탱하고 있다. 한 사람이 죽으면 세포도 따라 죽으며 세포의 혼도 주인을 따라 지옥으로 낙원으로 혹은 부활로 환생한다. 육체가 썩어 분해되어 땅에서 흩어지면 모든 세포의 영혼도 주인을 따라 떠돌지만 도륙 신령을 의지하는 자는 영원한 생명으로 인도되어 천하의 주인이 되어 왕으로서 통치자로서 권력자로서 영원토록 복락을 누릴 것이다.

죄를 사할 수 있는 도륙 신령은 조물주가 땅으로 쫓아내실 때 땅의 구원자로 세우신 천사장이다. 조물주의 자비로 세상에 환생하시어 인간의 죄를 씻어주시고 이를 믿는 자는 구원을 얻고 뜨거운 불로 고통을 당하는 땅의 굴레에서 벗어나 낙원으로 향한다. 말없이 앉아계신 도륙님이 일어서면 땅의 사람과 저승 영혼들의 구원이 이루어지는 날이다.

사람들에게 신으로 이해할 수 있도록 최면을 걸었으며, 장애자인 남편은 신령이 되었다는 지위를 씌워 스스로 도륙이라는 마음을 가지도록 세뇌시켰지만, 이 말에 동의할 수 없고 대답할 수도 없으며 동조하지 않았다. 선한 사람일수록 죄인이라 생각하는 사람들이 많고, 선한 사람일수록 죄에 노출되어 있는 것을 이용했다.

외계의 물체가 땅에 도달하려면 대기권을 통과한다. 물체는 공기의 저항에 타버려 먼지가 되어 흩어지거나 남는 조각은 미미하게 땅에 떨어진다. 빛은 초당 삼십만 킬로로 대기권을 통과하면서 아무런 방해 없이 땅에 내려오는 빛도 물체는 투과하지 못하고 뒤편에는 그림자를 만들어 어둡다. 어두움을 저승의 귀신들이 사는 곳이라 했다.

보이지 않는 낙원은 빛과 무관하게 어둠에서 삶을 영위하는 신령들이 있으며 그곳에는 땅의 낮보다 더 밝은 빛이 있어 사람의 눈을 가려 보지 못하게 했다. 어둠은 음과 양, 선과 악이 없는 영원한 영혼들의 나라가 있으며 영의 세계의 통치자는 도륙이다.

모든 생물은 뜨거움과 추위를 느낄 뿐 아니라 부딪히면 부서지고 깨어지며, 뜨거움을 느끼고 추위를 느낀다. 태양의 온도는 오천육백도 이상이므로 가까이 가면 죽는다. 또한, 영하의 온도에서는 얼어 죽는다. 그러나 도륙을 믿으면 태양의 온도보다 더 높은 온도라도 타지 않으며, 영하로 생물이 살 수 없어도 도륙을 믿는 자에게는 추위를 느끼지 않는다. 총알을 맞아도 죽지 않으며 대포를 맞아도 피해를 보지 않는다. 앞으로 핵보다 더 무서운 불덩이가 하늘에서 떨어져 땅은 바다로 내려앉으며 바닷물은 땅을 덮치고 새로운 불덩이가 땅에서 솟아나 살아 숨 쉬는 생물의 오십 프로가 사망하는 종말이 닥치는데 도륙을 믿고 가까이 있는 자들은 영원한 생명을 얻어 살아날 수 있다.

거짓과 살인과 도둑질을 하며 살던 사람들도 죽으면 귀신이 되고 술 취하고 방탕하고 음탕을 즐기던 사람들도 귀신이 된다. 세상 이치를 모두 깨달았다는 사람들도 귀신이 되며, 무소불위의 왕도, 강하고 담대하고 사람을 억압하던 독재자도 귀신이 된다. 지옥과 천국을 외치던 사람도 귀신이 된다. 이 모든 죽은 자와 산 자를 다스리는 도륙은 땅에서 건강을 잃은 것 같지만 영혼은 천상에 있으며 죽어 부활하신 신령은 하늘과 땅의 중보 자가 되어 모든 사람은 도륙만 믿으면 그와 더불어 영원한 생명을 얻을 수 있다.

살아계신 도륙께 기도하라, 저주나 재앙의 소리는 살아 있다. 저주하지 말아야 한다. 한 마디의 저주가 하늘에 울려 퍼지고 해당 없을 때에는 자기에게로 돌아온다. 도륙의 말씀을 믿고 따르는 사람은 재물과 수명과 명예로 영원히 복을 누릴 것이다.

천장에 그림으로 사람들의 정신을 빼앗고 수만 개의 부처상을 사람의 기술과 고안으로 만들어 나열하고 그곳에 십자가와 마리아상과 신화의 인물상들도 끼워 넣었다. 정신을 빼앗긴 사람들은 말 못 하는 장애자 앞에서 손을 모으고 절하며 재물을 올렸고 무당은 그들의 소원을 해결해 주었다. 장애자를 신으로 만들어가는 과정을 보며 그릇된 생각으로 사회에 해를 끼치는 이단이 이렇게 만들어지고 있음을 뼈저리게 느끼게 했다. 무당의 이야기를 듣고 진실과 거짓을 구분 못 하는 눈먼 자들이 미친 듯 열광했다.

귀신과 무아경에 함몰되다

　마른 막대기 같은 사람을 부처로 믿는 사람들에게는 대단한 존재로 숭배의 대상이 되었다. 명예가 더 이상 올라갈 곳이 없는 사람과 재물이 많아 쌓아둘 창고가 없어 길가에 뿌리는 사람도 손가락 하나 움직일 수 없고, 숨만 쉬고 있는 사람 앞에 엎드려 더 높은 지위를 구하고 더 많은 재물이 오기를 구했다. 무당은 자신이 만든 신을 사람들에게 공포하고 신령을 믿어야 복을 받고 생명을 길게 누릴 수 있다는 무당의 혀에 사람들은 진실을 가리지 않고 따르며 보송암에 새로운 신령의 역사가 시작되었다.

　아무것도 보이지 않는 곳에 우리의 꿈이 있고 상상이 있어 마음에 드는 대로 무엇이든지 만들 수도 있고 부술 수 있지만, 상상과 꿈은 아무것도 볼 수도 없고 만질 수도 없다. 그러나 땅에는 보이고 만져지는 것으로 이루어져 있어 노력만 하면 볼 수도 있고 가질 수 있어 현실을 진실로 만들 수 있다. 그러나 무당은 하늘의 신만이 가질 수 있는 상상과 환상을 사람을 통하여 보이지 않는 허구를 만들었다.

　항상 최면에 걸려 있는 것도 아니며 항상 잠을 자고 꿈을 꾸는 것도 아니다. 잠만 들지 않으면 평소와 마찬가지로 귀는 열려있고 눈으로 물체의 윤곽도 짐작한다. 입으로 씹지 못해 음식은 목을 통해 주입시키고 용변을 처리하기 위해 플라스틱 팩을 채워 놓았다. 몸 하나 움직일 수 없는 사람을 신령으로 만든 것이 놀랍다.

　보이지 않는 모든 종교가 신비로 싸여 있지만, 신과 거리가 먼 사람을 신으로 세우고 자신은 신의 중보자가 되어 스스로 섬기고 있다. 믿는 사람들에게는 대단한 능력을 가진 존재가 되었다. 아내는 전도사 사모에서 선녀님으로 명칭이 바뀌었고 전도사는 조물주의 아들인 환생한 도륙 신령으로 불렸다. 자기 남편을 신으로 받드는 것을 보며 처음에는 놀라고 불안했으나, 모든 것을 그의 생각에 맡기니 마음이 홀가분해졌다.

　신격을 높이기 위해 한 번도 펼쳐보지 않은 경전이 좌우에 빼곡히 놓여 있다. 어처구니없는 것은 모든 경전은 도륙이 선각자들에게 말씀으로 보여 주어 깨달은 자들이 손으로 집필한 것이라 했다. 좌우로 향료가 있으며 촛대에는 촛불이 항상 켜져 있어 신도들은 언제라도 향을 피워 올릴 수 있도록 제단을 꾸몄다. 살아 있는 신령은 촛불 안쪽 중앙 깊숙한 곳에 앉혀 놓았으며 뒤로는 한지에 도륙의 커다란 초상화를 천장에서 내려온 그림이 감싸듯 새롭게 구성했다. 전깃불을 사용하지 않는 것은 빛에 가려진 도륙의 신비를 연출하기 위해서다.

　처음에는 아내가 주문을 읊조리면 귀를 막으려 노력했다. 말씀을 묵상하며 그들의 행위를 거부하면서 모욕적인 순간이 빨리 지나기를 하나님께 소원했다. 이들의 행위를 지배하고 다스리시며 주의 종에게는 실낱같은 도움도 주지 않으시는 것 같지만, 때가 되면 이들의 행위는 심판받을 것이다. 시간이 지날수록 절망은 서서히 마음을 이간시키고 원망의 싹이 자라 하나님과 틈이 벌어지게 했다. 무아경으로 인도하려 주문을 읊조려 최면을 불렀다.

술의 기운이 술을 부르듯 주문에 몰입하고 최면으로 무아경에 빠져 안식을 얻으려 했다. 굿을 할 때에도 최면에 빠지는 것을 보고 아내는 얼굴에 홍조를 띠었다. 무아경에 빠져 속박에서 벗어나 육체가 없는 황홀경을 즐기기도 했다. 존재가 없는 자유의 세계인 무아경에서 마음에 안정을 찾으려 했지만, 길들어지고 있는 줄 모르고 깊은 잠으로 자신을 잃는 함정에 깊이 빠져드는 줄 몰랐다. 하나님을 믿는 믿음은 자리를 잃어가고 있었다.

아내가 자리를 비울 때 스스로 최면을 걸어 주문을 읊조렸다. 정신이 산란해 최면에 들어갈 수 없으면 상상으로 어항에 있는 물고기를 유희하고 키우던 애완견을 불러 대화를 나누었다. 그도 저도 싫증이 나면 비행기를 타고 이스라엘 성지나 광활한 미국의 명소나 호주의 외딴 마을로 상상 여행을 하다가 잠들었다. 최면을 유도하고 이따금 잠들어 꿈을 꾸면 꿈도 친구가 되었다.

신을 인정하는 사람은 신이 있다고 믿지만 신을 부정하는 사람들 마음에도 신은 있다. 신을 믿는 사람은 자기가 믿는 신만이 참신이며 다른 신은 이단이라 비난한다. 신을 부정하는 사람도 목사나 중은 교육을 받은 사람으로 도덕적으로, 인격적으로 인생을 바른길로 인도하려는 선생으로 생각하지만, 무당은 그렇지 못하다. 귀신을 부르기 때문이다.

죽음을 생각할 때 어둠을 생각한다. 검은 것은 나쁜 마음, 어리석은 마음 등 어둡게 생각하기에 무당도 죽은 귀신을 상대하기에 고상하지 못하고 거칠고 천박한 귀신의 빙의로 사람들은 알고 있다. 그러나 초파일이나 성탄절이 되면 절에서 교회에서 절기를 지키는 행사에 끼어들어 즐기고 가뭄이나 지진이나 산불 같은 재앙이 닥치면 무당을 찾아 기우제를 지내고 굿을 한다. 사회의 지도층 인사들은 종교인들을 싸잡아 신을 만들고 우매한 사람을 미혹하여 돈벌이를 하는 자들로 치부한다. 그러면서 교회에 나가고, 절에 가고, 무당을 찾는다. 그도 저도 믿지 않는 사람들은 자신의 취미대로 신을 만들어 즐긴다. 아내는 남편인 전도사를 그림과 닮았다는 이유로 도륙 신령으로 받들었다.

중이나 무당은 신이 아니며 신이 될 수 없다. 사람은 흙으로 된 육신을 입고 있는 생명체이며 뛰어난 두뇌로 만물을 이끌어가는 영혼이 있는 피조물이다. 중은 석가의 가르침을, 유교는 공자의 가르침을, 유대교는 모세의 가르침을, 개신교는 인간의 죄를 사하시려 이 땅에 오신 예수의 사랑을 가르친다. 모든 종교는 가르침과 깨달음을 사람들에게 알려 각박한 세상에서 잠시나마 자신을 뒤돌아보게 하며, 아무것도 가져가지 못하는 죽음을 생각하게 하고 육욕에서 벗어나 마음에 위안을 얻게 한다. 그러나 사람들은 이것이 잘못인 줄 알지 못하고 가리키는 사람에게 기적이나 이적이 일어나기를 바라고 있다.

무당이 신령으로 받드는 장애자를 보고 우매한 사람들은 능력 있는 신으로 알지만, 참 진리로 깨달은 사람들은 무당의 말이 자기의 마음으로 나온 말인 줄 조금만 들어보면 알 수 있다. 사람을 신령으로 포장한 아내를 말릴 수도 없고 신령이 아니라고 말할 수도 없다. 무당 일을 하는 아내는 병든 육체의 간병인이며 보호자이다. 아내 없이는 회복될 것이라는 희망마저 사라진다. 점치는 사람들이나 굿하는 사람들은 멍청히 앉아 있는 사람에게서 어떤 기적이 일어나기를 바라며, 한편으로는 귀신이 머무는 빙의로 무당을 보조하는 정도로 이해하는 것 같다. 무당을 보조하는 부처상도 아니고 차원을 넘나드는 신도 아니지만, 신이라 추대하기에 그들의 신이 되었다.

경經의 글자들은 쉽게 말하면 사람이 깨달았다거나 신에 감동되었다는 말이다. 활자로 된 글을 읽으면 책에서 신비한 힘이 나오는 것이 아니다. 책을 읽으면 옳은 말씀을 듣고 인생을 어떻게 살아야 하는지 생각하고 깨우쳐 바른길로 인도하는 길잡이가 되어 준다. 삶의 길잡이가 되는 말씀을 읽지 않고 책을 신처럼 모시는 사람도 있다. 무당이 자신의 상상으로 하늘의 아들이라 말하고 장애자인 남편을 도륙 부처라는 신으로 숭배하지만, 피조물일 뿐이며 성스러운 신비의 대상은 될 수 없다는 것을 알고 있다.

아내는 곁에서 보호하며 스스로 간병인이 되어 주면서 자신의 신을 관리하고 있다. 남편을 신령으로 정성 들여 모시는 아내를 보며 애증의 눈물을 흘린다. 아내가 신이라 하지만 악사 잽이나 박수무당같이 아내를 도울 수 없다. 모든 것을 포기하고 하나님의 시간을 기다리며 잠잠히 있는 것이 나을 것 같아 지켜보기로 했다. 처음에는 죄책감으로 불편했지만, 이제는 아내를 불편하게 만들고 싶지 않아 흙으로 뭉쳐놓은 것 같은 육체를 아내에게 맡겼다.

아내가 귀신들과 어울려 춤을 추어도, 귀신을 불러 손님을 꾸짖어도 지켜볼 수밖에 없다. 하나님은 거짓말을 할 수 없으시다. 그러나 성경에는 하나님이 부리시는 수많은 천사들이 재앙을 내리기도 하고, 하나님이 할 수 없는 거짓말은 악령이 한다. 악령이나 거짓말하는 영들도 하나님이 지배하는 원리와 법칙에 따라 균형을 유지하기 위하여 세운 하나님의 천사지만, 하나님의 허락으로 거짓말하고 재앙을 내려 사람을 시험하기도 한다. 그래서 천사를 통하여 어떤 선지자에게는 진실을 어떤 선지자에게는 거짓을 말하게 한 것 같이 무당도 천사를 통하여 거짓 선지자로 사용하고 있다는 생각이 들었다.

사탄도 하나님이 악으로 사용하기 위한 피조물인 것은 하나님이 사탄의 송사를 듣고 당대의 의인인 욥을 죽음보다 혹독한 시험을 받게 하셨고, 사울 왕이 순종하지 않을 때 악령을 보내어 괴롭게 했다. 북이스라엘의 선지자 미가에게 천상의 회의를 보게 하시고 하늘의 만군이 모여선 가운데 하나님이 이스라엘 왕 아합을 꾀어 죽게 할까 하니, 한 영이 거짓말하는 영이 되어 선지자들의 입에 거짓말을 하게 하여 아합을 죽게 하셨다. 모압 왕이 이스라엘을 저주하라는 말을 발람 술사가 도리어 축복하게 하신 분도 하나님이시다. 또한, 신접한 여인은 사무엘의 넋을 불러 사울 왕의 죽음을 예언해 주기도 했다.

하나님이 사람의 옷을 입고 메시아로 땅에 오신 후에도 사탄은 하나님의 아들을 시험하고 하나님의 아들을 십자가에 죽기까지 이끌어 성경을 완성하게 도운 것도 사탄이다. 무당을 위시해 점술가들이나 술객들은 선한 사람을 미혹해 사망으로 떨어지게 하는 것이 그들의 사명이다. 그러나 무당의 행위는 하나님이 부리시는 천사도 사탄도 아니며, 자기 생각에서 나오는 바람으로 귀신을 만들어 매매하고 있다는 생각이 나를 지배하고 있다.

유일하신 하나님을 믿으며 아내의 행위를 거짓이라 배척하던 사람을 무당은 최면 술법을 통해 무아경으로 인도했고, 그곳에서 죽은 사람을 만나 살아 있는 사람과 동등하게 대화를 나누게 했다. 꿈이지만 어항이 바다로 변하게 하고 자기를 살해한 사람은 만만의 후손들이 죽어가는 종말의 순간을 보여 주기도 했다.

아내가 도륙 부처라는 신령을 만나 그림에 있는 도륙을 닮은 사람을 자신의 아들로 받아들이라는 예언을 했는지 나는 알지 못하지만, 아내는 환생한 도륙 부처로 모시고 있다.

그들이 숭배해도 털끝 하나 달라진 것이 없으며 숨만 쉴 뿐 목석처럼 아무것도 할 수 없다. 하늘을 나를 수도 없고 예언도 하지 못하며 아내의 주문을 따라 읊조렸지만, 귀신과의 조우에는 아무런 효과도 없었다. 최면에 빠져 주문에 깊이 빠지지 아니하면 최면에 들어갈 수도 없다. 애써 굿을 종교 행위로 받아들이고 관찰해 보았지만, 아내가 영계와 접촉을 한다는 증거는 어디에서도 찾을 수 없었다. 아내는 영매라 굿을 할 때 귀신이 나타나 입에 예언을 주는지 모르지만, 사람이 죽은 뒤에 영혼이 산다는 저승은 사람은 볼 수 없으며 보면 죽는다. 최면에서 초자연적인 현상을 보았지만, 이것은 환상을 일으킨 꿈이다.

아내도 주문을 읊조리며 귀신을 부르지만 마냥 귀신이 달려오는 것이 아니다. 힘을 쏟고 애를 써도 마음에 감동이 없을 때는 귀신은 오지 않았으며 마음에 감동이 올 때까지 주문을 읊조리며 부르짖었다. 굿 도중에 기운이 빠져 있는 모습을 볼 때는 미워했던 마음보다 애잔한 감정에 귀신을 만날 수만 있다면, 어떤 형태로든 귀신을 만나게 해주고 싶었다.

요란한 악사 잡이의 악기 소리에도 귀신이 나타나지 않아 신명이 나지 않을 때는 움직임은 무겁고 춤사위도 힘겹다. 부르는 귀신이 깊은 잠에 빠졌는지, 여행을 떠났는지, 귀신의 감동이 없을 때 아내는 우울하고 칙칙한 꿈을 꾸는 것 같았다. 아내를 보는 마음은 서낭당 고목에 붙어 바람에 흐느적거리는 축문같이 가냘프고 약하게 보였다. 입에서 나오는 귀신들의 소리는 바람에 전깃줄이 떨며 나오는 소리 같기도 했고 악기 줄이 끊어지는 소리 같기도 했다. 가엽다는 생각이 들지만, 귀신을 불러 아내를 도울 능력은 없다.

귀신들은 버림받은 영혼들이며 저승도 가지 못한 영혼들이다. 넋이란 구름 같으며 굴뚝에서 나오는 연기와 마찬가지로 흩어져 바람의 힘으로 하늘을 맴돌다가 바람의 힘으로 사라지는 안개다.

사람이 죽어 넋이 되더라도 과거나 현재가 없는 영원한 바람이다. 저승으로 가지 못한 슬픔과 분노로 악해진 저주받은 바람이다. 영원으로 가지 못한 영혼이 땅에 떠돌다 무당에게 붙었을 것이다. 귀신에 대한 상상은 여러 갈래로 이어졌다.

사람이 죽어 귀신이 되었기에 불쌍하고 가련했다. 잠자는 자의 꿈에서 낙원에 가지 못하고 쫓겨나 떠도는 저주받은 영혼이 무당의 주술에 걸려 지옥으로 간다는 억울함과 참담함으로 사람들을 우롱하고 있다. 귀신에 대한 상상은 꼬리에 꼬리를 물었다.

아내는 하늘의 신령과 땅의 신령, 장군이나 무서운 왕의 넋만 부르는 것이 아니다. 땅에서 강도, 강간, 살인을 했던 자들의 넋을 불러 자백하게 하고 자살한 사람의 귀신도 불러올렸다. 땅에서 저주받았다고 생각하는 귀신도 불렀다. 목매달아 죽은 귀신, 물에 빠져 죽은 귀신, 죽었는지 살아 있는지 생사도 모르는 귀신. 무당은 귀신의 만물상같이 질병으로 고생하는 사람들에게는 보이지도 않는 균의 귀신까지 불러 물러가기를 명했다. 무당의 그물에 걸려든 귀신들은 저주받은 귀신이다. 아내가 힘들어할 때에 상상하는 귀신이라도 불러내어 그를 위로하고 싶다.

스스로 읊조리는 소리에 감동을 받아 황홀경에 빠져 굿이 잘 풀릴 때는 귀신들이 힘을 모아 굿이 빠르고 신명 나게 진행되었다. 굿을 진행하는 동안에는 그가 부여한 신령이라는 직함으로 무당의 동업자가 되었다. 귀신들도 신령으로 보지 않을 것이며 아내의 굿을 돋보이게 하려 앉혀 놓은 부처상이나 허수아비로 생각할 것이다. 스스로 불안을 해소하기 위해 답답해 부르짖는 소리를 사람들에게 그들이 원하는 소원으로 전했다. 내가 귀신이라는 생각도 들었다. 말할 수 없는 답답함이 귀신이 되고 이 소리를 귀신의 소리로 손님들에게 내뱉었다. 굿에 동조할 수 없는 것은 아내가 사람들에게 하는 말은 귀로 듣기에도 불편한 방언이 많았으며 귀신의 소리는 더더욱 소름 끼치게 했다.

손님들에게 거칠게 협박하며 저주하는 순간에는 고함이라도 지르고 싶지만, 소리는 나오지 않았다. 힘들게 내지르는 코에서 나오는 소리는 코가 막힌 자가 꿍꿍대는 짐승 소리 같지만, 현실을 토하는 비탄의 소리였다. 신이 아니라고 내지르는 콧소리는 영혼의 소리로 사람들에게는 신의 소리로 변형되기도 했다. 콧소리는 허파의 바람 소리인데 귀신의 소리로 포장되었다. 허수아비의 울부짖음은 손님들이 원하는 귀신이 되었다.

귀를 막고 싶었던 악사 잡이들의 장단도 무료함을 달래 주었다. 손님들에게는 악사 잡이의 악기 소리가 그들이 원하는 혼백이 되어 그들의 마음을 움직이고 귀에 들어갔다. 징 소리와 북소리는 우주의 진동이 되어 무당을 감동시켜 춤사위가 가벼워질수록 이를 참지 못해 야수같이 울부짖었다. 냉가슴 앓는 꿍꿍거리는 소리를 하늘의 소리로 악기 소리는 빨라지고 무당의 춤사위는 힘을 받았다. 털끝 하나 움직일 수 없는 식물인간에는 관심이 없고 이해하려는 사람도 없다. 시각은 정지되고 청각은 악기 소리에 들리지 않았으며 코에서 나오는 괴이한 소리가 밖으로 나갔다. 괴로워 울부짖다가 지칠 때쯤 아내의 주문이 들리고 자신도 모르게 주문은 마음으로 흡수하고 있었다. 괴이한 징조가 눈앞에 펼쳐졌다.

물체는 투명했으며 악기 소리에 맞추어 춤을 추듯 흐느적거렸다. 꿈같았지만 꿈은 아니었고 현실 같은데 현실도 아니다. 신이라 무당의 행위에 가까워지고 있는지 원하지 않는 곳에서 원하지 않는 것들이 보였다. 육체의 괴로움에서 벗어나 있었고 아득한 환희와 희열의 기쁨도 있었다. 육체가 널브러진 땅은 지옥이라 했는데 지옥이라 했던 곳에 몽롱한 기쁨이 느껴졌다. 그러나 흐느적거리는 물체에는 다가설 수 없었고 갈 수 없었다.

극심한 고통 중에 괴이한 감동은 하늘을 날고 있는 자신이 신령이 되었다는 혼동에 빠졌다. 구별된 자들이 살고 있는 낙원도, 넋들이 살고 있는 저승과 지옥과 사탄도 천사도 바람 안에 있었다. 천사며 귀신이며 넋들도 있었고 죽은 자나 산자도 있었다. 보이는 곳과 보이지 않는 두 차원에 산 자들과 생명이 없는 죽은 자들이 뒤섞여 있다. 무엇이라고 표현할 수 없지만, 이상한 것은 그들이 부르짖지만 소리는 들리지 않았다.

아내는 굿이 진행되는 동안 의뢰인들의 맹세와 소망을 듣고 그들이 원하는 말을 한가득 채워 주었다. 손님이 의뢰한 소원들이 무엇이든지 편하게 말했다. 의뢰한 사람이 복을 바라면 복을, 저주를 바라면 저주를 했으며, 손님의 생각에 따라 아내는 움직이고 있었다. 손님들이 원하는 소망이 이루어지거나 이루어지지 않아도 책임이 없듯이 아내도 귀신도 책임은 없다. 귀신은 아내에 의해 존재해 있으며 천사도 되고 재앙을 내리는 악마도 되었다. 아내는 귀신을 조종하고 귀신은 무당을 조종하며 서로를 보완했다.

　아내의 주문은 점점 격화되고 지각에 요동이 일어났다. 가슴이 두근거리고 호흡이 거칠어지며 숨쉬기조차 힘들었다. 현실인지 환상인지 알 수 없는 물체가 앞에서 보이다가 사라졌다. 그러나 그곳에는 접근하지 못하고 밖에서만 맴돌았다. 눈을 뜨거나 감고 있어도 색은 굴곡을 이루며 현란하게 춤추었다. 오색만 현란할 뿐 천사도 귀신도 보이지 않았다.

　자신이 상상하는 것을 신이라 말하는 자들은 자신의 욕망을 충족하기 위한 상상이라는 것을 사람들은 알지 못하지만, 귀신들은 알고 있을 것이다. 귀신을 부르는 사람 중에는 복을 비는 사람이나 저주하는 사람도 있다. 무당은 손님이 원하는 귀신이 복을 원하면 귀신은 복으로 진행하고, 손님이 저주로 원하면 저주로 손님의 마음에 따르고 있었다. 무당의 행위는 선이나 악이 사람의 잣대에서 나온 말인 줄을 알았다.

　선한 일을 하다가 망신을 당하고 선한 일에 헌신하다 망하기도 했다. 선한 일로 남의 보증을 섰다가 빈 털털이가 되는 사람도 있다. 악한 일을 하지 않으면 편안히 다리를 뻗고 잘 수 있지만, 마음에 악한 생각이 있으면 귀신 보기에 악을 행한 것이다. 살인하고 도둑질하고 사기 치고 남의 돈 떼어먹고 거짓말을 해서 부와 명예를 얻은 것 같지만, 마음은 지옥에서 불안에 떨고 있다. 그래서 사람이 보는 것과 귀신이 보는 것은 다를 수밖에 없다.

　참신은 사람의 눈에 보이지 않지만, 보이지 않는 곳에서 만물의 생동감을 사람에게 보이시고 정의와 공의로 모든 만물을 통치하시는 스스로 계시는 하나님 한 분이시다. 시인은 하나님을 이렇게 표현했다. '언어도 없고 말씀도 없으며 들리는 소리도 없으나 그의 소리가 온 땅에 통하고 그의 말씀이 세상 끝까지 이르도다. 하나님이 해를 위하여 하늘에 장막을 베푸셨도다.'(시19:3-4) 라고 말씀하셨다.

부자나 가난한 자나 강한 자나 약한 자나 선한 자나 악한 자나 주인이나 노예나 모두 하나님이 통치하에 있다. 부지런한 사람이나 게으른 사람이나, 천재나 어리석은 사람이나 모든 것은 하나님의 은혜로 존재를 드러낸다. 강물이 흘러 바다로 가지만 바다를 채우지 못하듯이 땅에서 애쓰고 힘써 재물을 쌓으나 모두 쓸 수 없도록 하신 분도 하나님이시다. 하나님은 보면 죽는다 했는데 죽음 후에 있다는 귀신을 무당은 팔고 있다.

방송국에서 귀신을 쫓는 프로그램을 만들어 신부와 중이 퇴마사가 되어 누가 귀신을 쫓아내는지 귀신에 사로잡힌 사람을 두고 실험을 하고 있었다. 진실을 알 수 없으나 중이 귀신을 쫓아냈다. 영적인 사람들은 귀신이 보인다지만 신은 한 분이시다.

하나님께서 앞에 계시나 보지 못하며 옆에서 움직이시나 깨닫지 못하며 하나님을 보면 죽는다고 했는데, 귀신을 쫓아낸 중이나 여기에 참여한 신부나 진정성은 없어 보였다. 무당이 전도사를 신령으로 앉혀 놓았다. 신령을 보기 위해 사람들이 몰려오지만, 신령도 귀신을 보지 못했다. 귀신을 만날 수 없고 신비한 언어도 행동도 할 수 없다. 자신도 신으로 인정하지 않는 사람을 귀신의 왕으로 만들고 사람들은 이를 보고 미친 듯이 날뛰고 있다.

귀신들의 축제

연주하는 사람들도 혼이 나갔는지 악기를 난타해서 손님과 구경꾼들의 정신을 빼앗았다. 귀신에 감동된 무당은 땅을 딛지 않고 공중을 부양하듯 가볍게 어깨를 들썩거리며 날쌔고 빠르게 움직이는 모습을 보니 가련하고 불안해했던 마음이 한시름 놓였다.

무당인 아내의 춤사위에 빠져 정신이 흐려질 무렵 소름이 끼칠 정도로 차가운 기운을 주는 그림자 같은 환상들이 나타났다. 겁내지 말자, 두려워하지 말자 했던 의지력이 흐려지면서 마음을 흔들었다. 몸이 움츠러지면서 추워지고 소름이 돋고 차가운 바람이 몸을 찌르는 듯 오슬오슬했다.

가면 같은 하얀 남녀 얼굴만 다가 왔다가 사라지기를 반복하더니, 나체로 유방을 가슴에 밀착시키고 혓바닥으로 야릇한 행동을 했지만, 감각은 없었다. 야릇한 희열이 여운을 남기고 사라지기 전에 코브라 같은 뱀이 이빨을 드러내 독을 품어내고 사라지기도 했다. 시궁창에서 돼지 떼가 머리를 치켜세우고 덤벼들어 놀라게 했지만, 아무런 해도 주지 않았다. 그림에서 본 용머리에 사람 하체를 가진 파충류가 몸을 감아 입을 벌리고 삼키려는 행동을 보였지만 감각이 없었다. 뿔이 달린 코뿔소, 물소 같은 짐승이 뿔을 날카롭게 세우고 돌진해 오기도 했으며 백골만 있는 사람들의 뼈 무리가 다가왔지만, 지나칠 뿐 스쳤는지 지나갔는지 아무런 해를 끼치지 않았다.

또렷하게 보여 주지는 않았지만, 그들에게는 독특한 빛이 있었다. 새떼가 움직이는 것 같이 무리를 지어 앞까지 다가오다가 몸에 닿을듯하다가 사라지면 새로운 형상의 물체로 다가오기를 반복했다. 어떤 물체는 혐오스럽고 징그러울 정도로 기분 나쁘고 어떤 물체는 몸을 물어뜯어 죽이려는 형상으로 들이닥치지만, 역시 아무런 해를 가하지 않았다. 그림자 같았고 안개나 연기같이 부딪히거나 접촉하지 않았으며 눈을 감아도 보였다. 안개같이 나타났다가 사라지기를 반복하지만 각자 형상의 역할을 연출하는 것 같았다.

악기 소리와 주문 소리는 빛을 점차 밝게 했으며 천만의 형상들이 무당을 따라 선을 이루었다. 거기에는 그들뿐만 아니고 죽은 할머니 할아버지도 있었으며, 상사병에 죽었다던 처녀도 있었고 몽달귀 총각도 있었다. 귀신들의 공간에 한 발짝 다가서고 있다는 생각이 들었다. 시간이 지날수록 두려움은 사라지고 가슴이 터질 듯 진한 감동이 마음으로부터 일어나면서, 그 빛과 형상에 스스로 빨려 들어가고 함께 공유하고 있었다.

무당의 펄럭이는 장삼에 따라 움직이는 빛과 물체들은 잠시 두려움도 주었지만 아름다운 면도 있었다. 그들의 차원에 들어가 모든 것을 잊고 안정을 찾았으며 환상의 현란함에 도취되었다. 방울 소리는 굿의 마지막을 알리고 짧은 시간에 죽지 않으면 볼 수 없다던 여러 형체의 귀신들의 군상을 보았다. 죽음이라는 탈피 과정을 거치지 않고 저승에 무단 침입한 무법자가 되어 그들의 비밀스러운 영역에서 그들의 축제에 참여한 것이다.

성충이 껍질을 벗어야 나비가 될 수 있다. 죽지도 않았는데 껍질을 벗고 귀신들이 놀이하는 곳에서 그들과 하나가 되어 바람에 부딪히듯 한동안 어항 속의 그림자같이 놀았다. 그들은 남자와 여자가 없었고 수치도 없었으며 욕망도 없는 그림자 같아서 두렵지 않았다. 도륙이 만들어낸 그림자 성에 들어간 느낌이다. 그곳에서 무당은 귀신을 불러내고 있다고 의심할 수밖에 없는 이 현상을 설명할 수 있는 사람은 아내이다. 아내만이 알고 아내만이 보여 줄 수 있는 술법으로 환상을 만든 것이라는 생각이 들었다.

현실인지 꿈인지 알지 못하는 차원을 오가고 있었지만, 최면으로 무당이 이끈 환상이라는 생각에는 변함이 없다. 보이지 않는 어둠을 우리는 어둡다고 한다. 저승이라는 곳은 어두워 보이지 않는 곳에 있다. 저승을 믿는 사람도 있고 믿지 않는 사람도 있지만, 살아 있는 사람은 저승을 한 번쯤은 생각해 보는 곳이기도 하다. 사람들은 저승에 지옥과 천국을 분리하고 각자의 종교로 깨달음이나 지식으로 이승과 저승을 스스로 통제하며 살아가고 있다. 나타났던 형체들을 환상으로 보았는지 무아경에서 보았는지 알 수 없지만, 굿 도중에 일어난 상황이라 주술에 걸린 상태라는 생각이 들었다.

아내에게 답을 구했더니 다양한 귀신들과 교감은 없었지만, 빛으로 가려진 그들을 볼 수 있었던 것은 당신 몸에 신령의 강림이 가까워졌기 때문이었다며 미소를 지었다.

내가 신이라면 숭배의 대상이 될 만한 신비한 기적이나 이적을 일으키고 앞날을 예언할 수 있는 예지력이 있어야 한다. 계시를 받아 앞날을 예언하고 장래에 일어날 일들을 뚫어 보는 능력도 있어야 한다. 도륙처럼 상상으로 물체를 만들고 앞날을 점칠 수 있거나 하늘을 날아다니거나 숨을 쉬지 않아도 살 수 있고 먹지 않아도 살아야 한다. 이런 것은 하나도 할 수 없으며, 타인의 도움을 받아야 겨우 생명을 유지한다.

꿈인지 환상인지 알 수 없으나 새떼 같은 수많은 형체는 도륙이 무당이 신내림을 받을 때 무당의 눈을 충동시켜 보여 주었다가 사라지게 한 술법에 지나지 않는다는 의구심만 증폭시켰다. 최면에 함몰되어 무당이 만들어 놓은 만화경에서 현실로 돌아왔다.

무당을 전도하고 귀신을 이긴 승리에 취했을 때에 그들은 비웃었을 것이다. 귀신들린 여자를 하나님 앞으로 인도한 승리로 스스로 교만이 고조되었을 때에 사탄은 올무로 단단하게 묶어 보송암으로 끌어다가 그들이 만든 제단에 앉혀 놓고 신령이라며 부추겨 교만을 자초하게 했다. 육체는 땅바닥에 널브러졌고 꿈과 환상을 분간하지 못하고 등신 동생답게 허수아비가 되었다. 몸뚱이는 통나무가 되었고 그나마 듣고 희미하게 볼 수는 있으나 말은 하지도 못하고 겨우 숨만 쉬는 사람을 벽에 기대어 비스듬히 앉혀 놓고 그를 믿으면 질병을 치료하고 죽어서도 그를 믿은 자는 영생을 얻는다며 사람들을 끌어모았다.

하나님을 향한 기도가 주문으로 바뀌어 아내를 따라 읊조리다 주문에 몰입되어 최면에 빠져 무아경에서 괴이한 환상들을 보고 두려워 '주여!' 소리를 지르다가 깨어나기도 했다. 귀신을 연기로 바람으로 생각했던 자가 그림자 같은 물체와 함께 놀이를 했고 말을 붙이려 했다. 귀신은 환상이라 잡히지 않았고 말을 걸어도 대답하지 않았다.

무당의 최면으로 무아경에 들어갈 때나 스스로 최면에 몰입해 무아경에 들어가면 무겁고 답답했던 껍질을 벗어버린 나비 같았다. 무거운 껍질을 벗고 홀가분해지는 느낌이 좋아 중독되어 가는 줄 모르고 스스로 최면을 걸어 빠져들기도 하며, 그들의 축제에 희생양이 되어 굿판의 중심이 되었다.

생명은 쾌락을 원했다

신문에 전쟁으로 수많은 젊은이들의 목숨을 희생양으로 삼은 전쟁 범죄자가 웃고 있고, 그와 나란히 〈목사가 음욕으로 어린이를 추행하고 살인하다〉 큰 글자가 전쟁 범죄자의 얼굴을 압도하고 있었다. 그 아래로 〈중이 술과 고기를 먹고 여인에게 취하게 한 후에 추행하다〉 굵은 활자가 선명하게 실린 신문이 노점상 가판대위에서 눈길을 끌었다.

붉고 선명한 글자는 신문 앞면을 채우고 연이어 각계 지도자들과 고위 공무원 정치·경제 각계에서 뛰어난 학식을 나타냈던 사람들의 도덕성에 대한 비리만 실어놓은 신문이었다. '평범한 사람들은 범죄자가 없는가 보다.' 신문을 보며 생각하지만 무슨 생각을 했는지 알 수 없다. 신문을 뽑아 들고 훑어보니 텔레비전에 나왔던 것보다 자세하게 큰 글자에 실린 사람들의 자질구레한 사생활 부분까지 실어놓았다. 유부녀를 농락하고 술을 먹여 음행한 중은 귀까지 모자를 눌러쓰고 마스크로 얼굴을 가리고 고개를 떨어뜨리며 변명하고 있었다. 여자가 먼저 술을 먹여 놓고 유혹했다며 변명했다. 남녀 두 사람이 서로 좋아 관계를 맺었는데 무슨 죄가 되는지 의문이 갔다. 미성년자 강간 살인죄로 기소된 목사는 자기의 결백을 주장하며 얼굴을 들고 있었다.

지하에는 물결 같이 흐르는 어두움에 삶을 즐기다가 죽은 온갖 생명이 담겨져 있던 흙덩이들이 있었다. 존경받고 명예를 누렸던 정치인의 비리가 드러나서 세상에 알려졌지만 국민을 비웃기나 하듯 웃고 있었고, 그 옆에 있는 양심 고발자는 얼굴에 마스크를 쓰고 죄지은 사람같이 서 있었다. 그들에게 맡겨진 명예스러운 언론의 사명을 지키며 나쁜 짓거리만 하던 사람들의 비리를 고발하는 신문이었다. 신문을 접어 겨드랑이에 끼고 만물이 죽어 잠자는 지하로 내려갔다.

땅에 살다가 땅으로부터 버림받은 곤충과 짐승과 사람이 죽은 순서대로 대열을 이루고 티끌이 뼈만 남은 것도 있고 굳어 돌이 되어있는 것도 있었다. 왕관을 쓴 머리, 감투를 쓴 머리, 남자 머리, 여자 머리, 아이 머리, 늙은이 머리, 소머리, 말머리, 원숭이 머리, 메뚜기 머리, 지렁이 머리, 구더기 머리, 뱀 머리, 악어 머리 등, 여러 모양의 머리가 콩나물시루에 올라온 콩나물 대가리 같이 빼곡히 티끌 사이에 올라와 있었다. 조밀하게 서로 맞대고 있던 머리에서 그들의 소원하던 생각이 뛰쳐나왔다. 사람도 있고 동물도 있었으며 곤충의 생각도 있었다. 동물 중에는 몸집이 큰 코끼리와 하마 같은 짐승부터 겨우 눈에 들어오는 하루살이의 생각도 있었다. 머리를 박차고 빠져나온 생각에는 마음을 드러내는 진실만 있었다.

하나님이 세상을 창조하시고 아담과 이브를 시작으로 만물이 생명을 이어가는 태초부터 대홍수 이후의 노아와 세 아들과 노아가 방주에 태웠던 모든 동물의 생각이 있었다. 한 생명도 빠짐없이 수컷은 암컷을 암컷은 수컷을 생각하는 마음으로 가득 찼으며, 이성을 찾는 것은 하나님이 생명의 번식을 위하여 디옥시리보 핵산을 주입 시켜 유전 인자를 가지고 사람도 동물도 식물도 하나같이 이성을 그리워하는 DNA가 유전되어 있었다.

성군이라는 다윗은 수 명의 아내가 있었지만, 부하의 아내를 탐하여 부정을 저지르고 용서를 받았으나 자손들은 피로 얼룩졌다. 솔로몬은 후궁이 칠백 명이요, 첩이 삼백 명이었다. 물개도 수백의 암컷을 거느리고 있으면서 한 마리도 놓치지 않으려 싸운다. 자기 구역에 들어온 수컷은 암컷을 지키기 위해 죽음을 마다하지 않고 싸운다. 이와는 반대로 곤충인 개미와 여왕벌은 몇천 마리의 수컷을 거느리고 있다. 수많은 처첩을 거느렸던 왕과 황제와 수많은 권력자와 통치자들의 생각도 있었다.

이들과 더불어 당대의 의인인 욥을 비롯해 재물이 산더미 같았던 재벌들과 현세에서 미국이나 중국에서 한 나라의 경제를 마음대로 움직이던 재벌들이 빈손으로 있었다. 그들뿐 아니라 그들이 흘린 부스러기를 주워 먹던 사람과 애완견들도 빈손으로 있었다.

이들 생각이 같은 것도 이전 사람의 생명이나 이전 동물의 생명이 앞서거나 뒤서거니 땅 위에 태어났던 생물들의 생각은 하나도 빠짐없이 종족 번식에만 정신을 쏟고 있었다. 그들의 생각들은 선한 생각과 더불어 기쁨을 누릴 생각을 동시에 가지고 있었다. 모든 생각이 수컷은 음행할 암컷을 찾았고 암컷들도 이에 질세라 수컷을 찾았다. 수컷들은 암컷의 허벅지 사이도 들어가고 은밀한 곳까지 들어갔다. 움직일 수 없도록 빽빽이 들어찬 생각들이 바위처럼 굳은 본체에서 벗어나 암컷과 수컷의 생각들이 요동치고 있었다.

생각이 빠져나가고 쭉정이만 남은 흙덩어리 사이를 빠져나왔지만 쉴 곳은 없었다. 편히 쉴 수 있는 자리를 찾았다. 죽은 자들의 머리에서 빠져나온 생각들이 앞으로 밀려오다가 파도 같이 뒤로 물러가면서 자리가 바뀌고 순간순간 악이 선으로 왕이 신하로 신하가 왕으로 부자가 도둑으로 강자가 약자로 약자가 강자로 바뀌며 움직이고 있었다.

의인이라고 칭송을 받던 사람의 생각과 고상하고 품위 있었던 생각들이 쏟아낸 허위와 욕망과 어리석은 생각들이 땅 아래에서 바글거리기 시작했다. 생명들의 추한 생각이 세력이 되어 난립하는 것을 본 어둠의 유충들이 아래로 숨어들었다. 들고 있던 신문지를 펼쳐 쏟아진 유충부터 덮었다. 살인, 음행, 도둑, 거짓이라는 생각들이 신문 안에 있는 자신들 글자 안으로 빠르게 들어갔다. 어둠에 떠도는 잡스러운 생각들이 몰려들어 혼잡을 이루고 신문지 위까지 밀려와 유충을 덮고 있는 신문을 짓이겼다. 모든 생각들이 신문을 짓이기자 글자에 들어갔던 악하고 음란한 생각들이 짓눌리어 벗겨지고 알몸이 되었다.

껍질을 벗은 만물의 유충의 알몸들은 생식능력이 있는 성충이 되어 정의롭고 공의롭고 의롭다는 지식인과 도덕적 가치가 앞선 종교인들이 되었다. 세상을 탐욕 없이 살았다던 무소유의 생각도 뒤섞여 있었다. 위선의 껍질이 벗겨진 그들의 생각들은 품위는 사라지고 아무 곳에서나 관계를 맺으려고 성기를 꺼내더니 눈길이 마주쳤던 암컷들에게 덤벼들어 난음을 시작했다. 이에 질세라 모든 암컷들도 치마를 올리고 소리를 지르며 괴성을 질렀다. 순식간에 수컷과 암컷들이 한 몸이 되어 하나 같이 기쁨인지 슬픔인지 알 수 없는 괴성을 질러대며 욕구를 채우고 자기를 닮은 포도송이 같은 유충을 생산해 내었다.

무소유를 주장하던 자도 윤리 도덕을 부르짖던 철학자도 세상에 정의로운 이름을 남겼다는 모든 생명의 생각들이 빠짐없이 애벌레 까기에 참여하고 있었으며, 신앙심이 높거나 명예가 높을수록 수많은 암컷을 거느리려고 주위를 정복했다. 땅에 떨어진 알에서 깨어난 유충들이 순식간에 자라나 그들의 어미와 아비와 다름없이 알까기 행동을 지속적으로 했다. 모든 생명들은 주위를 살피지 않고 거침없이 행위를 하고 유충을 생산했다.

모세도 젊은 여인을 취했고 처첩을 천명을 둔 솔로몬도 여인을 구하려 했다. 모든 여인이 자기 침상에 있어도 만족을 느끼지 못할 것 같다. 수컷이 암컷을 암컷이 수컷을 차지하려는 생각은 산자의 생각이나 죽은 자의 생각을 가리지 않았으며 계속되었다.

생각들이 사라진 뒤에 새로운 생각들이 나타났지만, 새로운 생각들도 이전과 다름이 없었다. 껍질을 벗은 생각들의 욕망은 세상에 초대된 생명이나 현재 생명이나 후에 나타날 생명들까지 자식 생산에 마음을 쏟는 것 같았다. 그러나 짧은 순간이지만 최상의 기쁨이 없었다면 세상은 종말이 되었을 것이다. 수컷이 암컷을 향한 열정과 암컷이 수컷을 받아들이는 열정은 모든 생명이 생각할 수 있는 최선의 상태를 갖춘 완전한 유토피아로 생각하고 있었다.

이를 두고 심판하려면 마지막 날이 되어야 선과 악이 가려질 것 같다. 그러나 악인이라 하는 자들이 숨 쉬는 산소가 악인의 허파에 들어가 산소를 공급하고 창자를 헤집고 다니다가 뱉으면 의인이라 생각하는 자들이 마시고, 의인이라 생각하는 자들이 마신 산소는 창자를 헤집고 다니다가 악인이라 생각하는 자들이 마셨다. 공기가 내 것이 없고 네 것이 없듯이 모든 생명은 자신의 생각에만 정당성을 부여했다.

하나님이 만물을 창조하시고 모든 만물에 수컷과 암컷을 만드셨다. 사랑이 없어 자식도 없이 서로 보는 것으로 만족하며 무심히 살았다. 그들에게 선악을 알게 하는 나무를 주시고 나무의 열매를 먹지 말라, 먹는 날에는 정녕 죽으리라는 법을 제시하셨다. 그러나 그들은 하나님과 같아지려 선악을 알게 하는 과일을 먹고 모든 만물은 죽게 되었다. 죽으면 모든 창조물은 사라지게 되었다. 죽음을 안고 땅으로 쫓겨난 그들은 죽을 날만 기다렸다. 이를 불쌍히 여겨 사탄은 하나님께 상소하여 그들에게 이성을 그리워하는 DNA인 사랑을 갖게 하므로 남녀가 사랑하게 되었다. 사랑은 그들은 죽지만 그와 닮은 자손이 생겨나 대를 이어가게 했다.

214

이성을 그리워하는 DNA인 성적인 욕망을 심어 모든 수컷과 암컷은 육체적 사랑에 함몰되었다. 하나님보다 성적인 욕망을 사랑했고 하나님은 이를 죄로 인정하기에는 늦은 것을 알게 되었다.

여자와 남자가 있어야 자식을 생산하여 생명이 이어지고 가진 자가 있어야 훔쳐 가는 자가 생기고, 죽일 상대가 있어야 살인을 하고, 거짓말을 받아 줄 상대가 있어야 거짓말을 하며, 음행을 하려면 음행할 상대가 있어야 한다. 누가 도둑이며 누가 거짓말을 하며 누가 음행을 하며 누가 살인하는 자인지 판단할 수 없다. 이성을 그리워하는 사랑이라는 것이 피해자가 될 수도 있고 가해자가 될 수도 있다.

선이 있는 이상 악도 있다. 선이 없어져야 악도 없어진다. 우주가 하나이듯 죽음도 하나며 생명도 하나이며 선도 하나이며 악도 하나이다. 악이라며 저주하지 말라. 누가 누구를 판단한단 말인가? 한 생애가 끝나고 다음 생으로 이동하는 영원에서 부자와 가난한 자, 명예와 치욕, 사랑과 저주와 복과 화가 바뀌면서 이전 세대와 현세와 과거와 미래 죽은 자와 산 자가 함께 운영되며, 죽음의 어둠에도 생명은 살아 영원을 이어가고 있었다. 사탄도 하나님이 부리시며 천사도 하나님의 수하에 있다. 개인의 생각에서 선과 악은 스스로 창조된다.

몸은 하나지만 혼과 영이 여러 갈래로 움직이고 생각도 움직이고 있다. 바람이 불면 나뭇잎을 흔들어 바람의 존재를 나타냈다 나뭇잎이 흔들리지 않으면 바람은 어디로 갔는지 알 수 없다. 나무를 베면 그 자리에 싹이 나고 다시 자라듯이 사람이나 동물도 죽어 없어지는 것 같지만, 하나님은 그렇게 허술하게 생명을 만들지는 않으셨다.

조상은 후손인 생존자의 몸에서 나무처럼 영원히 생존한다. 그래서 후손이 없어도 슬퍼할 필요가 없다. 생명은 다른 가지로 옮겨가 꽃이 피고 열매를 맺고 씨를 뿌린다. 자신은 과거며 현재며 미래며 조상이며 후손이다. 모든 생명은 한 혈족으로 한 뿌리에서 뻗어 나가게 했으며 한 생명으로 번식했다. 수컷과 암컷의 작은 즐거움을 죄로 묻는다면 생명은 땅에서 사라진다. 중과 목사의 음행은 죄가 아니라는 생각을 했다. 무당인 아내는 최면으로 남편을 의식으로 내려쳐 소름이 끼치도록 황홀한 즐거움을 따르게 했다.

과거와 미래도 하나다

　사람들의 시선이 한쪽으로 쏠려 눈길을 그쪽으로 보냈다. 많은 사람이 웅성거리며 소란스러운 곳에 한 여배우가 그녀의 일생을 촬영하고 있었다. 그녀의 미모는 금세기에 누구도 비교할 수 없고 연기 또한 어떤 역을 맡아도 훌륭히 소화시키는 배우였다. 아내의 최면 중에 영원에 맡겨져 지나가는 한 입자인 무의식도 가까이 보지 못했지만, 그녀의 명성을 바람결에 들었다. 아름다운 그녀를 가까이 보기는 쉬운 일이 아니어서 그녀의 얼굴을 보기 위해 끼어들고 싶었으나 마음이 말렸다.

　기자들과 그녀의 팬들은 그녀의 움직임을 한 컷이라도 놓치지 않으려 촬영하고 팬들은 그녀의 사인을 받기 위해 종이를 들고 스텝들과 실랑이를 벌이고 있었다. 그녀는 조금도 피곤한 기색 없이 미소를 날리며 사인을 해주었다. 사인을 하다 잠시 눈을 들어 무의식의 눈과 마주쳤다. 그녀의 눈빛은 요염하여 당장이라도 무릎을 꿇고 그녀의 품에 안기고 싶을 정도로 강렬했다. 그녀

의 명성은 알고 있었지만, 그녀와 눈이 마주치기는 쉬운 순간이
아니었다. 아내의 요염한 얼굴이었다. 온몸이 돈으로 치장되어
우윳빛을 내고 있었지만, 그의 눈은 외롭고 쓸쓸하고 슬픔에 잠
겨 당장이라도 눈물이 주르르 흘러내릴 것 같았다. 입술은 웃고
있었지만, 마음은 울고 있는 것이 분명했다. 바쁘게 살아가는 그
녀는 한 겁劫 동안 끊임없이 괴로움으로 지독한 고통을 받는다는
무간지옥의 시간에 있었다. 불쌍하고 가련해 가슴이 터질 것 같
았지만, 그녀 역시 잠자는 자의 영혼으로 영원에 따라 흐르는 한
입자에 붙어있는 생명임을 알았다.

　지하로 내려서는데 젊은 여자가 머리카락으로 얼굴을 가리고
아기를 안고 구걸을 하고 있었다. 그냥 지나치려다가 여자가 안
고 있는 아기가 불쌍하다는 생각이 들었다. 지갑을 뒤지니 고액
지폐였다. 다음에 동냥을 해야겠다며 지나치려는데 아기의 까만
눈동자와 부딪쳤다. 아기와 눈빛이 마주치자 불쌍하다는 동정심
이 일어나 고액지폐를 아기 손에 쥐여 주었다. 머리카락으로 얼
굴을 가린 여자가 아기 손에 지폐가 쥐어지기도 전에 번개같이
돈을 아기 손에서 낚아채듯 뺏어 앞섶에 넣었다. 눈을 들어 감사
하는 눈빛을 보내는데 어디서 본 눈이다. 그녀의 눈은 조금 전에
보았던 눈이며 여배우의 눈이며 아내의 눈이다. 어느 차원에서인
지 알 수 없으나 슬프고 외롭고 고달픈 눈빛이다. 얼굴도 머리만
헝클어져 있을 뿐 배우였으며 아내의 얼굴이 틀림없다. 머리카락
으로 얼굴의 형태가 다르게 보였으나 유명 여배우이며 배우와 동
일한 영혼이며 영원에 떠다니는 입자였다.

아기를 안고 일어서더니 어두운 공원 쓰레기통 옆에 아기를 매정하게 버리고 사라졌다. 목탁을 치며 배회하던 중이 아기를 보고 다가가는데 그림에서 본 도륙이다. 아기를 품에 안더니 절이 있는 산 쪽으로 걸어갔다. 배우와 아내, 걸인 여인과 아기, 중과 도륙. 같은 영혼이 각각 다른 차원에서 각각 다르게 꿈속을 헤매는 생명이라는 것을 알았다. 유명 배우라면 그의 당당함과 자랑이 또 다른 자신을 만들어 다른 차원에서 구걸하는 여인이 되어 몸을 팔고 사생아를 낳고 아기를 버리고 혹독한 저주를 받고 있었다. 또 한 여인은 남편이 아닌 자와 음탕한 짓을 하고 자식을 낳고 자식을 버리고 가난하고 불쌍한 주검에서 걸식하며 영원에 맡겨져 생명을 이어가고 있었다.

무의식에서는 영혼이 하나가 되지 못하고 어떤 때는 한 영혼이 엉키어 두 개의 영이나 네 개의 영으로 나누어져 있었고, 같은 영혼이 한 시대에 수백만 개로 나뉘어 있기도 했다. 조각난 거울에 보이는 영상과 같이 물체는 하나지만 조각난 수만큼 수백수천수만으로 나누어져 앞면과 옆면이 다르게 보이지만, 움직임은 하나였다. 몸에는 많은 세포가 기생하고 한 번 뿌려지는 정자가 몇억이 되지만 살아남는 정자는 하나다. 몸에서 나온 정자도 생명이 있고 정자도 영혼의 기운으로 남아있었다.

몸체는 하나지만 무엇을 하겠다는 생각이 통일되지 못하고 이리저리 궁리를 하는 것과 같이 실행으로 옮길 때는 전혀 다른 방향에서 움직이고 있을 때가 있다. 이것이 옳은 것 같지만 낭패를 당할 때도 있고, 생각과 다르지만 진행하다 보면 성공할 때도 있다. 무엇을 하겠다, 무엇을 성취하겠다는 생각은 마음대로 되는 것이 아니니 신의 섭리에 따라야 한다.

보이는 차원이나 보이지 않는 차원이나 세상을 창조하시고 섭리하시는 분이 은혜 베풀 자에게 은혜를 베풀고, 불쌍히 여길 자는 불쌍히 여기고, 필요에 따라 실행하시고 폐기하시는 분이시다. 명예나 부나 성공이나 실패도 하나님만이 정하신다. 심판하지 말라 그리하면 심판을 받지 않을 것이요, 저주하지 말라 그래야만 저주를 받지 않을 것이며, 은혜 베풀 자에게는 은혜를 베풀고, 긍휼히 여길 자에게는 긍휼을 베푸시는 자는 하나님뿐이시다.

그러나 여배우는 구걸을 하는 여자의 상상도 될 수 있고 꿈도 될 수 있다. 유명 배우는 모든 것은 가졌으나 꿈도 없고 소망도 없이 바람에 실려 갈 뿐이다. 세상을 적으로 바라보고 사탄의 하수인이 된 아내의 욕망은 생명뿐만 아니라 죽음까지 파괴하고 있다.

승강기로 지상으로 올라서는데 햇빛이 강하게 비쳤다. 이마를 손으로 가리는데 손에 든 종이를 불쑥 내밀며 '예수 믿으세요. 구원을 받습니다.' 전도지를 받아들고 얼굴을 들었다. 전도사로 있었던 교회 집사다. 얼굴을 들자 멈칫하더니 씁쓸한 미소를 보냈다. 예수를 전하는 그녀에게 성령이 활동하고 있어야 할 터인데 귀신이 더덕더덕 붙어있다. 그럴 리가 없다며 다시 보았다. 그에게 붙은 영이 천사인지 귀신인지 구분이 되지 않았다. 전도하는 사람들은 성령이 임해야 전도를 하는데 귀신이 붙을 리는 없고 성령이 임했다면 천사일 것이다. 그러나 그에게 붙은 것은 귀신이 분명했다.

남편과 하루도 빠짐없이 매일 다투지만, 교회 일에 목숨을 걸어 놓은 사람 같이 열심이라 교회로부터는 인정받았다. 남편의 구박에도 봉사며 기도 생활이며 무슨 일이든지 앞장서는 여인을 교회에서는 천사라며 귀하게 대접을 했다. 남편은 아내와는 달리 교회를 비난하는데 앞장섰지만, 사업에 수완이 있어 돈을 비축하여 큰 부자가 되었다. 교회에서는 천사 같은 아내를 구박하는 남편을 사탄이라 했다. 남편이 건축하던 건물이 부실 공사로 무너졌고 인명피해까지 일어났다. 남편은 빈털터리가 되고 지병으로 사망했다. 여자는 남편이 사망하기 전부터 정분을 나누던 사내와 함께 교회를 떠났다. 남편이 있을 때는 천사라 칭송받았는데 남편이 죽고 여자의 품행이 알려지자 마귀로 드러났다. 그녀가 전도를 하고 있다.

교회 사람들은 무당인 아내를 대할 때에 사탄 중의 사탄이며 마귀의 왕이라 지옥에 떨어질 불쌍한 영혼으로 보고 있다. 무당을 뿔이 달린 사탄의 왕으로, 전도사는 숨 쉬는 도깨비가 되어 배교한 마귀가 되었다. 아내를 성경으로 교화하려던 여인이 도깨비를 만나면 기분 좋을 리 없다. 여자는 전도지를 주었고 전도지를 받고 얼굴을 들었다. 여자는 어디로 가고 아내가 웃고 있었다. 잠자는 자가 꿈꾸는 한 영혼이 천사라던 여자의 입자에 붙어 보잘것없는 생명인 남편을 그림과 닮았다고 신령으로 섬기는 아내의 영혼이었다.

보송암은 오래된 주택들에 둘러싸인 저택 한 채를 마련하고 방 가운데에 도륙의 그림을 걸어 놓았다. 어떻게 축적을 했는지 알 수 없지만, 이삼천 평이 넘는 대지에 운치 있는 소나무와 침엽수와 활엽수와 꽃나무가 정원을 채우고 가운데 대궐 같은 건물을 세우고 보송암이라는 간판을 걸었다. 대문을 들어서니 본체인 건물이 신비로운 다른 세상 같이 나타나고, 하얀 저고리와 무릎까지 올라온 짧은 검은색 치마를 입은 사탄의 수하들이 부지런히 오가는 것이 보였다. 제단에 들어서니 햇빛을 보지 못해 얼굴이 백지장 같은 사람이 장삼을 입고 머리에는 황금 띠가 있는 관을 쓰고 눈을 감고 있는 뒤쪽에는 그와 닮은 초상화가 걸려 있고 좌우로 놋으로 만든 십이지신이 복을 내리는 그림으로 보여 주고 있었다.

그림자 귀신을 만났고, 허공에 떠 있는 땅 위에서 위대하다는 과거에 있었던 사람과 짐승과 곤충이 화석 바위가 되어 어둠에서 잠자고 있었으며, 그들에게서 빠져나온 생각들이 귀신이 되어 이성을 그리워하는 DNA인 성적인 욕망으로 유충을 생산하고 있었다.

어둠과 미래에 올 어둠으로 향할 자들을 생각해 보았다. 보이지 않는 하나님을 제외하고 성인이라 칭하는 석가도, 공자도, 맹자도, 소크라테스나 왕이나 명예를 가진 자나 지식인이나 무지한 사람과 빈자나 부자의 생각은 도둑질하고 음란하고 이웃 것을 탐내는 것은 다르지 않았다. 죄든 선이든 시행하느냐 하지 않느냐는 그 사람의 인내가 행위를 좌우했다. 잠든 유명 배우와 걸인 여자와 전도하는 여자가 차원을 넘나들며 변하고 있었다. 굴뚝에서 나오는 연기이며, 이슬같이 사라지는 영원의 과정이었다.

최면을 유도하던 아내가 합장하며 맞이했다. 깨어 있는지 죽어있는지 알지 못하는 무의식 상태는 아내의 술법임을 알고 있다. '그대가 보았던 그 모든 사건들이 당신이다.' 능력도 없는 신이 되어 아내의 주문을 흘려듣다가 최면에서 아내의 노리개가 되었다. 이때까지 보여 준 것이 참이며 진리라 말하지만, 자신의 과거가 어둠에서 나타난 줄 알지 못했다. 아내가 따뜻한 차를 목 안으로 넘기니 눈에서 빛의 향연이 몸으로 퍼졌다.

깨어 있는지 죽어있는지 알지 못하는 상태에서 경험한 일들을 알고 있었는지 아내의 얼굴 표정이 말했다. '그대가 보았던 사건들이 당신이다.' 능력도 없는 신이 되어 아내의 주문을 흘려듣다가 최면에 걸려들었다. 최면이지만 다른 차원으로 이끌어 신이라는 코뚜레를 만들어, 그의 노예가 되기를 바라는 아내의 술법이 두려움을 주었다.

악사들의 장단과 무당들의 주문과 아내의 춤사위가 굿판이 벌어지는 무대를 들썩였다. 그들의 장단에 휘말려 귀신 놀이에 빠지지 않으려 눈을 감고 귀를 막았지만, 악사들의 악기 리듬에 자신도 모르게 주문을 따라 읊조리고 있었다. 단어 한마디 한마디가 마음을 빼앗고 혼을 빼앗았다. 무의식 상태에 빠진 것에 놀라 '주여!' 부르짖지만 다시 주문에 말려들기를 반복했다.

귀신 놀이에 빠져들어 혼을 빼앗겼지만, 이런 순간에 차라리 귀신의 포로가 되어 그들의 소굴에 들어가 귀신의 정체를 벗겨 엄중하고 주의 깊게 살펴보고 싶다는 모험심이 발동했다. 귀신이 있다는 것은 알고 있지만, 귀신이 활동한다는 확신을 가지고 믿느냐 믿지 않느냐에 따라 나타날 수도 있고, 나타나지 않을 수도 있다. 귀신이 있다는 마음으로 귀신의 존재를 인정하면 귀신이 다가올 것 같았다. 귀신의 존재를 인정하고 눈을 감고 아내의 주문에 정신을 맡기고 빠져들기로 했다. 주문에 정신을 맡기자는 생각을 가지니 이전에 보았던 그림자들이 나타났다. 피부에 닿아도 촉감이 없는 바람의 입자들이었다.

해파리같이 흐늘흐늘하지만, 그림자처럼 잡히지 않았고 피부와 접촉이 되면 뭉크러지거나 흐느적거리면서 사라졌다. 또 무당의 주위에만 맴돌았다. 귀신이라고 생각하기에는 가치가 없고 움직이는 행동도 안개처럼 분명하지 않았다. 야계의 아들에게 나타난 귀신은 예수도 알고 바울도 안다고 했으며, 예수 앞에 나타난 귀신은 자기를 군대라며 신분을 밝히기도 했다. 귀신이라면 자기가 누구인지 사람을 통해 말을 할 수 있다.

그러나 물체는 피하기만 했다. 환상이라는 생각에 실체를 확인하려 눈을 부릅떴지만, 눈을 부릅뜰수록 물체는 멀어졌다. 마음속으로 가까이, 가까이, 조금만 더 가까이하며 주문을 읊조렸지만, 잡힐 듯 잡히지 않았고 눈을 부릅뜨고 보려고 애쓰면 애쓸수록 희미해졌다. 무의식이지만 귀신에 접근하기는 영력이 부족하다는 생각이 들었다. 귀신은 생각을 주고받는다지만 꿈과 환상같이 입을 열지 않았고 소리도 없다. 그러나 무엇을 전달하려는지 이해가 되었고 물체들도 이해하는 것 같았다. 자유롭지 못했으며 가까이 있었지만 접근할 수 없었다.

악기가 내는 음향과 무당의 춤사위에 장삼은 펄럭이고 무당의 입에서 주문이 흘러 나왔다.

"비나이다. 비나이다. 강을 건너 숲을 지나 우물을 지나 신령님께로 강림하소서."

무당이 읊조리는 주문 소리가 귀청이 울릴 정도로 크게 들렸다. 소리를 들으며 얼마 지나자 몸에 냉기가 돌며 나뭇잎 같이 흔들리기 시작했다. 스스로의 판단력이 없어지고 주문에 이끌리고 있었다. 어둡다고 생각하던 곳에 밝은 빛이 보였다. 깜깜한 어둠에 빛이 비추었고 빛은 눈을 가리게 했다. 빛은 힘이 없었지만, 물체는 알아볼 수 있었다.

"당신을 일으키러 왔소."

어두운 곳에서 똑똑히 들리는 소리는 반가웠다. 말하는 자가 겨드랑이에 손을 내밀었다.

"여기는 손을 잡을 수도 만져서도 되지 않는 곳이라 가만히 계시오."

온몸이 마비되어 감각이 없는데 그가 자기를 만지지 말라 했다.

"선녀님이 불러 신령님을 만나 일으켜 세우라는 명령을 받았소."

불려 왔다면 저승의 차원을 넘어온 귀신이라는 생각이 들었다.

"당신을 도우러 온 당신의 사신이오. 선녀님이 신령님을 도우라 했소. 당신을 일으킬 때 놀라지 마시오."

말소리가 반가웠는데 물체가 손을 내미는 순간 마비된 육체가 땅에서 떨어지고 부드럽게 물체가 몸을 받쳐 주었다. 귀신이 온 몸을 장악하고 힘을 발휘했는지 너부러져 있는 육체가 세워지고, 이를 본 악사들이 힘을 얻어 징 소리 피리 소리 꽹과리 소리가 더 크게 들렸다. 손끝 하나 움직이지 못하던 몸이 굿을 진행하는 무대로 허수아비 같이 솟구쳐 굿판을 한 바퀴 돌았다.

무당이 앞서 걸으며 신도들을 향해 소리쳤다.

"신령님이 일어나셨다. 신령님이 일어나셨다. 하늘에서 내려 땅에서 솟아올라 땅 하늘을 감싸고 신령님께서 임하셨다. 엎드려 절하라! 엎드려 절하라! 신령님께 절하라! 자비로 너희의 소원 들어주시려 땅에 오신 신령님이 우리 소원 성취하여 만만대대 복 주실 것이니 엎드려 절하라! 신령님께 절하라!"

놀란 사람들이 엎드렸다. 몇 초인지 몇 분인지 알 수 없었지만, 육체는 일어났지만, 몸은 여전히 마비되어 있었고 어떤 힘에 의해 몸이 움직이고 있었다. 최면에서 귀신을 만난 것과는 달리 말하는 귀신을 만났고 그가 말하는 소리는 사람의 소리같이 또렷했다. 힘에 의한 접촉으로 육체는 한참을 무당의 뒤를 따랐다. 굿판을 한 바퀴 돌고 두 번째 돌 때 육체를 바치고 있던 힘이 빠져나가고 몸은 앉았던 자리에 너부러졌다.

귀신의 능력이 아닌 힘에 의해 일어났다는 생각이 들었다. 굿판을 두 바퀴 돌았지만 스스로 서지 않았으며 귀신이 일으켰다는 것을 더더욱 인정할 수 없었다. 귀신은 실체는 없으나 사람보다 높은 영물이라 너부러진 사람도 일으켜 세울지 알 수 없지만,

내가 들린 것은 어떤 힘을 이용해서 강제한 것 같았다. 마술인지 영적 힘인지 알 수 없으나 무당은 움직일 수 없는 사람이 일어나 굿판을 돌았다는 기적을 사람들 앞에 보여 주었다. 박수무당들이 피리와 북과 꽹과리 소리를 이전보다 한 단계 높이 올리고 무당의 주문은 걷잡을 수 없이 빨라졌다. '사람의 눈을 속인 마술이며 마술로 사람들을 속인 것이다.' 마술에 당했다는 분노에 혼자 부르짖었다. 마술이라며 애를 태우는데 순간 정신을 잃었다.

은빛 구술 침이 총총히 박힌 쇠사슬에 웃통을 벗기고 묶여져 있었다. 묶여있는 앞으로 깃발을 든 군사들이 황금색 가마를 메고 앞으로 다가오고 있었다. 하얀 복장을 한 교군들이 가마를 메고 좌우에 금빛이 번쩍이는 투구와 갑옷을 입은 군사들이 가마를 둘러싸고 뚜껑이 없는 가마에는 찬란한 복장을 한 사내가 '능지처참하라!' 소리를 치고 있었다. 쇠사슬에 묶여있는 앞으로 다가오는 군사들의 얼굴은 무섭게 일그러져 있었고 곧바로 처단하려는 무서운 기세로 칼을 휘두르며 다가왔다.

저들에게 어떠한 죄를 범했는지 알지 못했고 은빛 구슬이 박힌 쇠줄에 묶인 것은 하늘의 법칙을 어긴 마술이라 소리쳤던 죄라는 것으로 해석되었다. 저승에서 천사가 일으킨 일을 마술이라 소리쳤던 징벌이라 했다.

주님이 감람산에서 가르쳐 주셨던 기도문이 생각났다.

'아버지의 이름만 거룩하게 하시며 아버지의 나라가 오게 하시며 아버지의 뜻이 하늘에서 이루어진 것 같이 땅에서도 이루어지게 하소서 권세와 영광이 아버지의 것이나이다.'

주님이 가르치신 기도로 기도를 시작했다.

'주여 귀신에 억눌린 자를 불쌍히 여겨 주옵소서. 이제야 저들의 정체를 알았습니다. 스스로 계신 분이 스스로 세상에 오셔서 십자가를 지시고 그 핏값으로 우리를 죄에서 건지시고 믿는 자를 구속하신 주님! 귀신들의 분노에 휩싸였습니다. 우매한 저들에게 욕을 당하지 않게 하소서.'

마음속에 내재된 말씀으로 기도에 힘을 다했다. 기도를 하는 순간 몸에 근육이 생기고 근육이 꿈틀거렸다. 꿈틀거리던 근육이 힘이 들어가 괴력이 생기고 억압된 의식이 풀리고 몸을 감싸고 있던 쇠사슬이 근육에 의해 터지고 은빛 구술은 떨어져 퉁겨 날아갔다. 날아간 쇠 구슬이 다가오는 군사들을 강타하자 군사들과 교군들은 타작마당에 광풍에 날리는 티끌같이 쇠사슬에 맞아 날아갔다.

근육과 괴력은 감동의 근원이었으며 행복의 근원인 성령의 능력이었다. 말로 표현할 수 없는 기쁨이 온몸을 휘어 감았다. 쇠사슬이 터져 나가면서 몸에는 새로운 기운이 감쌌다. 감동이지만 공중을 부양하는 행복한 기쁨이 마음 깊은 곳에서 우러러 나오는 감사로 마음을 감동시켰다. 입으로는 찬양이 마음으로는 감사가 흘러나왔다.

군사들이 처단하려고 오는 환상에서 깨어났다. 귀신들을 제압하던 근육도 사라졌다. 그러나 평안한 마음만은 환상의 여진으로 남아 마음을 안정시켰다. 마음 깊이 성령님의 강한 능력에 감사했다. 기운은 무한의 감동과 행복을 가져다주는 성령님이라는 생각만 들었다. 무당이 최면을 걸어 차갑고 무서운 군대 귀신들을 붙여 죽이려 했지만 죽음은 두렵지 않았다. 이들의 행위는 큰 바다의 오염된 물 한 방울도 되지 않는다. 성령의 능력을 경험한 후에 내 곁에는 하나님이 함께 계신다는 확신이 들었다. 귀신의 진위를 밝히려는 사람에게 귀신의 압박으로 괴로움을 당하게 하시고 은혜로 무당의 코뚜레에서 벗어나게 했다. 무당도 술법으로 귀신들을 지휘하느라 지쳤는지 널브러져 있었다. 무당이 잔꾀나 수단을 부려도 헛것임을 알고 있다. 한 번 태어나면 죽음은 약속되어 있다. 그러나 이사야 선지자는 죽음을 폐한다 했고 죽음과 맹약 했지만 서지 못하고 넘치는 재앙이 몰려올 때, 그것에게 밟힐 것이라 했으며 구름 속으로 끌어올려져 영원히 주님과 살 것이라 했다.

죽음을 택하다

무당을 부정하면서 무당의 우상이 되어 신으로 숭배를 받으며, 무당의 보호를 받고 간병을 받으며 생명을 이어가고 있다. 신으로 추대는 되었지만, 자신의 존재 가치는 시간이 지나면 낡아지고 부패해져서 티끌로 돌아가 하루살이의 날개바람에 무너지는 미약한 먼지 같은 존재라는 것을 알고 있다. 앞에 닥친 재앙도 어디서부터 왔는지 알 수 없고, 사람인 줄 알면서 그림과 닮았다고 아내는 신령으로 추대하고 있다. 한 줌도 되지 않는 짧은 생명을 부지하기 위해 사탄의 허수아비가 되어 사탄의 수하로 욕을 당한다는 자괴감에 소름이 돋았다. 인간이 신의 자리에 앉아 우매한 사람들에게 공경을 받는다면 지옥의 벌을 받는 것은 마땅하다. 최면이라지만 피조물이 생명의 주인이신 하나님의 자리에 앉았다면 지옥에 떨어지는 것이 마땅하다.

몸 안에서 조상이 유전자를 만드는 것을 보여 주며, 자신이 근본이라는 올무를 놓아 자살을 막으려 했다. 자살을 막아 후손이 세상의 빛을 보기 위해 소원하는 환상도 보여 주었다. 보여 준 환상이 진실이라면 자신이 죽으면 조상들은 다른 몸을 빌려 유전을 이어갈 것이다. 또한, 후손들은 세상에 태어나 고생하지 않을 것이다. 모든 것을 포기하고 조상들이 잠자는 차원으로 가기 위해 죽음을 택하기로 했다. 몇 번이고 영혼이 육체를 이탈하는 것을 보았고 무당의 술법으로 과거와 현재, 미래의 어둠을 넘나들면서 괴이한 일들을 보여주며 신이라는 확신을 심으려 했다.

추한 인간의 생명은 여기서 접고 조상들이 잠들어 있는 곳으로 보내 주기를 하나님께 기도했지만, 아직 때가 되지 않았는지 받아주지 않으셨다. 사탄의 힘을 빌리기로 했다.

"당신은 신령의 능력으로 죽었던 사람을 살렸으며 전신 마비 장애자를 일으켜 세운 점술가가 아니오. 귀신을 부르는 그대는 당신의 남편인 나의 영혼을 쉽게 저승도 보낼 수 있다는 확신을 가졌소."

차마 죽는다는 소리는 못 하고 저승에 다녀올 수 있도록 요청했다. 아내가 빤히 얼굴을 살피더니 대답하기가 궁색했든지 이렇게 말했다.

"신령님은 환상과 꿈에서 귀신들과 같이 소통했으며 저승과 어두움을 보았는데 저승을 찾을 필요가 없나이다."

최면으로 정신을 조작해서 만든 곳은 저승이 아니라는 반박에 대답할 가치를 두지 않았다.

"신령님 안에 하늘이 있고 땅이 있고 신령님이 여기에 계시기에 중보자요, 영매인 내가 여기에 있고 신령님이 도륙이시기에 따로 도륙을 찾을 필요가 없나이다. 신령님 마음에 들어가 신령님을 찾으소서. 꿈을 꾸듯 저승에 다녀올 수 있지만, 생존하는 사람이 저승에 가려면 생기가 완전히 빠져야 하니 생명의 강을 한 번 건너면 영원히 돌아올 수 없나이다."

그렇다 한번 죽으면 다시 올 수 없는 곳이 저승이다. 무당의 난처한 얼굴을 보았지만 살아오지 못하더라도 죽어야 할 것 같다. 그러나 아내는 입을 열어 말문을 막으려 했다.

"신령님은 자신이 신령인지 모르시겠지만, 신령님은 평시에도 환상에서 무아경에서 죽음을 넘나들었나이다."

민망한 얼굴로 나의 죽음을 막으려 했다.

"당신은 죽은 사람의 영혼을 부르며 저승에 있는 귀신들과 대화도 나누는 사이가 아니오. 살아 있는 사람의 혼도 저승에 보낼 수 있지 않은가. 죽은 자들이 사는 곳으로 안내하지 못한다면 당신은 점술가가 아니오. 당신은 토굴에서 도륙을 만나 신내림을 받았던 이야기를 하며 으뜸 되는 신령이라 했지 않았소. 도륙 부처는 자연계를 지배하며 조화를 부린다고 했고, 나를 신령의 아들이라 내세우지 않았소. 저승에 다녀올 수 없다면 도륙이라는 것을 무엇으로 증명할 수 있으며, 저승에 가보지 못한다면 당신이 말하는 어둠의 신비도 허위이며 일어서서 무대를 한 바퀴 돈 것도 사람의 눈을 속인 마술이었소. 불상 자리에 앉혀 놓고, 신령이라 했으며 도륙이라 추대한 사람도 당신이지 않소. 귀신이 되어 차원이 다른 곳에 이중 삼중으로 타인의 영혼이 움직이는 것을 볼 수 있었던 것도 술법이었소?"

다른 말을 할 수 없도록 시간을 주지 않고 진지한 표정을 지으며 말했다.

"저승은 보이지 않는 곳이지만 그곳에 신이 존재하는 것을 알고 믿고 있으며 천사와 사탄이 함께 있는 줄도 알고 있소. 그러나 인간의 눈으로는 볼 수 없으며 보면 죽는다는 것도 알고 있소. 그러나 당신은 거기서 귀신을 불러내지 않았나요. 당신이 본 저승을 나도 보아야 당신을 인정해 줄 수 있지 않겠소. 저승에 다녀왔다는 사람들의 이야기는 많으나 실제 그들은 살아 있었으며 다녀왔다는 증거는 어디에도 없지 않소. 저승에서 귀신을 불러내는 당신이 죽은 자들이 살고 있다는 저승으로 안내할 수 없다면 귀신을 불러내는 당신의 말은 당신이 숭배하는 나를 속인 거짓이 될 수밖에 없지 않소."

죽음은 눈에 보이지 않는다. 사람들이 꿈속이나 최면 중에 저승을 보았다면 저승이라고 할 수 없다. 뇌가 살아 있기 때문이다. 생기가 육체를 떠나 저승을 본 사람이 없기에 점술가들이 죽음 후 귀신이 되었다는 말에 사람들은 의심을 품고 근거 없는 허황한 말을 하는 자들이라 한다. 그러나 눈으로 보이는 모든 만물은 삭아지며 없어지기에 헛것이다. 나는 보이지 않지만, 영원히 삭아지지 아니하며 부패하지 않는 천국을 믿는 사람이다. 신과 대화를 나누었다는 우리 이전의 선지자들도 신의 소리를 듣고 보고 신이 있다는 것을 그대처럼 말했다. 그곳이 죽은 자들이 사는 저승이라는 것을 알아내었고 죽음을 관찰하고 과거가 있으며 현재가 있고 사후가 있다고 우리에게 확신 있게 전했다.

"당신은 도륙이라는 신령이 아들을 찾으라 했고 그림의 얼굴과 닮았다고 신령이라 했으며 당신을 따르는 사람들의 귀에 심어주고 머리에 주입했다. 당신이 말하는 넋들이 사는 저승에 가려는 것도 당신의 말이 참이라고 말하기 위해 신의 차원인 저승에 가려는 것이다. 나를 일으켜 세워서 당신을 따르게 했던 순간은 사술이거나 요술로 사람을 귀신으로 둔갑시킨 것이 아니면 저승에 보내주고 그대의 참모습을 보게 하시오."

응석 같은 소리를 경청했는지 아내가 입을 열었다.

"신은 선지자나 영매들에게 앞날을 예언해 주지만 선지자나 영매도 저승은 왕래할 수 없도록 조물주는 창조하셨나이다. 강한 영감을 가지고 신과 접속을 하는 사람도 저승은 다시 돌아올 수 없기에 죽어야 갈 수 있나이다."

산자 중 아무도 가보지 않은 저승에서 귀신을 불러내는 것은 설명하기가 어려운 줄 알고 있다. 아내는 고충을 말했지만, 억지를 부렸다.

"그대는 죽은 후에야 갈 수 있는 저승에서 넋들을 불러내어 예언하고 멀쩡히 살아 있는 사람을 신령으로 내세우지 않느냐? 귀신이든 넋이든 영이든 신이든 신접을 못 해도 저승에 가서 영혼이 있다는 사실을 확인해서 알린다면 당신을 도울 수 있지 않겠느냐?"

한편으로는 어르고 한편으로는 겁박했다.

죽어보지 않았지만, 아내는 지옥과 극락은 마음에 있다는 것으로 도륙으로부터 전해 들었다. 상상을 현실로 이끌어 내었던 도륙 부처에게서 신내림을 받고 신들이 사는 저승을 거리낌 없이 드나들며 죽음에 잠자는 귀신을 불러내는 술법도 전수받아 알고 있다. 환상 중에 도륙이 전해준 신령과 닮은 사람을 도륙의 환생으로 굳게 믿고 있다는 것도 알고 있다. 내가 아내의 마음을 읽고 있다는 것을 눈치채고 난처한 얼굴로 변했다.

창조주이신 하나님이 처음 사람으로부터 현재 우리까지 한 줄기에서 뻗어 내리게 하셨다. 사람과 짐승 나무들에게 골고루 분배해 주신 공의로 빛과 공기와 물로 살아가게 하셨고, 하나님의 공의는 생명에게 꼭 필요한 요소이므로 네 것과 내 것이 따로 없다. 모든 만물이 빛과 물 공기 안에서 하나라는 공동체로 운영된다. 어떤 사람들이 말하는 오늘은 원숭이가 되었다가 내일은 사람이 되었다가 나무가 되었다가 곤충이 된다고 주장하는 것은 영혼을 뺀 모든 육체는 하나라는 뜻이다. 도륙과 무당이 하나인 것은 처음부터 하나이었고 가지가 갈래로 뻗어 나갔을 뿐이다. 하나의 흙으로 사람, 동물, 식물 모두를 창조하셨기에 하나이다.

"당신은 점술로 사람을 죽일 수도 있고 살릴 수 있으니 잠깐 호흡을 멈추게 하여 저승을 보게 하고 귀신을 불러내듯 영혼을 불러내면 되지 않겠소?"

눈빛을 보고 아내는 죽기를 각오하고 저승에 가려는 것을 알았는지 자신의 의견을 포기했다.

손을 잡더니 주문을 읊조리며 얼마 동안 혼자 애쓰며 힘을 쏟았다. 잠들지 않고 눈 뜬 것을 확인하고 최면으로 유도 할 때와 같이 주문을 따라 마음속으로 읊조리라 했다. 정신을 몰입시켜 최면으로 들어가는 주문이 시작되었다. 살아 있는 사람의 혼은 저승으로 갈 수 없으나 자신의 최면과 영적 능력을 모아 보는 것이다. 죽으면 다시 돌아올 수 없다는 막연한 생각으로 숙연해졌다. 태초와 종말을 알고 있다는 도륙을 찾아 저승으로 떠나는 일에만 집중하기로 했다.

무당의 주술인 최면에서 영혼이 육체에서 완전히 이탈하는 과정을 거치는 것이다. 죽음을 각오한 남편의 소망에 마지못해 저승에 보내는 흉내라도 내고 있을 것이라는 생각과 참으로 죽는다는 생각도 들었다. 남편의 생사가 달린 소원을 풀어주려는 것을 알고 있다. 발람은 아내와 같은 점술가지만 '하나님은 사람이 아니시니 거짓말을 하지 않으시고 사람이 아니시니 후회가 없으시다'(민19:26)는 말을 입으로 하나님의 품성을 시인했다. 아내도 하나님과 교감하는 점술가일지 모른다.

영혼을 불러내는 일이 힘겨웠던지 제자들에게 주문을 독려하고 주문에 집중하라는 눈짓을 주었다. 영혼 이탈은 무당의 마음대로 할 수 없을 것이며 될 수 없는 일이다. 그러나 그가 주문을 읊조리는 소리는 엄숙하기까지 했다. 주문을 따라 읊조리는데 정신이 몽롱해지는 느낌이 오고 벽시계가 한 시를 때리는 소리가 '땡!' 하며 울렸다. 시간을 알리는 소리가 흘러내리고 최면에서 무아경에 빠져드는 느낌이 들었다. 저승으로 인도하는 무당만의 비밀이 있을지 모르지만, 최면으로 유도할 때와 비슷한 주문으로 들렸다. 무당의 꾀나 수단으로 죽음을 인도하지만, 하나님이 허락하시지 않으시면 생명은 누구든지 마음대로 할 수

없다. 아내의 최면에서 영원히 깨어나지 않는 죽음으로 가기를
바랄 뿐이다.

환자가 마취제를 투약한 후에 의사는 몸을 칼로 쪼개고 내장
을 밖으로 꺼내 감염된 곳을 도려내지만, 수술 받는 사람은 알지
못한다. 통증을 느끼지 못하기에 고통도 느끼지 못한다. 그러나
꿈이나 최면 중에는 두려워 소리를 지르면 입 밖으로 말이 나와
소리를 지르기도 하고 촉감을 느껴 공포나 희열을 느끼며 깨어나
기도 한다. 마취에 취하면 꿈도 없고 감각도 상실된다. 그러나 꿈
이나 최면은 생시와 마찬가지로 촉감을 느끼고 살갖이 으스스 떨
기도 한다. 기분은 잠이 들어 꿈속에 있는 것 같다. 여행을 마치
고 열차가 종착역에 들어설 때 허전하고 공허한 느낌이 드는 것
같다. 힘들었지만 본향인 집으로 향한다는 기쁨이 여행지의 감성
을 자극해 아쉬움을 남겼다.
    최면일 때와 마찬가지로 발은 땅을 딛고 있지만, 몸의 무게를
느끼지 않았다. 무당이 최면으로 무아경에 밀어 넣을 때 주변은
희미했고 안개가 낀 듯 사물이 분명하지 않은 그때와 같았다. '오
오라 무당은 뇌를 조작하여 환각을 일으켜 꿈으로 이끄는 술법이
한계이며 저승과는 별개인가 보구나.' 이전부터 아내의 술법을
얕잡아보아 하찮게 생각하는 감정이 남아 최면상태에서의 현실
을 확인하려 했다.
    꿈에 빠진 듯 허허벌판이었다. 최면상태에서 어디에 던져 놓
고, 저승이라 할는지 궁금했다. 최면으로 알고 실망하고 있는데

귓전에 정확한 소리가 울리었다.

'저승은 멀리 있지 않으며 살아 있을 때나 마찬가지로 영혼은 삶과 더불어 있느니라. 저승은 코앞에 있으나 가고 싶다고 가는 곳이 아니며, 지금 발 옮기는 앞에 있으나 한 번 가면 돌아올 수 없는 영원에 있는 것이니라. 저승은 앞뒤 좌우에 있으나 보지 못하며 느끼지 못하며 알지 못하느니라. 앞으로 가도 볼 수 없고 뒤로 가도 볼 수 없으며 땅끝에도 하늘 끝에도 생명이 있는 이상 볼 수 없는 곳이 저승이니라.'

생명이 있는 이상 저승을 볼 수 없는 곳이라 했다.

사탄의 빙의가 되어 마지막 심판의 날에 심판을 받는 것 보다 주님의 십자가의 피가 내 심장에 남아 있을 때에 죽음을 바랐다. 저승은 녹슬고 삭아지는 피조물인 인간으로서는 알 수는 없는 블랙홀이며 신의 세계이지만 그곳이 본향이다. '하나님을 보고 살 자가 없듯이 저승을 보고 돌아올 자도 없느니라. 그래도 저승에 가고 싶으냐.' 마음으로부터 울려왔지만, 실체가 보이지 않으니 답답했다. '죽음을 아시는 분은 하나님 한 분이신데 마음에 울림을 주시는 당신은 누구시나이까. 주여 주이시거든 저승으로 보내 주소서.' 죽음으로 생명으로 돌아가지 못해도 좋다는 생각으로 마음에 울림을 주는 소리에 답하고 있었다.

살아 있어도 주님의 은혜요. 죽음도 하나님의 은혜이다. 죽음 후에 있는 저승도 하나님의 영역이기에 두려워할 필요가 없다. 현실이든 꿈이든 최면이든 이때까지 소리가 들린 것이나 보였던 모든 것들은 헛것이며 환청이며 환각이지만, 그것들도 하나님의 영역이다. 그러나 죽기를 원하는 순간 마음으로 울려오는 죽음의 소리는 반가웠다. 무당은 최면을 통해 환상이나 환각이 실제로 일어나는 것처럼 느끼게 하여 방탕할 정도의 행복을 주기도 했고, 눈물이 날 정도로 슬픈 감정을 이끌어 내기도 했던 것과는 다르게 느껴졌다.

하나님은 보이지 않고 만져지지 않으며 소리가 없으셔도 그 은혜는 온 천지를 통치하고 그의 은혜와 긍휼은 세상 끝까지 이르신다. 산 자나 죽은 자 모두를 주관하시는 하나님은 환청이거나 환각 중이나 저승과 현실 어느 곳에서든지 계시며 만물 가운데 활동하시고 모든 일을 주관하시며, 오직 하나님 한 분만 생명을 마음대로 옮길 수 있다.

하나님은 죽은 자의 하나님이 아니시고 살아 있는 자의 하나님이시다. 하나님 앞에서 죽기를 구할 수는 있지만 시행하시는 분은 하나님이시다. 스스로 목숨을 거두는 것은 하나님을 거역하는 살인이며 하나님의 말씀에 대적하는 죄임을 알고 죽음을 실행하지 못했다. '그대는 돌아올 수 없는 길을 택하고 저승에 오르는 것을 원하느냐?' 물어오는 마음에 눈을 감고 원한다고 생각할 때에 따뜻한 감동이 마음으로 일어났다.

잠에서 깨어나듯 사물이 보였으며 허전하고 쓸쓸했던 마음은 사라지고 평상시와 같았다. 보송암 부처 자리에 까부라져 잠들어 있는 사람이 보이고 무당이 새파랗게 질려 허둥대는 모습도 보였다. 최면에 들어갔던 사람이 숨을 쉬지 않는 것을 보고 놀란 무당과 제자들이 방향을 정하지 못하고 갈팡질팡하는 모습이 어떤 일이 일어났음이 분명했다. 숨을 쉬지 않고 널브러진 주검 앞에 하얗게 변한 무당의 얼굴과 세상에 숨어버린 소리와 그들의 움직임을 뒤로하고 강하게 이끄는 힘에 끌려 밖으로 나와 하늘을 보았다.

하늘의 구름은 움직이지 않았고 나뭇가지도 나뭇잎도 열매도 나뭇잎에 붙어있는 곤충들도 나무 아래 있는 모든 동물들도 정지된 자막같이 움직임이 없었다. 태어나지 않은 태중의 아이도 갓 태어난 아기도 있었으며 젊은이도 늙은이도 눈을 감고 잠들어 있었다. 나라와 족속과 피부색이 다르고 복장이 달랐지만 움직이지 않는 것은 마찬가지였다. 사람과 동식물 가릴 것 없이 모두 깊은 잠에 빠져 있었다. 만물이 잠들어 있는 차원이 죽음인 줄 알고 놀라는데 또 다른 힘에 이끌림을 받았다.

이끌려간다는 마음이 생겨나는 순간 갑작스럽게 생동감이 있었고 빛이 있었다. 만물이 깨어나 있었고 구름이 움직이고 있었다. 얼마 전에 보았던 잠들어 있던 차원과 움직이는 차원이 따로따로 있었다. '아! 지나왔던 곳이 죽어 잠든 곳이로구나.' 죽어 잠자는 자에게서 나온 영혼들은 잠자는 주검 사이를 자유롭게 왕래하고 있었다. 또한, 땅에서는 살아 있는 생명들이 흙으로 된 껍질을 입고 있었고 땅 위에서 움직이고 있는 것도 보였다.

잠든 주검들은 세상에서 죽어 잊힌 자들이었고 잠자는 자들에게서 뒤쳐 나온 영혼들이 지성과 의지의 힘을 발휘했다. 같은 땅 위에 차원을 달리한 산자와 주검과 영혼들이 함께 있었다. 살아 있는 산자와 죽어있는 잠자는 자들의 차원과 잠든 자들에게서 빠져나온 영혼의 세 차원이 더불어 땅에 공존하지만 차원 사이는 접촉할 수 없도록 보이지 않는 벽이 가로막고 있었다. 세 차원의 공존은 없었으며 다 같이 시간만 다르게 영원에 있었다.

생존자의 영혼은 생존자의 마음에서 움직이고, 영이 빠져나간 잠든 흙덩이들은 몸이 분해되어 티끌로 변해도 아무런 느낌 없이 잠들었다. 잠든 자의 영혼들은 스스로의 의지로 자신을 통제하고 조절하고 산자나 잠자는 자나 영혼 모두가 보이지 않는 하나님의 섭리 안에 있었다. 영원을 흐르는 세 차원 모두 마지막 종말인 부활의 그날까지 한정되어 있었다.

죽음에서부터 나온 영혼들은 어디까지인지 알 수 없는 긴 대열을 이루고 죽은 순서대로 대열을 이루고 있었다. 빽빽한 나무 숲을 지나고 빌딩을 지나고 바다 위를 지나고 넓은 초원을 지나고 생존자들이 애써 다듬어 놓은 고속도로 위로 지나가고 있었다. 이와 상반되게 산 자들의 열차와 자동차 비행기 행렬이 함께 했지만, 접촉 없이 산자는 산자대로 영혼은 영혼대로 무관하게 이끌리고 있었다. 포장되지 않은 황토색 갯벌도 질척거리지 않았으며 산도 바위도 방해되는 것이 없었다. 살아 움직이는 사람들의 일상생활과 죽어 잠들어 있는 주검도 방해가 되지 않았으며 영혼들은 자유로웠다.

안내하는 저승사자도 천사도 없고 몸을 구속하는 통제도 없었다. 저승의 어둡고 칙칙하고 황량한 사막이나 광야에서 검은 옷을 입은 저승사자나 유령이 영혼을 기다린다던 이야기는 죽음을 두려워하는 사람들이 지어낸 말이라는 것을 알았다. 책으로 읽었든 구전으로 들었든 그들이 말했던 저승과는 비교할 수 없이 편안했다. 육체는 주검에서 잠든 상태로 땅 위에 멈추어져 있고 영혼은 빠르게 어딘가로 이끌리고 있었다.

바다와 강을 건넜지만 땅 위를 걷는 거나 다름없었다. 강을 건널 때에 하늘로부터 기분 좋은 이슬방울이 시원한 감동을 주었으며 이슬이 몸에 젖으니 땀방울 같이 흘러내렸다. 건너편에는 솜털 같은 하얀 구름이 휘장같이 보였으나 구름에 가려진 그 뒤쪽은 보이지 않았다. 휘장 같은 구름을 의식하지 않았고 영혼들은 구름 속으로 끌려가듯 들어갔다.

들어가려는 순간 구름 휘장이 그물같이 앞을 막았다. 휘장 안으로 들어가는 영혼의 옷깃을 잡았지만 잡히지 않았다. 고속도로나 강이나 산이나 숲이나 바위도 방해가 되지 않았는데 부드러운 구름 휘장이 걸림돌이 되다니 이상했다.

'구름에 걸러진 영혼은 왔던 길로 돌아가라.' 휘장 안에 소리가 들렸다. '땅에 육신이 생존한 영혼은 거룩한 이슬로 씻었지만 구름이 몸을 닦아주지 않으면 받아들일 수 없느니라. 강에 드리워진 구름은 땅과 완전히 이별한 자만이 들어 올 수 있느니라. 거룩한 이슬로 몸을 적신 자는 구름이 이슬을 닦아야 올 수 있느니라.' 마음이 소리쳤다. '그럼 구름 휘장에 들어가지 못한 사람들은 땅에서 죽지 않은 사람인가요. 여기까지 오는 길을 저승이 아니었나요.' 대답이 들렸다. '육체를 벗은 영혼들은 강에서 거룩한 이슬로 씻음을 받아 구름 속으로 들어왔지만, 땅에 생명이 남아 있는 영혼은 흙의 잔재가 주검에 남아 있어 강에서 씻음을 받아도 구름이 닦아 주지 못하는 것은 죄의 성분이 그대로 있어 은혜의 강에서 생명수인 이슬로 적시기는 했지만 안식할 곳으로는 들어올 수 없느니라. 사람이 살아가는 곳도 땅이며, 그대들의 육신이 잠들어 있는 곳도 땅이며, 그대들이 밟고 있는 곳도 땅이니라. 함께 공존하지만 생존 세상과 잠들어 있는 세상과 그대들이 현존하는 사이는 종잇장 같이 가까우나 오갈 수는 없느니라. 실낱같은 생명이 생존 세상에 남아 있다면 잠자는 차원을 넘지 못해 다시 돌아가야 하느니라.' 소리는 단호했으며 이쪽에서 하는 말을 듣지 않는지 물어도 대답은 없었다. '생존 세상의 생명은 끝나고 죽었나이다.' 죽은 것도 모르냐며 소리쳤지만, 반응은 없었다. 다툼의 상대도 없는 곳에서 애쓰며 실랑이를 벌이다가 잠에서 깨어나듯 눈을 떴다. 아내는 죽었다고 생각하고 최면을 중단하고 흉부에 압박을 시도하고 박동이 뛰는 것을 보고 기뻐하고 있었다. 벽에 걸린 벽시계는 한 시 정각 그대로 있었고. 잠깐 숨을 거두었던 것이다. 죽는다는 것은 마음대로 되지 않는다는 것은 알고 있다.

생명이 내 것이 아니며 죽음도 내 것이 아니라 하나님의 뜻인 줄 알면서 다시 무거운 흙을 껍질로 받아들이고 땅 위에 살아간다는 생각에 몸이 움츠러들었다. 죽음조차 받아주지 않는 육신에 혼자 슬퍼하고 있을 때에 죽음이 부르는 소리에 몸에서 생기가 빠지고 다시 눈이 감기었다.

세 차원의 다른 모습

모든 생명은 죽는다.

　무당의 최면 중에 지하 어둠에서 오래된 주검은 바위가 되어 있었고 대부분 티끌이 되어 잠자는 죽은 자의 영혼을 보았다. 혐오스러운 짐승인 뱀과 전갈이 지네와 인간의 주검에서 나온 생각들이 알까기에 함께했다. 무당의 최면에서 보았던 환상이었다.

　짐승이나 사람이나 알까기를 통해 원하든 원하지 않든 부모의 사랑으로 생명으로 땅에 뿌려졌다. 죽은 자들 중에는 조상이나 부모로부터 태어나면서 부와 명예로 자랑스럽게 군림하던 자도 있었고, 가난한 부모를 만나 평생을 하인으로 살아갔던 사람도 있었다. 부와 명예는 가졌지만, 질병과 장애로 살아갔던 사람도 있었고 가난하게 태어났지만, 지혜롭고 정의롭게 살아 사람들로부터 존경을 받는 사람도 있었다. 부족함이 없는 사람들도 있었지만, 생존을 위해 한 끼니의 먹거리를 위해 목숨을 걸었던 자들도 있었다. 상속 문제로 형제들이 원수가 되어 싸우다가 죽은 자도 있었고 부모의 재산을 탕진하고 노숙자가 되어 일용할 양식을 구하지 못하다가 죽은 자도 있었다.

인간의 눈에는 여러 형태의 삶으로 행복과 불행이 나누어진 것 같이 보였지만, 하나님의 공의는 그렇지 않다는 것을 알았다. 부자는 가진 것이 많을수록 자신의 것인 줄 착각하고 재물을 지키기 위해 밤잠을 설치며 불안에 떨지만, 재물이 적을수록 빼앗길 염려가 없기에 근심이 작아지는 것을 보았다. 부나 가난이나 명예나 수치스러운 사람이나 모두가 땅에서는 흙덩이를 짊어지고 근심하고 애쓰고 고생하다 가진 것 없이 모두가 죽었다. 이것도 무당의 최면에서 보았던 환상이었다. 인생을 살면서 욕망이 산더미 같이 부풀어 잠자는 주검을 짓밟는 꿈도 꾸었다. 누구를 위한 탐욕이었는지 알 수 없으나 먹고 마신 것들이 태산을 이루었다. 이것 역시 무당의 최면에서 보았던 환상이었다.

그러나 성경은 참된 진리를 말하고 있다. 누구 것이 될지 모르는 재물을 힘써 모으다가 한 줌의 재가 될 때 세상의 모든 것이 헛되고 헛된 것임을 알게 되는 것이 인생이다. 솔로몬도 인생을 살아보았기 때문에 인생을 헛되다고 이야기했다. 누구든지 죽는다는 것은 알지만, 아무것도 가지고 갈 수 없는 것만 알 뿐 죽음 후는 알지 못했다.

사도 바울도 '그가 낙원으로 이끌려 가서 말로 표현할 수 없는 말을 들었으니 사람이 가히 이르지 못할 말이로다.'(고후12:4) '내가 몸 안에 있었는지 몸 밖에 있었는지 나는 모르거니와 하나님은 아시느니라.'(고후12;3,4) 사도 바울이 다녀왔다는 낙원 이야기는 하나님께 맡기고 저승은 있었지만 낙원 이야기를 분명히 말하지 않았다.

그러나 바울의 종말 예언은 분명했다. '주께서 호령과 천사장의 소리와 하나님의 나팔 소리로 친히 하늘로부터 강림하시리니, 그리스도 안에서 죽은 자들이 먼저 일어나겠고, 그 후에 우리 살아 있는 자들도 그들과 함께 구름 위로 끌어올려 공중에서 주를 영접하리라. 그러므로 우리가 항상 주와 함께 살리라.'(데 4:16,17) 그리고 사도행전에서는 '그대들이 원하는 하나님께 향한 소망을 나도 가졌나니 산 자와 죽은 자의 부활이 있을 것이니.'(행24:15) 종말의 그 날에 일어나는 일은 알려주었지만, 저승은 바르게 이야기하지 않았다. 그래서 모든 사람은 죽는다는 것은 알고 있지만 죽음 후는 이야기할 수 없었다.

죽은 자의 영혼

생명이 질풍 같이 흐르는 순간에 잠깐 육체로 있을 때를 생존이라 하고 육체가 죽은 후를 잠들었다 한다. 죽은 자에게서 벗어난 영혼이 움직이는 차원을 한 차원에서 보고 있다.

육체를 가진 생명들은 자신들이 환경을 스스로 만들었다. 권세로 호화생활을 즐기다가 치욕을 당하며 옥에 갇혀 있는 자도 있었고, 돈을 산더미 같이 쌓아놓고 먹고 마실 수 없는 질병으로 굶주리는 자도 있었다. 각종 직업에 종사하며 활발하게 움직이는 사람도 있고 병원 침대 위에서 투병하는 사람도 있었다. 쫓기듯 바쁘게 살아가는 모습이 보이고 영혼이 빠져나간 흙덩이는 흙 그대로 잠들어 있었다.

잠자는 육체의 죽음에서 빠져나온 영혼은 바람 같이 구름 같이 안개같이 보송암 제단 천장 대들보 위에서부터 하늘과 땅끝까지 흩어져 있었다. 깨끗한 식탁 위에도 있었고 화장실 변기통 안에도 있었다. 깨끗하고 추한 것이 없었으며 왕이 되고 싶으면 왕에게 붙으면 왕이 되었다. 통치자가 되고 싶으면 통치자에 붙으면 되었다. 부자가 되고 싶으면 부자에게 가면 되고, 크고 싶으면 크고 작아지고 싶으면 작아지고, 하늘 위에 있기도 하고 땅 위에 있기도 하고 땅 아래에도 있기도 했다. 밟히기도 했으나 아무런 피해를 느끼지 않는 것은 생존과 함께 있지만, 차원이 달라 밟혔는지 찍혔는지 알지 못했다. 죽은 자의 영혼은 바람과 같았다.

보송암 대문 앞에 119구급차가 정차되었고 제단 앞에 널브러진 주검 앞에 청진기를 목에건 의사가 환자의 잠든 가슴을 더듬으며 고개를 흔드는 것이 살아날 가망이 없다는 암시를 주었다. 화장지를 찢어 코에 대어도 반응이 없음을 보고 고개를 저으며 아내에게 눈길을 돌렸다. 아내의 창백한 얼굴이 새파랗게 질리며 쓰러졌다. 막혔던 기도가 흉부 압박으로 정상으로 돌아왔던 사람이 갑자기 숨을 멈추었다는 소리에 죽지 않았다며 소리치지만, 사람들이나 의사는 그의 말을 들으려 하지 않았다. '내가 죽었구나.' 바닥에 까부라져 늘어진 자신의 주검을 보았지만 아무런 느낌도 들지 않았다. '아하! 내가 서 있는 이곳이 죽어 잠자는 주검에서의 영혼이구나.' 무당이 보여 주었던 저승에는 어두운 지하에 뱀과 지내와 인간의 영혼이 함께 공존하면서 음행과 더러운 것과 알까기에 치중하던 지하와는 완전히 다른 환경에 놀라고 있었으며, 생각은 혼자 하고 혼자 느끼고 있었다.

찌를 듯이 높이 솟은 건물들이 죽순같이 솟아있는 광장 같은 곳에 주검에서 나온 영혼들이 모였다. 영혼들이 이슬방울 같이 몰려 있어도 이 세상에는 걸림돌이 되지 않았다. 이 세상과 저승 빛이 다르게 교차하지만 살아 있는 자들은 어두움에 관심이 없고 영혼들도 생명들에게 관심이 없었다. 영혼의 눈은 멀리까지 볼 수 있지만, 자신이 어디를 향하는지 알지 못했고 입은 움직이지만, 소리는 나지 않았고 이해는 할 수 있었다.

모든 영혼은 무색투명으로 바늘귀 구멍에도 들어갈 수 있었고, 두꺼운 바위도 걸림돌이 되지 않았으며 시야는 끝이 어딘지 알 수 없는 별들의 집합체의 끝과 우주 끝까지 보였다. 마음이 원하면 원하는 곳에 있었다. 태초의 고요는 의식 속에 있고 마음은 활발하게 활동하고 있었다. '오! 이곳이 산 자들에게 보이지 않는 저승이구나.' 아무것도 없는 것 같지만 가득 찬 것 같고 가득 찬 것 같지만 아무것도 없었다.

서울역은 평상시와 다름없이 사람들로 붐비고, 퇴계로는 자동차들이 느리게 움직이며 이산화탄소를 뿜어내고 있었다. 거리에는 뼈와 똥이 가득한 내장을 숨기고 자신의 영혼도 숨긴 사람들이 오염된 공기를 흡입하며 쫓기듯 죽음을 향해 달리고 있었다. 버스 역에도 지하철역에도 사람들로 붐비고 있지만, 한 치 앞에

248

놓여 있는 위험도 느끼지 못하는 육체들의 삶이 영혼에게는 걸림돌이 되지 않았으며, 상하좌우 끝없이 넓고 크게 움직일 수 있었다.

달라진 오감에 어리둥절했다. '그대들은 안식을 얻었으니 가만히 있으라. 그대들은 은혜가 이끌고 있느니라. 어떠한 변화가 일어나도 놀라지 말라. 그대들이 원하는 곳으로 안내될 것이니라.' 곁에서 말하듯 맑고 정확한 발음으로 들렸다. 들려오는 소리는 각 족속 각 민족 모두가 알아듣는 것 같았다. 명확하지 않지만 영혼들 중에 낯익은 영혼도 있지만, 순간의 기쁨으로 반갑지도 않았다.

남자든 여자든 각자에게 들려오는 마음의 안내에 따르고 있었다. 안내의 소리는 마음으로 들려오고 있었다. '그대들이 있는 곳은 땅이지만 그대들은 흙의 저주에서 벗어났느니라. 껍질인 흙이 잠들어 있는 땅이지만 땅에서는 그대들이 보이지 않으며, 그대들은 잠든 주검이 꿈꾸는 꿈속에 있는 것 같지만, 꿈과는 다른 차원이니라. 그대들이 원하는 거처가 마련되어 있으며 놀라지 말고 두려워하지 말라, 여기는 정의롭고 공의로운 곳이며 그대들의 영원한 안식처이며 쉴 곳이니라.'

저승은 땅과 함께 있지만, 땅에서는 보이지 않는 곳이며 거추장스럽던 흙을 벗어 땅에 버린 후는 홀가분했다. 마음은 행복한 감동으로 충만했으며 모두가 낙원으로 생각하고 있는데 누구도 낙원이라 하지 않았다. 어디로 이끄는지 알 수 없으나 한 번도 경험해 보지 못한 저승이라는 다른 차원에 들자 행복했던 마음이 조금은 불안하며 의문이 생기니 곧 자세하고 상세한 설명이 들렸다. '땅이지만 땅에서는 보이지 않으며 그대들이 거주하던 땅에서 죽어 잠자는 자들이 깨어날 때까지 자유롭게 행동할 수 있는 곳이니라. 그대들이 흙에서 벗어난 곳이며 부활 때까지 머무는 안전한 곳이니라.' 누구 하나 말이 없었다.

모든 곳을 비추는 빛은 노래의 선율같이 밝고 아름다웠다. 빛에 노출된 곳은 그림자가 없었으며 숨겨진 곳이 없었다. 기쁨을 주는 일도 없었는데 행복했으며 빛은 잔잔하고 은은하고 부드러웠다. 밝고 찬란한 빛의 중심으로 향할 때 행복의 향기가 코로 전달되었다.

옷을 걸치지 않았으나 마땅히 지켜야 할 도리도 없었고, 도덕적 가치의 필요를 느끼지 않았으며 어긋난 행동도 없었다. 찬란한 행복은 은혜라 했으며 자유라 했고 어떤 영혼은 낙원이라 했으며 어떤 영혼은 극락이라며 각각 다르게 해석했다. 소리가 없었으나 마음으로 읽을 수 있었으며 마음이 이끄는 데로 움직이고 있었다. '생명은 육체가 죽은 후에 영생이로구나.' 천국일 것이라는 생각에 어깨가 들썩이는 감사가 몸을 휘감았다. 각자의 천국을 만들어 기쁨이 고조될 때 위아래가 보이지 않고 크기를 짐작할 수 없는 하얀 구름 벽이 나타나고 제복을 단정히 차려입은 천사들이 벽 앞에 있었다.

수많은 영혼들이 끝이 보이지 않게 줄을 서서 찬란히 빛나는 구름 속으로 이끌리듯 안내되고 있었다. 구름 속으로 올라가는 영혼들은 언제 입었는지 청색이 아른거릴 정도로 하얀 옷을 입었고 그들의 옷에서는 바라볼 수 없는 신비로운 빛이 있었다.

그들의 몸짓과 얼굴에는 감사가 가득하고 입에는 아름다운 노래가 있었고 천사들의 앞을 지날 때, 천사들을 품에 안으며 얼굴을 맞대고 열렬히 환영했다. 흰옷 입은 자들이 끌리듯 올라간 구름 속에서 노랫소리가 들렸다. '창조주께서 그 조화의 시작 곧 태초에 일하시기 전에 나를 가지셨으며, 만세 전부터 땅이 생기기 전부터 세움을 입었나니 아직 바다가 생기지 아니하였고, 큰 샘들이 있기 전에 이미 있었으며 산이 세우심을 입기 전에 언덕이 생기기 전에 내가 이미 있었으니, 하나님이 아직 땅도 들도 세상 진토의 근원도 짓지 아니하셨을 때, 그가 하늘을 지으시며 궁창으로 해면에 두르실 때 내가 거기 있었고 그가 위로 구름 하늘을 견고하게 하시며 바다의 샘들을 힘 있게 하시며……'(잠언8장 22:30) 아름답고 찬란한 찬양의 노랫소리가 들렸다.

그들이 올려진 구름은 거룩했으며 누구나 함부로 다가갈 수 없었다. 구름 속으로 끌려 들어갈 필요를 느끼지 않았지만, 어떤 흰옷을 입지 않은 영혼이 그들을 따르다가 강하게 밀어내는 힘에 자기가 있던 자리로 돌아오기도 했다. 영원 전부터 변함없이 깨끗하고 투명한 빛만 구름 속에 있었고 빛을 뿜어내지만, 근원은 보이지 않았다. 무한 공간을 넘어선 빛은 하늘과 땅과 깊은 바다까지 비추었다. 만물은 하나도 그 빛에 은혜를 입지 않은 것이 없었고, 빛은 사람의 마음과 영혼들의 마음까지 맑고 밝게 비쳤다.

별과 해와 달도 있었지만 해는 빛을 발하지 못했고 달도 빛을 잃었다. 무한 공간을 넘어 구름으로부터 비치는 빛은 해보다 밝았고 포근하고 아늑했으며 어머니의 품속 같이 편안하고 행복하고 감사했다. 아무것도 가진 것 없이 땅으로 보내졌던 우리가 아무 것도 가지고 온 것도 없는 저승에서의 환영은 눈물이 나도록 감사했다.

육체가 있었다면 감사가 불꽃처럼 번져 온몸을 감사로 덧입혀질 것 같았다. 육체가 있었더라면 신경이 연결된 발끝에서 머리 끝까지 세포의 끝에서 끝까지 감사로 가득할 것 같았다. 구름 속에서 넘쳐흐른 빛은 하늘과 땅과 바다와 땅 아래까지 감사로 바꾸어 놓을 것 같았고, 육체가 없는 한 방울 바람 같은 영혼이지만 행복했다.

그림자가 될 만한 물체도 없었지만, 물체가 있다면 감사에 잠식되어버릴 것 같았다. 빛은 무한한 기쁨과 감동을 주었으며 모든 사물이 감사와 사랑으로 이루어져 있었다. 대관식을 하는 왕이라도, 경주하는 자가 경쟁자를 물리치고 승리를 했을 때 느끼는 감동도 비교가 되지 않을 것 같았다. 잔잔한 빛은 마음속 깊이 감사와 찬송만 있었다.

빛에 잠식된 영혼들은 '계명성 동쪽이 밝아 여명이 왔다'며 맑고 깨끗한 하늘에 조각배 띄워놓고 그 위에 누워 물결 따라 흘러가며 들리는 노래가 마음으로부터 흘러나왔다. 노랫소리는 있는 것 같기도 하고 없는 것 같기도 했다. 각자의 마음이 일정한 음정의 순서로 차례로 늘여 놓은 것 같았다. 소리를 듣기 원하면 정확한 소리로 청아하고 아름답고 명확하게 들렸다. 마음이 원하면 생각했던 소리의 근원이 있는 곳으로 갔는지 소리의 근원이 왔는지 알 수는 없지만 각자 마음에 있는 모든 것을 아름다움으로 가득 채워 주었다.

감사의 마음을 행복의 절정에 올려놓아 기쁜 감사는 부풀어 터질 것 같았다. 감사와 기쁨을 주시는 분, 거룩한 행복을 주시는 거룩한 분이 느껴졌지만, 보이지 않았고 만져지지 않았고 소리도 없었다. 우리가 알고 있는 땅에서의 찰나 같은 기쁨은 있었지만, 나머지 영혼들은 구름 아래로 바람처럼 지나갔다. 구름 아래로 비치는 빛의 여운은 시간이 지날수록 농익은 과일즙 같이 남아 있었다.

천년만년도 모자랄 것 같은 귀한 행복의 순간이었다. 기쁘고 외로울 것 같지만 감사했다. 죽음이란 육체는 영원히 잠들고 영혼은 행복한 차원에서 평안히 지냈다. 마음으로부터 소리가 들려왔다.

'땅의 삶이 영원을 지나고 있듯이 잠자는 영혼들도 흰옷 입은 영혼이나 흰옷을 입지 않은 영혼이나 영원에 잠겨 있을 뿐이니라.'

거룩한 구름 속으로 초대받지 못한 영혼들도 닭 쫓던 개처럼 구름 위를 바라보며 구름 아래로 지나며 내리비치는 빛의 황홀함에 취해 있었다. 구름 속으로 초대받지 못한 영혼들도 그곳으로 안내되지는 못했지만, 또 다른 곳으로 향하고 있었다.

욕망을 부추기는 사탄

휴식 욕

　행복한 마음을 느끼며 찬란히 빛나는 하얀 옷을 입은 영혼들이 올라간 구름 아래를 벗어나고 있었다. 얼마나 지났는지 호수에 요트를 띄우고 구름 위에 오르는 기쁨을 맛보며 영원히 누워 있고 싶다는 생각이 들었다. 구름 속으로 오른 그들이 부럽다는 생각이 마음속에 생겨나는 순간 주위 환경이 바뀌었다. 호화로운 요트 위에서 하늘을 바라보며 누워 있었다. 생각했던 욕망이 현실이 되었다. 물은 맑다는 소리로 청아함을 표현할 수 없고 물 아래는 청옥 같은 돌들이 모래 같이 깔려있어 마음을 사로잡았다. 갈증은 없었지만, 물에 입 맞추고 싶다는 순간 입술은 촉촉이 젖어있었다. '이 맑은 물에 물고기가 산다면 어떻게 생겼을까?' 하는 순간 물속에는 형형색색의 다양한 물고기가 해초 사이를 다니고 있었다.

'무엇이 있으면 좋겠다' 하면 있었고 '가지고 싶다' 하면 채워 주었다. '보고 싶다. 만지고 싶다. 갖고 싶다. 하고 싶다.' 생각하는 순간에 생각하는 것들이 나타났으며 기쁨에 고조되어 다른 생각을 구하면 생각한 대로 생각한 것들이 나타나고 이전의 것은 사라졌다. 상상하는 욕망을 모두 채워 주었다. 푸른 초장을 상상하는 순간 끝없이 펼쳐진 초장이 있었고, 아늑한 침상을 상상하면 온도가 적합한 최상의 질감의 침대 위에 있었다. 상상에 시뮬레이션의 메모리가 저장되어 생각이 연출자가 되어 곧바로 시행되었다.

보이는 것뿐 아니었다. 촉감도 있었고 움직이는 소리도 있었다. 어디를 보겠다는 생각이 들면 생각했던 그 안까지 환하게 보였다. 물체가 있는 것 같기도 하고 없는 것 같기도 하고, 어떤 순간에는 무게가 있어 보이고 어떤 때에는 무게가 없어 보였다. 모든 것이 마음이 알고 있는 지식과는 달랐다. 불도 물도 없고, 공기도 없는 것이 분명했다. 필요가 없지만 필요하다면 즉시 필요에 따라 제공되었다. 흰옷 입은 영혼들이 올라간 구름 속은 아니지만, 모든 것을 채워 주는 이곳도 천국의 한 부분 같았다. 소리가 없었으며 고요 그 자체였다. 그러나 상대방에게 말을 하고 싶으면 그에게 의사가 전달되었고 상대방의 의사 전달도 알 수 있어 소통에 아무런 장애가 없었다.

재물욕

천국은 황금 길이 있고 보석으로 지어진 집이 있다고 기록되어 있지만, 아무것도 없다는 생각을 하는 순간 황금 도로가 거미줄 같이 이어진 도시가 앞에 펼쳐지고 가로수는 붉거나 혹은 녹색으로 잘 익은 과일들이 달려 있었다. 길 좌우에 보석으로 꾸며진 뻔쩍이는 건축물이 도로를 따라 늘어서 있고, 모든 건물은 보석으로 꾸며진 아름다운 건축물들이었다. 도시 전체가 주는 분위기는 땅에서 느끼지 못한 기쁨이었다.

황금 길을 걸어가며 건축물 안으로 들어가기도 했다. 아름다운 옥과 진주로 꾸며진 자재는 만져졌으며 촉감도 있었다. 크고 웅장한 도시에 인적이 없다는 것이 외롭다는 생각이 들었다. 지체하지 않고 어디선가 아름다운 소리가 들려왔다. 수많은 군중의 소리였으며 합창단이 무대 위에서 각자의 음색으로 부르는 소리 같았다. '세상의 고난을 이긴 그대들이여 환영하고 환영합니다. 어린양의 피로 씻고 그를 의지했던 그대들이여 환영합니다.' 그들의 소리는 맑았다. 그러나 그들이 부르는 노래는 우리를 위한 노래가 아니라는 것을 알았다. 노래하는 그들을 빛으로 볼 수는 없었으나 그곳의 빛은 은은하고 향기로웠다. 감동이 넘쳐 흥분되어 뭐라고 소리라도 지르고 싶었다.

노래를 부르는 사람들은 보이지 않았는데 소리가 보였다. 깨끗하고 부드럽고 선은 아름다웠다. '소리와 향기는 보이는데 당신들은 볼 수 없습니다. 당신을 보게 하소서.' 더 이상 참을 수 없어 소리쳤지만, 상대는 보이지 않았고 나타나지 않았다. '그대들은 모세가 시내 산에서 내려오던 때를 기억하라. 주께서 십자가에 달리시기 전에 요한과 야곱과 베드로가 시내 산에서 초막을 짓고 하나는 주님 하나는 모세 하나는 엘리야가 살게 하여 영원히 살고 싶다는 욕망을 기억하라. 너희에게 보이는 것은 너희의 욕망이니라.'

천국이 아니라니. '그럼 여기는 어디이며 천국은 어디 있습니까?' '바울이 다메섹에서 사흘 후에 눈을 뜬 것 같이 마지막 부활의 날에 보게 되리라.' '그러면 보이는 것은 무엇입니까?' '그대들이 보고자 하는 그대들의 욕망이니라.' '그러면 여기가 천국이 아니란 말입니까?' '그대들의 육체가 잠들어 있는 땅이며 구름 속으로 초대받지 못한 것은 그대들이 어린양의 피로 씻지 않았고 또한 너희에게 욕망이 남아 있음을 입증한 것이니라.'

천국이 아니라니 도무지 믿어지지 않았다. 보고자 하면 보이고 만지고자 하면 만져지고 갖고자 하면 가질 수 있는 곳이 천국이 아니라면 천국이라는 곳은 어떠한 곳이란 말인가. '그러면 어느 곳이 천국입니까?' '아직 그대들은 볼 수도 없고 알 필요도 없으며 또 알 필요가 없느니라.' '그러면 여기는 몽매 속의 몽매입니까?' '그대의 말이 맞도다. 잠들어도 생존 세상의 찌꺼기인 욕망이 평안을 가로채어 잠자는 자들의 꿈에까지 따라온 것이니라. 생존 세상에서 상상은 깊이 연구하면 현실로 끌어내는 촉매가 된 것을 보지 않았느냐. 지금 보았던 모든 것은 생존 세상의 욕구를 충족시키는 것이니라.' '생존 세상의 욕구가 어리석지는 않다는 말씀인지요.' '그렇다. 그대들이 보았던 것들은 모두가 욕망의 부

분이며 사탄이 욕망으로 채운 너희의 마음이니라.'

'천국은 나타났다가 사라지는 구름이나 바람이 아니며 영원일 뿐이니라. 그대들 자신이 천국을 만들고 파괴하고 또 세웠지만 모든 것이 헛것임을 알게 될 것이니라. 아름다운 마음은 아름다운 천국을 건설하고 행복한 마음은 행복한 천국을 만드느니라. 천국을 사모하는 자의 영혼은 기쁨과 황홀한 감동만 있으며 천국을 만드는 촉진제가 되느니라.' '흰옷 입은 자들이 들려 올라간 구름 속은 어디며 우리는 어디로 가는 것입니까.' '그곳도 천국은 아니며 죽은 자들이 일어나고 그들의 시체가 일어나는 그 날이 오기까지 그리스도 안에 있던 자들이 부활의 그날까지 잠시 머무르는 곳이니라.'

'그대들의 욕망이 보고 느끼고 만져지듯이 그대들이 원하는 대로 모든 것을 만들고 부술 수 있게 창조되었느니라. 사람의 체질은 흙이기에 파괴와 건설, 아름다움과 추함, 선과 악이 포함되어 욕망과 교만도 포함되어 있느니라. 흙 속의 나쁜 체질인 욕망으로 아름다운 천국이 폐허로 변했고 선한 체질인 선은 재생의 능력을 상실했느니라.'

영원한 그 날이라는 말에 눈이 뜨였다. 땅의 시대가 끝나고 하나님의 시대가 열리는 그날을 종말이라 했다. 그 종말을 알기 위해 부단히 애를 쓰고 찾아다녔다. '땅이 물에서 나와 물로 성립된 것 같이 하나님의 입으로 나온 말씀으로 세상이 이루어진 것이니, 마지막 날에는 낙원을 제외하고 모든 것들이 불에 풀어질 것이며 처음 땅과 처음 하늘은 없어지고 깨끗하고 정결한 영원한 낙원과 불이 타는 영원한 지옥으로 나누어질 것이니라. 이 모든 일의 시작은 종말이 되어 잠자는 육체가 눈을 뜨고 깨어 일어날 때이니라.'

식욕

세상에서는 좋은 일이 생기면 사람들은 먹고 마시며 더욱 행복을 느끼고 싶어 한다. 오래도록 먹지 않았지만, 시장하다는 생각도 들지 않았다. 그런데 이처럼 행복한 순간에 먹을 것이 있다면 저승을 더 많이 음미할 것 같다는 생각이 들었다. 또한, 저승에도 먹는가? 라는 의문이 들었다. 의문이 생기자 곧바로 다양한 음식이 가득 차려진 상이 펼쳐졌다.

허기가 져서도 아니었다. '저승에도 먹는가?' 라는 생각만 했을 뿐인데 음식이 차려져 나왔다. 꿈이나 환상이 아니라면 입에 넣어야겠다는 생각이 들었다. 자기 앞에 차려진 음식을 각자의 입에 넣었다. 기름에 볶은 과자 같았고 맛은 혀에 맞추어져 먹을수록 고소했으며 입안에서 당겼다. 고소하고 감미롭고 음식마다 좋아하는 향과 맛이 있었다. 입안은 향기로웠고 먹을수록 맛은 깊었다. 음식들은 각자의 생각에 따라 그 맛은 달랐다. 쓴맛, 단맛, 짠맛, 신맛 등을 느끼게 했으며 이 세상에서 느끼는 거와 같았다. 맛있는 음식 앞에 식욕이 일어났다. 식욕은 억제하려 애써도 중단할 수 없었다.

에덴에서도 아담을 유혹한 사탄이 있었다. 사람이든 영혼이든 틈만 생기면 넘어뜨리는 사탄은 저승에서도 마음을 충동시켰다. 복을 받았다고 자랑하는 순간 사탄은 복을 재앙으로 바꾸어 근심하게 했다. 모든 사람에게 생명을 주어 만물 위에 뛰어나게 하신 것을 사탄은 알고 있다. 사탄은 뛰어난 지혜를 가진 사람의 마음에 욕망을 충동시켜 자신이 좋아하는 재물과 의복, 집과 음식이든 모든 것을 다 가지고 있어도 채우고 또 채워도 만족하지 않도록 했다. 욕망을 충동시켜 높은 곳으로 끌어올려 최고봉에 달하면 죽음으로 떨어뜨리는 것이 사탄이다. 사탄은 어느 곳에서나 존재하며 영혼까지 욕망으로 부추겼다.

누구나 원하는 것이 이루어지기를 바란다. 원하는 것이 이루어졌을 때 손에 들어온 재물이든 명예든 지배하려 한다. 삶의 법칙에 따라 욕망이 없는 삶은 살아가기 힘들다. 욕망은 원하는 것을 이루게도 하지만, 이루어 놓은 것을 자랑하는 교만에 빠지기도 한다. 또한 욕망으로 이루어진 자랑을 가만히 보고 두지 않는 것이 사탄이다. 숨어있던 사탄이 충동하여 식욕으로부터 되살아났다. 먹고 또 먹어도 멈출 수 없었다. 부풀어 오른 배는 터질 것 같았지만 식욕은 멈추어지지 않았다. 배는 풍선같이 부풀었으며 모든 영혼들이 풍선같이 공중으로 떠올랐다. 공중으로 떠오르던 영혼들은 산산조각이 되어 흩어지는 줄 알았는데 거룩한 구름에서 비쳐오는 빛으로 다시 원래대로 회복되었다.

'아! 우리는 영원히 낙원에 들어가지 못하는구나.' 모두가 탄식하며 중얼거리는데 '두려워하지 말라, 염려하지 말라, 아직은 때가 아니니라.' 때가 아니라는 소리는 들렸지만, 구름 속으로 들림을 받지 못한 자들은 닥쳐올 두려움과 불안에 근심하기 시작했다. 저승은 어두운 곳은 하나도 없었고, 상상외로 밝았으며 그림자도 없었지만 아쉬운 것은 빛나는 구름 위에 오르지 못하고 짧은 시간에 구름 아래로 지나가는 것이 아쉬웠다.

욕망의 망령들

인간의 마음을 연구하는 곳

빛나는 구름 위로 초대받지 못한 사람들은 하나같이 불안과 두려움에 앞날을 근심하고 있었다. 이때까지 은혜에 이끌려 왔는데 은혜를 벗어난 것 같은 좋지 못한 생각이 들었고, 세상에서 들었던 지옥의 두려움이 일어났지만 한 번쯤은 실행해 보고 싶고, 가지고 싶고, 먹고 싶고, 즐기고 싶은 욕망으로 빠르게 전환 되었다. 취미가 비슷한 자들끼리 무리가 만들어지고 무리가 원하는 곳으로 빠르게 흩어졌다.

생각이 비슷한 무리가 도착한 곳은 저녁노을 같은 붉은 빛이 걷히면서 또 다른 구름성이 보였다. 흰빛 구름과는 다르게 성안이 보였으며 구름은 외성과 내성으로 둘러싸여 견고하다는 생각이 들었다. 흰옷 입은 사람들이 올려져 간 구름보다 더 화려한 빛이 있었고 생동감이 넘치고 깨끗하고 잘 정돈된 도로가 있었지만, 움직이는 물체는 보이지 않았고 현란한 빛만 흐르고 있었다.

　도로에 있던 그림자 같은 물체가 차로에 가까이하면 사라졌다. 또한, 보이지 않던 물체들이 차로에서 인도로 올라오기도 했다. 지능이 높은 영혼들이 살아가는 곳임을 알 수 있었다. 웅장한 구름 성벽에 비해 출입구는 바늘귀 정도로 작아 보였으나 문 앞으로 다가갈수록 바늘 귀 같은 입구가 부챗살 같이 펴지며 성안에 작은 소로들이 빈틈없이 이어져 있었다. 지나는 구역마다 이정표의 팻말에 문구가 붙어있었고 '하나님의 소리와 사람의 마음을 연구하는 곳'이라는 푯말이 붙어있었다.

　건물 안은 볼 수 없도록 되어 있었다. 푯말에는 생명과 마음, 사람의 마음에 있는 지옥과 천국을 연구하는 곳도 있었고 기쁨, 슬픔, 영혼, 환상, 꿈 분야를 연구하는 팻말이 붙어있는 곳도 있었다. 그들의 이름은 생전에 자연 과학의 대가들인 인류 복지에 가장 체계적으로 공헌한 사람의 이름들이 나열되어 있었다. 물리학, 화학, 생리학 및 의학, 문학 등의 세상에서 받는 최고의 상이라는 노벨상을 받은 권위자들의 이름이 많았다. 과학으로 하나님을 판단하고 하나님의 능력을 믿지 않았고 자신들의 상상을 현실로 내놓은 지식으로 세상을 주도했던 영혼들이 모여 있었다.

　생전에 신을 연구하고 신이 보이지 않아 없다고 단정했지만, 죽음 후 저승에서 죽음 후가 있다는 것을 보았고 저승에서 신을 인정하고 신을 연구하는 과학자라는 것을 알았다. 세상에서 월등한 두뇌로 학식이 많고 학문이 깊어 세상에서 큰 상을 받았던 자들이라 저승에서 가르치는 일을 하고 있었다. 상상을 현실로 이끌어내는 능력을 연구했으며 상상에 도전하여 새로운 기술을 이끌어 나가는 과정을 연구했다. 필수 과목은 사람이 땅에 태어난 이후부터 이때까지 찾아내지 못한 마음을 연구하고 마음에 있는 온갖 생각과 천국과 지옥을 연구했다. 생명의 비밀을 연구하는 연구실도 있었다.

하나님이 창조한 유기물이 만물에 해가 되어 하나님이 창조한 유기물은 폐기하고 만물을 무기물로 대체하기 위한 연구도 했다. 무기물의 연구가 끝나면 하나님이 창조한 유기물은 폐기되고 무기물로 채워질 것이라 했다.

하나님의 말씀을 연구하는 곳도 있었다. 하나님의 말씀에는 강한 에너지가 있어 빛이 있으라는 말씀에 빛이 있었고, 말씀으로 하늘과 땅을 창조하시고, 별과 해와 달을 말씀으로 창조하셨다. 하나님은 만물을 창조하실 때 처음과 마지막까지 변하지 않는 영원을 창조하시어 정하신 바를 때를 따라 이루시고 계신 것을 알고 능력인 말씀의 파장을 연구했고, 그 말씀을 듣는 사람들의 마음도 함께 연구했다. 무기체인 말씀이 사람의 생활에 가능하도록 연구했으며, 우주와 그 가운데 소리를 연구했다. 선지자들이나 깨달은 사람들이 전능자께 구하는 기도가 하나님과 소통되어 성사되는 이유도 연구했다.

하나님이 간섭 없이는 왕이나 통치자가 권력이나 명예나 재물을 얻을 수 없는 이유를 연구했으며, 말씀을 순종하지 않아 저주와 재앙을 당하는 것은 자연의 현상이며 타당하다는 연구도 했다. 하나님이 피조물인 사람의 마음을 움직여 역사를 창조하고 미래를 향하는 능력이 어디로부터 나오는지 연구했다. 그림자를 보고 놀라지만, 천국을 창조하는 능력도 있어 인간의 마음 연구는 언제 끝날는지 알 수 없다며, 땅에서 하나님 말씀을 연구하던 자들은 자신들의 제자가 되어 이곳에 남기를 권했다.

하늘에서나 땅에서나 크고 작은 사건들이 사람의 마음에서 일어나지만, 마음을 움직이는 것이 하나님의 은혜인데 은혜의 원리와 법칙을 모르고 있었다. 연구가 끝나면 하나님의 동산인 천국으로 향하도록 조성된 곳이라며 자랑했다. 하나님을 연구하던 자들은 그들이 연구하는 일을 도와주도록 설명하고 달래면서 권했다. 그들은 세상의 높은 지식을 가지고 사람의 마음을 하나님의 말씀에서 떠나게 하고, 능력인 말씀으로 천지를 창조하신 하나님과 같아질 것이라는 아둔한 생각으로 멸망의 문화를 건설하는 사탄이라는 것을 알았다.

빛나는 구름 속에 함께 들어가지 못한 영들을 꾀어 상상의 도시를 건설하고 장악하여 하나님을 대적하기 위해 연구하고 있었다. 하나님의 은혜는 세상에서 알지 못하고 죽어 영혼이 되어서도 알 수 없는데, 보잘것없는 땅의 생각을 가지고 저승까지 와서 연구했다. 죽은 자들이 다시 살아나 영생을 받고 영원히 살아갈 것이라는 하나님의 말씀을 알지 못했다. 사람의 마음을 연구하고 마음에 들어가 살아 있는 자와 죽은 자들을 혼란으로 이끌려는 사탄의 교묘한 술책이었다. 땅에서 전도사로서 하나님을 연구했기에 쉽게 접근할 수 있다며 꾀었지만 사양했다. 그러나 그들의 말에 넘어간 영혼들은 합류했다.

죽음을 인정하지 않는 사람들

　과학자들의 성을 벗어나려는데 한기가 느껴지고 소름이 돋을
정도로 으스스했다. 찬 기운이 심하고 혹독해 저승에 온 후로 처
음으로 느끼는 기운에 말로만 들었던 냉혈지옥으로 보내지고 있
다는 생각이 들었다. 눈을 들어 멀리 보니 분해되지 않는 얼음덩
이 같은 시체가 온 사방에 널브러져 있고 함께 가던 몇몇 영혼들
은 얼음 덩어리 같은 자신의 시체 앞으로 달려갔다. 냉동된 주검
을 맴돌고 있던 영혼이 우리를 보았는지 자기를 소개하는데 죽음
을 연구하는 학자라 했다. 사람이 호흡이 끊어지는 순간 바로 냉
동시켜 보관해 두었다가 훗날 과학이 발전되면 죽음으로 몰아간
악한 종양의 세포를 제거하면 다시 살아날 수 있다고 주장하며
물리학자라고 소개했다. 1962년 미국의 물리학자이며 세상에서
구십이 년을 살았고 사망한 사람이라 했다. 살아 있는 모든 생명
의 세포는 냉동이 되면 급속히 파괴되고 뇌는 영하 22~23°C가
되면 회생 불능 상태로 죽어버리는 것이 정설이다.

　생존해 있을 때 그의 이론은 자신의 주검을 냉동 상태로 보존
해 의학이 발전되면 살리겠다는 야심찬 계획을 세운 사람이다.
냉동된 자신의 주검을 맴돌며 혹한에 영혼이 얼굴을 찡그리며 떨
고 있었다. 자신의 주검이 부패되지 않아 언젠가는 되살아날 것
이라며, 자신의 주검 앞에서 냉동실 안은 차원이 달라 접촉하지
도 못하고 시체 주위만 맴돌고 있었다. 하나님의 법칙은 육체는
흙으로 돌아가서 잠자고 영혼은 저승에서 부활 때까지 평안을 누

리는데 자기 이론이 옳았다는 신념은 버리지 못하고 있었다. 후배 과학자들에게 냉동은 영원의 생명임을 알려 달라며 흙으로 분해되는 일은 하지 말라 했다. 죽은 자가 살아나고 잠자는 자가 깨어나는 그날까지 그들의 영혼은 추위에 떨 것이라는 암시가 있었다. 냉동된 육체를 가진 영혼들은 자신의 이론을 굳게 믿고 시간이 없는 곳에서 주검 주위를 맴돌며 죽어서까지 자신의 어리석음을 알지 못하고 있었다.

죽음을 과학으로 시험해 보거나 죽음을 되돌리려는 행위는 죽음을 존엄하게 이끌지 못하는 행위다. 죽음은 존엄하므로 엄숙하게 받아들여야 한다. 주위를 살펴보니 사방이 온통 얼음에 쌓인 주검이 널브러져 있고 부패되지 않은 주검들의 영혼들은 의학이 죽은 자를 살리는 날을 꿈꾸고 있었다. 이를 모르고 땅에서는 아직도 죽음 후를 모르는 사람들이 냉동실을 확장하고 있었다. 시체가 부패되어 없어지지 않고 잠들어 있는데 영혼들은 냉동실 주위를 맴돌고 떠나지 못하고 있었다. 미래에 자신의 육체가 해동되어 과학으로 살아날 것을 믿고 '냉동하라' 라는 유서를 남긴 사람들은 하나님의 마지막 날, 모든 사람의 부활을 믿지 않았던 사람들이다. 찬 기운이 매우 강하여 바람이 닿는 곳마다 살가죽이 찢어져 갈라지고, 편안히 잠들지 못하고 힘줄이 끊어지고 갈라지는 자신의 주검을 바라보며, 의학이 살려줄 때까지 기다릴 것이라는 암시가 그 영혼들에게 있었다.

자신을 죽인 영혼들

마지막 날이 오기 전까지 하나님을 알거나 알지 못하는 모든 영혼들의 저승 생활은 자유롭고 평화스러웠다. 입은 움직이지 않았지만, 마음이 전하고 마음으로 생각을 주고받았다. 다툼이 없고 장애물이 없었고 위험한 곳이 없어 조금도 불편을 느끼지 않았다. 욕망이 없으니 모두가 만족감에 취해 스스로 하고 싶은 일을 마음껏 누렸다.

한 곳에 이르니 괴로운 얼굴로 손에 칼을 들고 자신을 찌르고 그 자리에 쓰러지더니 다시 일어나 자신의 행위를 반복하고 있었다. 그들의 행위는 자신의 육체를 학대하고 쾌락을 느끼는 것이 분명히 느껴졌다. 얼굴은 하나같이 파리하고 어두웠으며 저승에서 영면에 들지 못한 영혼 같았다. 또 한 편에서는 높은 절벽 위에 자신을 올려놓고 아래로 떨어지기도 하고 달리는 열차에 부딪치기도 했으며 철길에 뛰어들기도 하고 강이나 바다로 떨어지기도 했다. 부딪치고, 찢어지고 파괴되었지만 떨어지는 시점만 보일 뿐 착지는 보이지 않았고, 어느덧 제자리에 와서 자기를 학대하는 행위를 계속하고 있었다.

저승의 모든 영들은 자신들의 취미대로 즐기고 있었는데, 이곳은 모두가 원망과 저주와 분노의 얼굴로 일그러져 있었다. 그들 앞에는 쉬지 않고 자신을 괴롭히는 행위를 하며 틀에 가두어진 다람쥐가 쳇바퀴 돌리듯 계속 자신의 영혼을 학대하고 있었다.

총을 머리에 대고 쏘아 머리가 파괴되어 뇌가 터지기도 했지만, 쓰러졌다가는 다시 일어나 자신의 행위를 반복했다. 술에 약을 타서 먹고 거품을 내어 뿜기도 하고, 올가미를 문지방이나 나무에 걸어놓고 자신의 목을 걸고 당기고 있었다. 하나님의 창조물을 과거나 현재나 미래가 없는 영원에서 자신을 위해 죽음을 앞당기는 행위를 반복하고 또 반복했다.

이들은 권세나 노예나 부자나 빈자가 따로 없었고 창조주 하나님께 대한 죄책감도 느끼지 않고 자신의 행위를 정당화하며 반복했다. 후회하지 않고 회개하지 않았으며 자신의 부끄러운 부분만 드러내었다. 인간의 죽음은 하나님께 속한 것인데 순간의 부끄러움과 분노로 자해했던 자들이 자살 때에 했던 행위를 반복했다.

인간은 짧은 생존과 모든 순간이 전능자의 은혜이다. 삶이나 죽음까지도 우연이란 없다. 저승에서 과학자들은 인간의 마음을 연구하고 하나님의 말씀을 연구했으며 땅에서 흙으로 돌아가지 못하게 냉동시켜 놓았고, 땅에서는 과학의 힘으로 죽지 못하도록 약물로 생명을 연장시켜 죽음까지 막아 인간의 존엄을 훼손하는 요양원도 있었다.

하나님의 은혜는 영혼들에게 생존 세계와 잠자는 주검들과 저승인 세 차원을 모두 볼 수 있게 했다. 마음이 움직이면 태양에서부터 달의 모퉁이까지 갈 수 있었고 별을 보고자 하면 마음이 생각했던 그 별에 있었다. 그러나 일순간에 땅으로 되돌아오는 것은 육체가 땅에 있고 하나님의 종말이 언제 닥칠지 알 수 없기에 다른 곳에 머물 수는 없었다. 과거를 생각하면 과거에 있었고 현재를 생각하면 현재에 있었으며 미래를 생각하면 미래에 있었다. 형제나 부모가 보고 싶다는 생각을 하면 만날 수 있었지만, 접촉할 수 없었다. 상대가 다른 마음으로 생각하고 다른 차원에 있어 한 곳에 집중되지 않았다.

사탄 도륙의 음모

과학자들은 죽어서야 육체는 잠들고 영혼은 저승에서 평화를 누린다는 하나님의 능력을 깨달았다. 모든 시간과 순간들이 하나님의 섭리로 움직이고 있음을 알게 되었음에도, 자신들에게 주어졌던 땅의 지식으로 하나님의 능력을 연구해 하나님을 대적하려는 어리석음을 보고 여기에 머물 수 없다는 것을 알았다. 비슷한 생각을 가진 영혼들이 저승의 신비를 바랐던 자들은 생전에 자신들이 즐기고 있었거나 행복을 느끼던 곳으로 모두 흩어졌다.

도륙을 만나러 왔다는 생각이 미치자 틈도 주지 않고 보송암 앞에 있었다. 한 정령이 보송암에서 나와 앞에 엎드려 큰절을 했다. '땅의 도륙님께 문안드립니다.' 도륙이 아니라 하려는데 정령이 절하고 일어서더니 허리를 숙인 채로 말을 이었다. '저승 도륙님이 땅에 도륙님 오시기를 기다리고 계십니다.' 허리를 굽히고 자기는 저승에서 도륙을 모시는 총리대신이라 했다. '육체가 땅에서 호흡이 끊어지지 않았지만, 저승으로 올 수 있었던 것은 땅의 도륙님이시기에 가능했던 것입니다.' 총리대신도 입은 움직이고 있으나, 소리는 들리지 않고 의사가 전달되었다. 저승에서 소통 의사가 있으면 소리가 필요하지 않았으며 생각하는 데로 의사 전달이 가능했다. 도륙은 지혜와 총명이 있어 세상 번뇌를 끊고 바른 이치를 깨달은 신령이라 치켜세운 뒤 기다리고 계시니 자신을 따르라 했다.

지붕 아래 걸린 간판의 보송암 글자가 없었다면 다른 건물로 착각할 뻔했다. 대신과 함께 문 앞에 이르니 급히 보송암에서 다른 정령이 나와 총리대신을 막아서더니 급하게 무언가를 전했다. 땅에 급한 일이 생겨 재앙들과 함께 땅에 다녀온다며 절을 하더니 떠났다. 그리고 마중 나온 정령에게 인계했다.

정령을 따르니 대문 밖에서부터 건물 안까지 귀신들이 어지럽게 운집해 있었다. 정령과 내가 들어서니 물이 갈라지듯 통로를 내어 주었고, 문안에 들어서니 무당을 따르던 귀신들이 티끌 같이 솟아오르고 뒹굴고 쓰러지고 뛰고 흩어지고 모이는 괴이한 퍼레이드를 펼치며 환영했다. 붉은 카펫이 대문에서부터 도륙의 그림을 둘러싼 십이지신과 만물상이 있는 제단까지 펼쳐져 있었다. 그러나 도륙이 보이지 않았다. 안내하던 정령이 그림 안에 도륙이 좌정하고 계신다 했다. 도륙을 만나 본디부터 전해 내려온 그대로의 도륙의 모습을 보고자 했는데 도륙이 그림 안에 있다는 것에 실망했다. '도륙도 신이니까 하나님 같이 숨어 보여 주지 않는구나.' 의심스러운 마음을 다잡으며 그림 앞으로 다가섰다. 열두 지신과 만상의 불상들이 머리를 조아려 경의를 표했다.

272

지붕을 바치고 있는 아름드리 기둥은 그대로이고 신당을 신비롭게 꾸미기 위해 촛불을 고집하던 아내의 의도가 저승에서도 반영되어 있었지만, 아내는 보이지 않았다. 보송암은 온 세상의 죽은 자들의 귀신들이 모여 가득 찼고 심지어 촛대까지 살아 있는 것 같이 움직였다. 위에 있는 불덩이가 덮칠 것 같이 타고 있었지만, 귀신들은 아무렇지도 않은 것 같았다. 만상의 부처들도 여러 모양의 구겨진 종이 같은 미소로 환영했지만 반갑지 않았다. 초상화의 도륙은 변함이 없었으며 암자에 있던 그대로였다.

하늘과 땅에 가득한 귀신 앞을 지나 도륙 그림에 가까이 갈수록 그림의 움직임이 느낄 수 있었고 움직임의 속도가 빨라질수록 정신이 진공 상태에 빠졌다. 사람의 손으로 그린 그림은 신이 될 수 없으며, 그림일 뿐인 도륙을 두려워하지 말고 겁내지도 말자. 그림은 눈이 있어도 보지 못하며 귀는 있어도 듣지 못하며 입은 있어도 말을 못 하는 붓으로 그린 물감일 뿐이다. 천장을 바치고 있는 기둥 아래에 그림을 보호하듯 둘러선 열두 지신들의 몸에서 나온 빛이 모든 귀신들에게 비쳤다. 도륙의 그림과 온 천하 땅에서 살다가 죽어 귀신이 된 영혼들이 눈에 가득 차게 들어 왔다.

빛에 노출된 영혼들은 모두가 찍어낸 것 같이 닮았다. 아담을 찍어냈는지 나를 찍어냈는지 알 수 없지만, 남녀도 없고 늙은이도 없었고 젊은이도 없었으며 모두가 생김새나 그 바탕이 되는 몸체가 구별할 수 없었다. '인류의 모든 족속을 한 혈통으로 만들어 온 땅에 살게 하시고.'(사17:26) 아담이 하나이듯 옷을 벗은 영혼들은 모두가 하나였다.

자신을 드러내라는 생각이 영혼들에게 전달되자 벗었던 그들이 세상에 입고 있던 직업을 나타내는 옷으로 갈아입었다. 큰 상을 받고 창조주 하나님의 지혜를 미덥지 못한 이야기라던 과학자들과, 하찮은 글로 사람을 우롱하고 하나님을 조롱하면서 자신을 나타내려던 글쟁이들도 그들에게 맞는 옷을 입었다. 타인의 재물을 착취하여 부를 축적했던 재벌들과 재벌에 붙어 그들의 재물을 훔쳐내던 도둑들과, 마술로 사람을 혼란에 빠뜨리던 점술가들과, 세상을 혼란하게 하던 조폭 같던 관리들과, 독재로 백성을 괴롭게 했던 왕과 그 신하들과, 이들을 미련하게 맹목적으로 따르던 군인들과, 뇌물로 배를 채우던 서기관과 재판관들과, 사건을 조작한 변호사들이 자신의 직업을 나타내기 위해 특별히 정해진 옷을 입었다. 정령이 귀띔했다. 세상의 종말이 닥쳐왔으며 부활의 그 날이 앞에 다가와 모든 영혼들이 모였다고 했다.

　아담 이후에 세상에서 태어났다가 죽은 모든 영혼들이라 했다. 하나님의 은혜로 잠들었던 육체에서 빠져나온 영혼들이 저승에 와서 자신이 취미대로 살다가 마지막 날이 되어 부활을 위해 모였다며 귀띔했다. 구세주며 하나님이라 했던 영혼도 있었고 목탁을 치며 무소유를 주장하던 중도 있었다. 자신이 조각하여 신으로 숭배하던 귀신들도 있었고, 해와 별 천체를 신으로 섬기던 귀신들도 있었으며 돌과 자신의 몸인 흙까지 섬기던 귀신도 있었다. 종교의 힘을 빌려 전쟁을 일으켜 수많은 사람을 죽인 독재자들과 '키파'라는 동그란 모자를 쓰고 있는 귀신들과 종교심이 깊다는 검은색 모자를 쓰고 하얀 복장에 케피야와 구트라를 쓴 귀신들이 터번을 쓰고 있었고 각종 히잡과 차도르를 걸친 귀신들도 있었다.

태초부터 세상에 태어났다가 죽은 모든 영혼들이 보송암을 기점으로 사방에서 모여 부르짖고 외치지만, 소리는 들리지 않았고 그들의 움직임에서 그들의 절규를 이해할 수 있었다. 그들의 얼굴에는 영원을 찬양하는 노래가 있었다. 거짓말을 믿고 헛되게 시간을 허비했던 영혼들도 있었으며, 보송암 천장부터 마당까지 부엌 거실 마당과 심지어 화장실까지 몰려들어 운집해 있었다. 오늘이 마지막 종말이 된다는 사탄 도륙과 일월성신과 보이는 신을 만들어 섬기던 영혼들이 자신의 신들을 짊어지고 있었다.

사탄의 총리대신

무당의 최면에서 보았던 태초부터 땅에 태어나 짧은 생명의 시간을 지나며 돌이 되고 티끌이 되어 잠자던 자들의 영혼들도 모두 모여 있었다. 그 숫자는 하늘의 별 같았으며 사막의 모래알 같았고 빛 같고 공기 같아 숫자를 감히 셀 수가 없으며 셀 짐작도 못 할 정도였다. 그들의 환영을 받으며 그들 가운데를 지나 도륙의 그림까지 펼쳐 놓은 카펫 위로 나아갔다. 도륙은 초상화이며 나와 닮았다는 이유로 무당의 최면으로 고난의 길을 걷게 한 그림이다. 처음부터 그림을 보며 경멸했고 저주하며 업신여기고 그림은 신이 될 수 없다며 낮추어 보았던 것은 지금도 변함이 없다.

하잘것없다던 그림에 다가갈수록 위압감이 느껴졌고 스스로 마음이 초라하고 낮아지면서 자신이 정당하지 못한 존재같이 비굴해지는 것을 느꼈다. '겁내지 말고 두려워하지 말자. 그림이며 사탄이며 우상일 뿐이다.' 강하게 부르짖는 하나님의 말씀은 점점 숨어들고 무당의 우상인 그림에 가까이 다가갈수록 마음은 낮아졌다.

초상화에 신령한 비밀이 숨어있을지 모른다는 긍정의 순간 그림 안의 물감이 출렁이고 회오리를 치기 시작했다. 물감이 종이에서 빠져나와 뱀이 똬리를 치듯 내 영혼을 휘감으며 마음 안으로 스며들었다. 그림이 스며들자 몸은 부드럽고 가벼운 솜 같아지고 마음은 세상을 다스리는 권세를 받았다는 교만이 일어났다.

팔다리와 몸은 무게를 느끼지 못하고 스스로 도륙 부처가 앉았던 자리에 좌정했다. 온 천하가 한눈에 보였고 땅의 산 자들과 죽어 잠자는 흙덩이들과 흙덩이에서 빠져나온 영혼들이 구별되어 보였으며 만물 위에 군림하는 대단한 권위자가 되었다.

도륙의 영이 초상화에서 실체가 있는 영으로 전이되는 것을 보던 영혼들이 바람을 일으키고 몸을 날리며 절규하듯 바닥에 엎드려 이마를 찧으며 '대왕이신 사탄 만세. 사탄이여 세세토록 찬양을 받으소서.' 모든 영혼들이 부르짖고 외치지만 소리는 없었다. 움직이는 음파에 의해 소리가 출렁이듯 의사 전달이 하늘에 부딪혀 돌아왔다.

땅을 내려다보니 총리대신이 재앙들을 지휘하는 땅의 곳곳에서는 전쟁이 일어나 나라와 나라가 최후의 병기인 핵을 날려 보내고 핵이 터진 곳에는 버섯구름이 하늘을 수놓고 있었다. 지진이 일어나 지각이 흔들리며 바다에는 산이 솟아오르고 높은 산은 수면 아래로 내려갔으며 태풍으로 해일이 일어나 온 땅이 물로 덮여 혼란이 일어나고 있었다. 평야에는 불로 산림이 타고 살아 있는 생명에는 폐병과 열병과 염병과 한재와 썩는 재앙이 땅을 진멸하고 온 땅이 티끌과 모래가 뒤덮이는 재앙들이 일어나고 있었다. 총리대신과 그 수하의 모든 재앙들이 지휘하는 것도 보였다.

영혼들이 성난 파도같이 솟아오르고 날뛰는 곳으로 불을 내뿜는 마차를 타고 총리대신이 전염병과 전쟁과 가뭄과 지진과 홍수와 해일로 재앙을 다스리던 악령들과 더불어 승리의 깃발을 들고 마차에서 내리더니 앞으로 왔다. 총리대신이 마차에서 내려 앞에 서고 재앙의 악령들도 뒤따라 내려 앞으로 가까이 다가왔다. 두 손을 모으고 머리를 숙이고 절하고 얼굴을 들었다.

'사탄 도륙이시여 명대로 종말의 일차 재앙을 내리고 지금 도착했습니다.'

총리대신의 말이 떨어지기 전에 땅에는 전쟁이 일어나고 버섯구름이 온천지를 덮고 지진으로 땅이 갈라졌으며 홍수로 잔해를 휩쓰는 것이 보였다. '땅은 보시는 거와 같이 우리 재앙의 장수들이 장악했으며 땅은 재생할 능력을 잃었습니다. 사탄께서도 땅에 벌을 내리신다면 떠돌이 불덩어리로 땅을 완전히 박멸하여 숨 쉬는 생명은 하나도 없이 하겠나이다. 하명하소서. 이루겠나이다.' 명령을 내리라는 말에 정신이 하얘졌다.

'그대가 창조한 십이지신과 만 불상에게 땅에서 일어난 일을 천상에서 듣고 진행되는 종말을 모든 자들에게 알려 그들이 땅에서 행할 일을 하달하라.' 명령했다. 모두 입은 다물고 있지만, 총리대신과 각종 재앙들과 술객들은 알아들었는지 다시 머리를 조아린 후에 돌아서더니 영혼들이 운집한 곳으로 향하고 재앙들도 뒤를 따랐다. 태초부터 땅에 태어났다가 죽어 잠자는 자들의 영혼들이 운집한 대열 앞에 총리대신이 섰다.

총리대신과 재앙들이 영혼들을 향하여 연설을 시작했다.

'창세에 조물주께서 만물을 지으시기 전부터 너희와 함께 있었고 조물주께서 너희에게 생기가 들어갈 흙을 빚기 전부터 너희와 함께 있었던 사탄의 총리대신이니라. 조물주의 아들인 사탄을 너희에게 알려준 증보 자이며 종말까지 사탄과 그대들 사이의 영원한 중보자인 줄 그대들은 알고 있을 것이다. 그대들이 조물주께 죄를 범하고 동산에서 쫓겨날 때에 그대들을 땅으로 옮겨주었으며 땅에서 살아갈 수 있는 방법을 가르쳤느니라. 사탄으로부터 권위를 위임받은 하늘의 어둠의 총리대신으로 땅에서 살아가는 너희를 위하여 음행과 탐욕의 마녀들을 보내어 너희의 삶에 기쁨을 주었느니라.'

자신의 뛰어남을 강하게 나타냈다.

'흙으로 빚은 그대들의 조상이 조물주의 은혜로 낙원에서 복을 누리며 살게 하였느니라. 모든 기쁨을 주었으나 감사하지 아니하고 자신을 드러내고 자랑하는 것을 보시고, 그대들의 마음을 시험하도록 조물주는 사탄에게 명하시고 조물주의 명을 받은 사탄은 너희에게 욕망으로 마음을 충동시켰느니라. 조물주를 거역하게 하여 조물주가 좋았더라고 하신 세상이 저주받은 지옥으로 변하게 하시고, 그대들에게 죽음을 주어 잠들게 하여 도피처인 저승을 건축하여 영혼들에게 평안을 주었느니라.'

총리대신의 장엄한 연설은 저승을 삼킬 듯했다.

'언약을 어긴 그대들은 사망과 더불어 맺은 언약으로 누구나 죽어 잠자게 했으며 죽음과 더불어 맺은 언약으로 잠들어 있는 흙덩이에서 영혼을 불러 나오게 하였느니라. 조물주는 그대들에게 은혜를 베풀어 마지막 날까지 사탄의 수하로 선정하였느니라. 영원의 시작과 영원의 끝은 알지 못하고 우매한 생명들은 생존의 마지막 날을 잊었고, 죽어 흙이 되어 잠자는 육체에서 빠져나온 너희는 자신이 죽었다는 사실도 잊었노라. 주검에서 나온 것을 모르는 너희에게 재앙의 날인 종말에 주검들이 깨어나 심판을 받는다는 사실을 말했지만, 그대들은 믿지 아니하였느니라.'

'곧 때가 되면 종말이 저승까지 도착할 것이니라.'

그리고 나서 다시 말했다.

'너희 앞에 보이는 종말을 보라.'

하늘에서 떠돌던 유성들이 불꽃을 품고 땅으로 떨어져 인간들이 만들어 놓은 핵과 화약고를 덮치고 땅은 갈라지고 불을 뿜어 내었으며, 높은 산은 바다 아래로 녹아내리고 바닷물은 넘쳐 섬들을 덮쳐 생명을 가진 자들은 절반이 죽고 살아남은 자들은 전염병으로 처참하게 죽어가는 것을 다시 보여 주었다.

총리대신이 입을 벌려 말은 하지만 소리는 들리지 않았고 입에서 나오는 파장이 소리로 번역되어 이해할 수 있었다.

'마지막 날 육체가 잠에서 깨어 일어나 심판을 받는다는 것을 알지 못하고 현실에 만족하는 그대들의 영혼을 깨우치려 하노라. 종말을 알고 계시는 사탄께서는 그대들을 불쌍히 여겨 부활 시에 잠이든 흙덩이로 들어가지 아니하고 흙덩이를 뛰어넘어 영원히 죽지 않는 영혼은 땅으로 가도록 계획을 세우셨느니라. 육체 없는 것이 얼마나 행복했는지 그대들은 저승에 거주하면서 느끼고 있을 것이니라. 마지막 날에 깨어나 부활하여 흙덩이를 몸에 짊어지고 악몽 같은 세상에서 이전의 아픔과 이별과 슬픔을 다시 당하려느냐. 흙을 짊어지지 않고 땅으로 내려가 자유롭게 살겠느냐.'

영혼만 땅으로 부활한다는 소리를 들었는지 귀신들이 웅성거렸다. 이를 보고 총리대신이 엄히 말했다.

'그대들은 땅에서 손가락 하나 움직이지 않고 입술로 거짓말을 퍼트려 선한 사람들을 어리석게 만들어 그들을 약탈하고 탈취한 죄를 범한 중죄인이니라. 또한, 조물주의 말씀을 두고 자기 생각이 옳다는 아집으로 분열되고 찢어져 전쟁을 일으켰으며, 무고한 피를 흘리게 하고 생명을 빼앗은 자들로서 악으로 분류되었느니라. 거짓말하고 훔치고 배를 채우고 남는 정욕으로 행음하였느니라. 심판의 날 부활 시에 육체를 가지고 영원히 불구덩이에 살아야 할 그대들이지만, 흙으로 된 주검을 뛰어넘어 영혼만 땅에 들어가게 하여 전쟁과 저주의 질병에서 완전히 해방되게 하느니라. 마지막 날 잠자는 흙덩이가 부활하기 전에 땅으로 떠나야 하느니라. 이 모든 사건이 사탄님의 계획이었음을 너희는 알지 못하고 있느니라.

조물주의 진노로 땅은 멸망할 것이며 본래 땅의 주인인 사탄이 육체가 없는 영혼으로 그대들과 함께 땅에서 영원히 평화를 누리려 하노라. 먹지 않아도 되며 각종 질병은 너희를 건드리지 못하며, 너희를 태워도 타지 않으며 찢어도 해를 당하지 않기에 그대들의 영혼들은 부활 후에도 땅에서 영원히 행복한 삶을 누리게 될 것이니라.

조물주는 우리를 흙으로 올무를 채워 당신의 법에 조금이라도 어긋난 일을 해도 재앙을 주시어 고통을 겪게 하셨느니라. 땅에서는 흙덩이를 짊어지고 고생하게 하시고 불을 이고 사는 고통도 함께 주셨으며, 늙고 병들어 주검으로 폐기장으로 보내어 잠들게 하는 것을 보았을 것이니라. 조물주가 만든 피조물들은 흙이라는 재앙의 옷을 입고 불을 이고 고통을 당하다가 죽어 저승에서 귀신이라는 이름을 가졌느니라. 조물주는 우리의 생사고락을 쥐고 우리를 영원히 노리개로 사용하였느니라. 조물주는 땅을 멸망시켜 새로운 하늘과 땅을 만들어 이주시키겠다는 계획을 사탄에게만 알려 주셨느니라. 어느 것이 선인지 어느 것이 악인지, 분별하지 못하게 하고 도륙님이 하는 일마다 악이라 하여 사탄이라는 굴레를 씌우시고 생존자들로부터 두려움의 대상이 되게 하셨느니라.'

총리대신의 말에 정신을 빼앗기고 있는지 조용했다.

'종말의 신호로 땅에서는 지진과 해일이 일어나고 전쟁과 기아로 땅의 종말을 예고하지만, 생존자들은 알지 못하고 있느니라. 종말이 되면 땅과 하늘이 녹아 풀어지고 사라질 것이니라. 종말로부터 땅의 유충과 동식물과 인간을 구해야 되는 것이 사탄님의 소명이니라. 보라, 달과 화성과 금성은 이전에는 껍질을 덮어쓴 생물이 있었지만, 지금은 보이지 않는 영혼만 살고 있느니라.'

그러자 영혼들이 박수를 치며 소리를 질렀다. '도륙 만세! 우리의 구원자 조물주의 아들 사탄 만세!'를 외쳤다. 낙원이 지옥으로 변한 땅에는 하나님께 버림받은 수많은 생물이 있다. 도륙의 저주대로 늙고 병들어 죽으면 육체는 흙이 된다. 총리대신은 언변을 토하고는 여러 권의 책을 펼쳐 들고 영혼들이 사열한 앞으로 다시 나갔다.

총리대신이 다시 입을 열었다.

'구원자라는 메시아는 종말이라는 두렵고 무서운 사건을 만들어 땅을 완전히 소멸시키고 새로운 땅을 창조하려는 계획이지만, 사탄부처님은 땅에 생명을 가진 영혼들을 살리기 위해 일하는 이시니라.

창조의 날의 비밀을 그대들에게 알리려 하노라. 조물주가 세상을 창조하시고 사람을 만들어 조물주의 생기를 몸에 불어넣어 생령이 되었지만, 인간에게는 마음이 없었느니라. 마음이 없는 인간과 동식물은 구분이 없었으며, 마음이 없는 그대들은 불량한 생각이 한 점도 없는 깨끗한 흙으로 만들어져서 투명할 정도로 맑았느니라. 너희를 포함한 동물과 모든 만물은 아무런 생동감이 없이 바람 부는 대로 물에 물탄 듯, 불에 불탄 듯, 한가로워 나태해 졌느니라. 이를 보다 못한 조물주께서 사탄을 보내어 인간에게 욕망을 심어주게 하셨느니라. 명을 받은 사탄이 인간의 마음에 욕망을 심어주어 모든 동식물과 인간이 먹고 마시며 열심히 살도록 하시고 마음에 기쁨과 감동을 주셨느니라.

어떤 법도나 제약이 없는 허수아비 같던 마음에 욕망이 우위를 가리려는 충돌이 생겨나고 그때부터 시기와 질투가 시작되었느니라. 인간의 욕망이 서로간의 경쟁을 통해 남보다 유리한 위치에 서게 되자 한쪽은 성취감을 느끼고 패한 쪽은 굴복하여 종이 되었느니라. 승리한 자는 자신감을 갖게 하였고 승리한 쪽은 기쁨을 느끼기 시작했느니라. 승리는 마약에 취하듯 기쁘고 달콤했으며, 행복한 마음으로 들떠 있을 때에 패한 쪽은 비통함과 슬픈 마음으로 승자를 저주하게 되었느니라.

욕망에 중독이 된 인간이 힘을 키우고 강해졌으며 가려졌던 눈이 뜨여 먹으면 반드시 죽으리라는 조물주가 명하신 선악을 아는 나무 열매를 먹고 조물주와 동등하게 되려 했느니라. 영원한 생명나무까지 침범하려는 것을 보시고 그들의 욕망을 조물주는 그대로 두지 않으셨고 마음을 가리어 빛과 어둠으로 나누어 보이는 곳과 보이지 않는 곳으로 나누시고 그대들의 거주지를 가시와 찔레가 있는 황무지로 변하게 하셨느니라.

빛(승자)과 어둠(패자), 진실과 거짓 두 패로 나누어 싸우지만, 처음에는 하나이었느니라. 살인하고 도둑질하고 속이는 자도 벌을 받아야 하지만, 도둑을 맞고 속임을 당한 자도 벌을 받아야 하는 것은 만물은 자기 것이 없음이니라. 세상에 올 때 아무것도 가지고 오지 않아 자기 것이 없느니라. 사랑해서 사랑했기 때문에 간음도 없느니라. 빼앗긴 자는 탈취를 당했다거나 속임을 당했다고 하지만 잘못된 생각이니라. 세상에 아무것도 가지고 온 것이 없는데, 탈취를 당하거나 속임을 당했다고 할 수 있으랴.

고아와 과부를 돕고 나그네에게 자비를 베풀어 스스로 선한 일을 많이 했던 사람도 죄인인 것은 부지런해야 할 그들에게 자비를 베풀어 게으르고 나태하게 만들어 스스로 일어설 수 없도록 만들었느니라. 물질로 선을 베풀고 존경을 받으며 사람들에게 칭송을 받는 것은 잘못된 것이니라. 본래 조물주의 것이지 자신의 것은 아무것도 없기 때문이니라. 영혼이 깨끗하고 영특할지라도 조물주께 사랑을 받지 못하면 옳은 일과 영특함이 선이 될 수 없느니라. 조물주는 이렇게 말씀하셨느니라. 내가 은혜 베풀 자에게 은혜를 베풀고, 긍휼히 여길 자에게 긍휼을 베푸느니라. 귀한 보물일지라도 주인이 싫어하면 버림을 받는 줄 알지 못하느냐. 쌍둥이로 태어난 야곱과 에서를 보라. 아비를 속이고 형을 속인 거짓말쟁이 야곱은 조물주께서 사랑하셨고, 아버지의 말에 순종하여 사냥을 나갔던 에서는 버렸느니라. 도륙님은 마음에 들지 않는다고 버리는 일은 없느니라. 사람들은 거짓으로 악마와 천사를 만들어 나누었지만, 조물주는 마귀와 천사 선과 악을 당신 곁에 두어 영원 전부터 더불어 있게 하여 조물주의 필요에 따라 쓰셨느니라.'

총리대신의 말을 듣고 있던 영혼들이 바람에 날리는 티끌같이 일어났다. '조물주와 영혼 사이에 중보하시는 사탄 만세! 땅을 구하려는 조물주의 아들 사탄 만세!' 군중들은 사탄을 향해 찬양하고 사탄은 총리대신의 생각이 옳다고 인정했다. 영혼들의 마음을 탈취한 도륙은 총리대신을 통해 의사를 전달하게 하고 총리대신과 교감하며 사탄의 생각만 총리대신에게 전했다. 조물주의 말씀인지 사탄의 말인지 알 수 없지만 설교할 때 성경 말씀을 의심했던 조목들을 반박하고 있었다. 역시 소리는 없지만 음파로 뜻은 이해되었다.

'전쟁을 일으켜 수만 수천의 사람이 죽는 것도, 전쟁을 막아 수만 사람을 살리는 것도, 전염병을 일으키고 백신을 만드는 것도, 조물주의 뜻이니라. 만날 때가 있으며 헤어질 때가 있고, 슬플 때가 있으면 기쁠 때가 있듯이 어느 것이 진실인지 거짓인지 피조물은 영원히 구별할 수 없도록 정해 놓으셨느니라. 이를 조작하신 분은 조물주이시니 전쟁을 하겠다고 창을 만든 자도 전쟁을 막고 평화를 수호하겠다며 방패를 만든 자도, 선을 행하는 일도 악을 행하는 행위도 어느 쪽이 참인지 거짓인지 알 수 없도록 하셨느니라. 조물주의 행하심이 없는데 재앙이 땅에 임하겠느냐.

땅에서 흙을 쓰고 사는 것이나 죽어 잠자는 곳에서 뛰쳐나온 영혼의 행위가 모두 진리이기 때문에 무엇이든지 두려워하지 말고, 마음이 행하고자 하는 대로 한다면 죄가 될 수는 없느니라. 땅에서 말하는 선과 악은 없으며 거짓을 행하든 음행을 하든 도둑질을 하든 조물주께서 자연계를 지배하는 모든 사물과 현상의 원인과 결과 사이에 내재하는 보편적, 필연적인 불변의 관계이므로 죄로 성립될 수 없느니라. 조물주 외에는 옳고 그름을 판단할 수 없기 때문에 땅에서 일어난 사건은 땅의 사건이며, 생존 세상에서 죄는 씻어졌기에 잠자는 자들은 죄에서 자유로우니라.

그대들은 육체가 없는 저승에서 자유를 경험했고, 육체가 없는 해방된 자신을 경험했느니라. 그대들은 땅에 도착하면 모든 생명을 가진 사람이나 짐승이나 모조리 박멸하여 없애고 땅을 접수하게 될 것이니라. 땅은 육체가 없는 영혼의 세계로 변해 추위와 더위, 먹는 것과 입는 것과 죽음이 없는 평화의 낙원이 될 것이니라.'

사탄 도륙은 말을 못 하지만, 총리대신이 입을 놀렸으며 소리는 없는데 이해할 수 있었다. 땅에서는 사탄이 무당을 빙의로 사용했으며, 저승에서는 총리대신을 빙의로 사용하고 있었다. 더위와 추위와 고통과 번민만 있는 육체로 사는 것보다 영혼만 있는 사회는 자유와 평등으로 행복만 있을 것 같았다. 먹거리가 필요 없으니 노동이 없으며 추위와 더위를 느끼지 않으니 의복이나 집이 필요 없고, 아프지 않으니 의사가 필요 없었다. 의식주가 해결된다면 땅은 평화이다.

사탄이 감동을 일으켜 말에 힘이 솟고 강한 초음파가 흘렀다. 모든 만물이 꿰뚫어 보이고 깊이를 알 수 없는 사람의 마음에서부터 유충의 마음까지 보였다. 우렛소리부터 바람 소리 뱀이 움직이는 소리, 작은 곤충의 기도까지 들렸다. 능력도 없던 영혼이 자신이 신령이 되어 우쭐하고 건방진 마음이 들어 왔다.

'도륙 외에 땅과 하늘의 저승을 구원할 메시아는 없으며 저승을 구원할 분은 사탄 도륙이니라.' 부르짖어 소리치고 있었다. '종말을 막아야 하느니라. 죽은 사람들에 대해서는 간섭하지 말라. 육체로 있을 때는 농락을 해도 되지만, 죽은 후에는 흙이니 잠자는 자들은 깨우지 말라.' 영혼들은 육체가 없는 영생의 기쁨으로 비정상적인 상태에 빠졌다.

'두려워하지 말라. 나는 너희들과 함께 있을 것이니라.' 총리대신은 하나님의 말씀을 하고 있다. 종말을 막겠다는 사탄에게 존귀와 감사와 숭배의 거룩함으로 영혼들은 감동되었다. 사탄이 보여주는 하늘은 종이 같았고 해도 달도 별도 풀어져 점으로 사라졌다. 땅의 종말을 막아야 한다. 사탄 도륙은 진정한 구세주이시며 산 자와 죽은 자의 왕이시다.

총리대신의 말을 듣던 영혼들은 그들의 깃발을 들고 그들의 형제들을 이끌고 잠자는 자신들의 주검을 넘어 땅으로 향해 행진할 준비가 완료되었다. 그들의 행군은 각종 재앙의 나팔과 북과 피리와 목탁 소리와 총리대신의 구령에 맞추었다. 영혼으로 땅을 지배하고 육체의 종말을 막는 중대한 사명을 완수하겠다는 의지가 그들을 하나로 묶는 것 같다. 감동되고 흥분되어 잠자는 자신들의 육체를 넘기 위해 땅으로 향했다.

행진하려는 앞에 잠자는 자들은 오래되어 바위처럼 굳은 주검도 있었고 화장을 해서 티끌이 되어 공중에 날아다니기도 했으며 바닷물에 잠식되어 있기도 했다. 그 주검들을 짓밟고 사탄은 총리대신에게 권위를 부여하고 총리대신은 모든 재앙들을 앞세우고 모든 영혼들에게 땅으로 행진하라는 명령이 떨어졌다. '우리는 사탄의 말씀을 믿는다. 말씀에 순종하는 우리는 누구도 두렵지 않다.' 죽어 잠자는 자들의 영혼들이 자신의 주검인 육체를 밟고 뛰어넘으려 했다. 육체 없이 영혼들만 땅으로 생환한다는 사탄 도륙의 말이 옳다는 정당성을 잊지 않으려 외쳤다. 육체 없이 아픔과 고통 없이 땅을 점령한다는 기쁨으로 땅을 향해 행진하려 움직이기 시작했다.

심판의 날

영혼들이 땅을 향해 진군하는 앞에 번개가 번쩍이더니 강한 바람이 일어나고 영혼들이 서 있는 곳이 흔들렸다. 발아래 땅을 보니 땅은 지진이 일어나 갈라지며 인간들이 건축해 놓은 다리와 고층빌딩, 아름다운 건축물들이 비틀거리며 땅속으로 빨려 들어가고 있었다. 해와 달은 빛을 잃었으며, 별들은 자성을 잃고 별들이 서로 부딪쳐 폭죽이 터지듯 빛을 발산하고 흩어져 땅으로 쏟아지더니 사라졌다. 별들이 땅으로 사라지고 흑암이 몰려왔다. 깨어진 유성군이 뭉쳐지고 뭉쳐진 유성군이 불이 되어 비처럼 땅으로 쏟아지고 땅의 표면에 녹아 흐르자 갈라진 지표면 사이로 용암이 솟아올랐다.

바다는 태산 같은 파도를 일으켰으며, 바닷물이 육지로 밀고 들어가면서 대륙의 섬들이 잠기고 보송암에 있던 만상의 부처와 우상들을 덮쳤다. 하늘로부터 불이 땅으로 내려 덮치고 남아있던 생물을 태우니 눈앞에 만물은 재로 변했다. 하늘에서는 유성이 녹은 불물이 폭포수 같이 쏟아지고 땅에 솟아오르는 불과 부딪쳤다. 하늘로 솟아오르던 불기둥과 아래로 내리꽂히는 불의 힘으로 사람이 세웠던 구조물들은 흔적도 없이 사라지고 바닷물은 사방으로 흩어져 안개가 되어 땅을 덮었다. 땅은 안개로 앞뒤 좌우를 분간할 수 없었다.

바닷물이 쓸어간 자리에 유황불이 내려오는 것을 감지한 사탄 도륙이 몸에서 빠져나가 증기를 타고 공중으로 치솟고 뒤따라 총리대신과 재앙과 저주의 귀신들도 뒤따랐다.

땅에서는 전쟁을 위해 준비해둔 핵과 폭탄이 날아갈 생각도 못 하고 그 자리에서 버섯구름을 일으키며 터지기 시작했다. 전쟁을 위해 핵을 많이 비축한 나라일수록 그 피해는 고스란히 자국의 영토를 초토화 시키고 핵에 의한 열상은 사람이나 짐승을 검게 태우고 방사선은 사람의 눈을 멀게 했다. 태풍이 일어나 사람들은 검불처럼 굴러다녔고 피해를 보지 않은 사람들은 괴혈병과 피부병으로 괴로워했다.

하늘이 종이같이 말리니 하늘에 떠 있던 해와 달과 별이 풀어져 연기를 뿜으며 강물 같이 흘렀다. 인간의 지식과 지혜와 명철이 하나도 남김없이 사라졌다.

광선이 동편에서부터 서편까지 뻔쩍이고 타오르며 저지선을 만들었다. 자신의 주검을 밟고 땅으로 가려던 영혼들을 불꽃같은 저지선이 영혼들의 진입을 막았다. 모든 영혼들이 사탄을 따라 땅을 정복하겠다던 용기는 사라지고, 사탄과 재앙들이 도망하는 것을 보고 아무런 행동도 하지 못한 채 자신 앞에 보이는 무서운 우주의 재앙을 보고 있었다.

　우주의 재앙을 받지 않았던 땅의 반대편에도 지진으로 해일이 일어나고 화산이 불을 토하고 있었으며, 사람들은 폭풍에 타작마당의 티끌같이 날려 깨지고 부서졌다. 전염병에 노출된 사람은 살이 허물어지고 심한 통증을 호소하지만, 간병할 사람은 없고 죽고 싶어도 죽지 못해 괴로워 울부짖었다.

　주의 호령과 천사장의 소리와 하나님의 나팔 소리가 들렸다. 불꽃 위에 인자가 불타는 하늘을 향해 서 있는데, 그의 옷은 희고 청명하기가 백옥 같았으며 그의 손에는 책을 들고 있었다. '그날이 왔도다. 그날이 왔도다. 그날이 왔도다.' 천사가 전하는 소리가 산자와 죽은 자와 생명이 있는 모든 만물에게 들렸다. 인자 뒤에서 옹위하던 천사가 이슬같이 조용히 하늘로부터 내려와 땅을 덮으니 땅이 조용해 졌다.

　첫 번째 천사의 나팔소리가 울려 퍼지니 하늘로부터 바다와 땅으로 몰려온 뼛조각들이 한곳으로 모이고 뼛조각들이 서로서로 연결되었다. 두 번째 나팔 소리가 들리자 모양만 갖춘 뼛조각에 힘줄과 핏줄이 생겨나고 근육이 생기더니 사람의 모양이 되었다. 땅을 정복하려 기세등등하던 영혼들은 모양도 갖추어지지 않은 그들의 주검 안으로 빨려 들어가고 있었다. 영혼이 육체로 들어가더니 사람이 되어 일어섰다. 땅이 죽은 자를 내 주었고, 공중에는 공중에서 물에서는 물이 죽은 자를 내 주었다.

　아담 이후로 땅에 태어났던 모든 사람들이 생명을 받아 일어섰다. 하늘로부터 새싹을 부르는 이슬 같이 빛난 물방울이 땅을 덮었다. '주의 죽은 자들이 살아나고 그들의 시체는 일어나리이다. 티끌에 누운 자들아 너희는 깨어 노래하라. 주의 이슬은 빛난 이슬이니 땅이 죽은 자들을 내어 놓으리라.'(이사야26:19) 하나님의 말씀이 기억 저편에서 들렸다. 주안에서 죽었던 사람들이 일어나고 살아있던 사람들도 그들과 함께 구름 속으로 끌려 올라갔다.

'살아있는 자는 살아있는 그대로 죽은 자는 주검에서 부활하여 심판을 받을 것이니라. 영생을 받는 지혜로운 자는 궁창의 빛같이 빛날 것이며 수치를 당할 자들은 영원히 부끄러움을 당하는 곳으로 나누어질 것이니라.' 이때 선지자가 언약한 하나님의 말씀이 이루어지고 있는 것을 보게 되었다. 부활 시에 의인과 악인이 심판을 받는다는 말씀이 생각났다. 죽어 잠들었던 사람들도, 냉동실에 있던 미라도 자살했던 사람들도 요양원에 누워있던 사람들도 나왔으며, 옛사람이나 지금 사람이나 한 사람도 빠진 사람 없이 구름 안으로 끌어올려지고 있었다.

구름 안에서 선한 일과 악한 죄가 나타나고 주의 이름을 부르던 사람은 공중에서 주님을 영접했다. 주의 피로 씻지 못한 사람들은 죄의 무게로 끌어올려지지 못하고 공중에서 비가 쏟아지듯 땅으로 쏟아지는데, 그들이 쏟아진 곳은 불로 변한 불 못 이었다. 육체를 가지고 불바다에 던져진 그들은 죽지 않았고 메뚜기같이 불에서 튀어 올랐다.

불에 던져진 자들의 부르짖는 소리는 하늘과 땅을 흔들었으며 모두가 보송암 마당에 모였던 귀신들이며 저승에서 보았든 부활한 사람들이었다. 타락한 교주와 교도들로 참회하지 아니한 사람들 틈에 무당도 전도사도 그들과 함께 불 못에서 튀어 오르고 있었다. 하나님의 말씀을 자신에게 유리하게 해석하고 하나님을 비방하고 그릇되게 가르쳤던 자들이 메뚜기같이 군락을 이루어 튀겨지는 모습이 연탄불에 소금 튀듯 했지만 죽지 않았다. 불에 잠겼다가 다시 위로 솟아오를 때 부르짖는 소리는 콩이 불에 튀는 소리 같이 요란했다.

부활이 있다는 것이 원망스러울 정도로 소름이 끼쳤다. 육체가 있어 고통을 느끼고 불에 튀겨지지만 타지도 않았고 죽지도 않았고 처음도 없었으며 끝도 없는 영원 속에서 튀겨지며 뒹굴었다. 한 방울의 물을 갈망하며 저주하는 소리가 들렸다. 영원은 시간을 초월하여 과거나 미래가 없었으며, 보이는 것이 영원이라 했다. 세상의 욕망으로 종말을 알려 하지 않고 현재를 즐기며 방탕하던 사람들이 영원히 꺼지지 않는 불에 있었다.

마음이 타서 어쩔 줄 몰라 했지만, 이 현상을 구경하는 영혼들은 누구인가 의심스러웠다. 그때 마음에서부터 '그대들은 땅의 티끌에 입을 맞춰라. 그대들이 낮아졌을 때 하나님의 은혜로 소망이 있으리라.' 라는 말씀이 생각났다. 자신이 티끌같이 낮아져 겸손히 엎드리라는 생각에 땅에 얼굴을 대고 흙에 입을 맞추었다. 이를 본 모든 영혼들은 땅에 엎드렸다. '그대들의 마음에 자리 잡고 있던 마지막 날을 보았느니라.'

소리를 듣고 정신이 들었다. 모든 영혼들이 자신들이 불에 튀겨지는 놀라운 환상을 보며 정신이 돌아왔을 때 마지막 종말의 날을 본 영혼들은 바위처럼 굳어졌다. 사탄은 영혼을 꾀어 부활을 기다리는 잠자는 육신을 뛰어넘어 생존자가 없는 귀신의 나라를 건설하려 했다. 사탄의 꾀에 넘어가 사탄을 동조하던 모든 영혼들이 마지막 날에 부활하여 육체를 입고 고통을 당하는 자신들을 보고 몹시 당황하여 진저리를 쳤다.

'놀라지 말라 그대들이 보는 것은 거룩하신 이가 영원부터 영원까지 지배하고 있는 모든 사물의 현상과 원인과 결과 사이에 내재하는 보편적, 필연적인 불변의 관계이며, 하나님의 종들인 선지자들에게 보여주신 환상을 그대들에게 보여주었을 뿐이니라. 하나님은 신이시니 거짓말을 하지 않으시고 하나님은 사람이 아니시니 후회가 없으시니라. 하나님의 말씀은 영원이며 그 영원은 변할 수가 없느니라.'

마음을 흔드는 소리는 분명히 내면에서 들리고 있었다. 불타는 호수에서 멀리 보이는 건너편에는 맑은 물이 강같이 흐르고 있었다. 그러나 그곳은 갈 수 없고 불에 들어간 자들은 부글부글 끓는 불 속에서 시기하며 저주하며 몸부림치고 있었다. 영원하신 하나님의 말씀대로 종말을 보고 있었다.

'사람은 헛것 같고 그의 날은 지나가는 그림자 같으니라.' 찬양한 시인의 말같이 인생의 시간은 영원에서는 한 점도 되지 않았다. 육체를 입고 불을 이고 사는 지옥 같은 땅이지만, 만남이 있고 이별이 있으며, 고통이 있고 슬픔이 있으며, 희열이 있고 고통이 있어 절망하지만, 하나님의 구원의 말씀이 있어 소망이 있는 땅이다. 그러나 종말은 표현할 수 없는 풍요로 자유를 누리는 아름다운 천국과 물 한 방울을 갈망하는 불의 지옥으로 나누어져 있었다. 이것을 하나님의 은혜로 우리 앞에 환상으로 나타나게 하신 하나님께 감사했다.

사탄의 계획대로 육체 없는 잠자는 자들의 영혼만 땅에 있다면 삶이라 할 수 없다. 바람에 날리는 티끌이나 먼지에 불과하다. 산 자들은 그대로 심판을 받고 죽은 자들이 잠에서 깨어나 심판을 받고 영생을 받는 자도 있고 수치를 당하여 영원히 부끄러움을 당하는 자로 나뉘어졌다. 땅에서 거추장스런 흙을 벗고 영혼만 생존한다는 사탄의 꾐에 넘어가려던 영혼들이 '어찌할꼬.' 탄식하고 있었다. 그때에 들리는 소리가 있었다. '구원자를 의지하라. 그리하면 사망에서 생명으로 옮겨지리라.' 모두가 엎드렸다. 보이지 않는 하나님의 마지막 은혜의 말씀이었다.

마지막 사투

구름으로 끌려 올라가는 아름답고 우아한 자들과는 다르게 불
못으로 떨어지는 사람들의 부르짖는 소리에 몸은 진저리쳤다. 무
당이 귀신을 불러 땅으로 돌아오게 하는 주문을 읊조리고 있었
다. 귀신들을 불러내듯 남편의 영혼을 부르고 있었다. 최면을 걸
어 무아경 상태를 유지하려 했지만, 최면이 오류를 일으켜 무당
이 신으로 숭배하는 도륙 부처상은 죽었다. 죽은 자의 영혼을 살
리려 하지만, 자신의 영력으로는 해결할 수 없는 것을 알고 도륙
부처인 사탄에게 영혼이 돌아오기를 간절히 구하고 있었다.

의사가 부검하기 위해 병원에서 왔다. 부검을 하면 살아날 가
능성이 영원히 없어지며 최면을 신속히 일으키는 투약한 환각제
가 발견될 것이다. 남편의 생명을 되돌리려는 무당은 핏줄이 뻗
칠 정도로 그의 우상인 도륙 부처의 혼이 돌아오기를 울부짖으며
기도하고 있었다.

오직 하나님의 은혜로 하나님의 능력에 의해 뇌에서 생기가

움직이고 몸에는 피가 핏줄을 타고 흘렀으며 영혼만 몸속으로 들어가면 몸은 깨어날 것이다. '나는 살아있다!' 아내를 향해 부르짖었지만, 귀신을 불러내려는 무당이 자기 앞에 귀신이 된 남편은 알아보지 못했다. 남편의 영혼을 불러내는 술법만 사용하고 있었다.

하나님은 사탄을 진리의 종으로보다 하나님이 할 수 없는 거짓말이나 악한 일을 필요에 따라 사용하신다. 처음에는 미약했던 악의 근원이 번식하였고 확장되어 죽음이라는 저주를 받았다. 그리고 육체는 흙으로 영은 하늘로 올라간다. 사람이 원죄를 안고 죄를 먹고 마시기에 살인하고 음란하고 거짓말로 죄를 증가시켰다. 하늘로부터 내려온 생명의 말씀을 먹기 전에는 구원을 받을 수 없다.

곰팡이처럼 퍼져나간 죄의 본바탕은 사탄의 저주이며, 생명의 말씀을 듣지 못하게 하는 것도 사탄이다. 생명의 말씀은 선지자들이 감동을 받아 기록으로 남겨 놓은 하나님의 살아있는 생명의 말씀이다. 그러나 사람들은 무당의 사술인 최면과 보이는 환상에 의존하려 했다. 선한 마음이 모든 사람에게 골고루 있으나 흙에서 나온 죄의 성질인 욕망을 먹고 마시며 살았기에 은혜를 대적하던 모든 악인들은 지옥 불로 향했다.

하나님의 성품을 알고 있는 사탄은 발을 빼고 슬그머니 떨어지면서 가만있지 않고 새로운 유혹으로 넘어뜨리려 했다. '그대는 살아서 꿈꾸는 것을 조작된 환상이라 했다. 그대가 본 종말인 천국과 지옥의 차원은 그대가 살아있기에 환상이며 꿈이니라.'

말씀 안에 있는 마지막 날을 하나님은 보여주었지만, 사탄은 환상이나 꿈으로 돌리려 했다.

사탄은 내가 보고 경험했던 것으로 예리한 칼을 만들어 유혹하지만 사탄에게 변명하고 싶지 않았다. '인간의 지혜로는 보지 못하던 천국과 지옥을 나타내 보이셨고 부활의 그날은 잠시 잠깐 잠들었다 깨어나 종말의 영원한 시간을 보게 하시었다.' 질병 유무를 검사하기 위해 마취를 하고 몇 분 혹은 몇 시간을 검사한다. 그러나 사람이 마취에서 깨어나면 눈 깜박이는 순간 같다. 부활의 시간이 긴 것 같지만 잠자는 사람에게는 찰나일 뿐이다.

'지옥은 없으며 보이는 천국과 지옥은 그대 마음에서 그대가 만든 것이니라. 그대가 보이는 것은 우상이라 하지 않았느냐?' 사탄이 거부하기에 '우리가 다 잠잘 것이 아니요. 마지막 날 나팔에 순식간에 홀연히 변화되리라. 이 썩을 것이 썩지 아니함을 입고 이 죽을 것이 죽지 아니함을 입을 때에는 사망을 삼키고 이기리라.'(고전 15:52.53) 말씀으로 사탄과 다툼을 벌였다. 저승에서 본 모든 것이 환상이며 진실이 아니라는 사탄의 말에 귀를 닫았다.

악인이 들어갈 불지옥을 보았음에도 환상이 참이냐 거짓이냐를 두고 사탄과 다투고 있었다. 사탄이 천하만국을 보이며 '이 모든 권위와 영광을 내가 그대에게 주리라. 이것은 하나님이 내게 넘겨준 것이므로 내가 원하는 자에게 주리라.'(눅4:6)

단호히 거절했다. 메시아께 시험했던 시험을 모든 영혼들에게 사용했다. 태산보다 큰 욕망은 부자가 지옥에서 원하는 한 방울의 물방울도 되지 않는다. 사탄도 질세라 힘을 모으고 있었다. '사람은 고생을 위하여 태어났나니 불꽃이 머리 위로 지는 것 같으니라.(욥7:5) 또 하나님이 사람에게 노고를 주사 애쓰게 하신 것을 내가 보았노라.' 전도서의 말씀으로 인간이 애쓰며 고생하는 땅을 지옥이라 했다.

'주께서 삶으로 고생하게 하시고 근심하게 하심은 하나님의 본심이 아니로다.' 종말이 되면 '주 여호와의 말씀에 본 것도 없이 자기 심령을 따라 예언하는 어리석은 선지자에게 화가 있을 진저(겔13:3)나 주 여호와가 분노하여 폭풍을 퍼붓고 내가 진노하여 폭풍을 내리고 분노하여 큰 우박 덩어리로 무너뜨리리라.'(겔 14:13) 영원에서 생명의 삶은 잠깐 자는 것 같으며 아침에 돋는 풀 같다. '구더기도 죽지 않는 영원한 불에서 튀겨지는 것을 의심하는가.' 사탄의 유혹에 귀를 막았다.

사탄과 사투를 벌이고 있는 앞에 불로 이루어진 영원한 지옥에 아내와 함께 부끄러운 모습으로 불에 튀겨지는 모습이 재현되었다. 사탄의 술법으로 남편을 찾아 저승에 들어온 아내의 영혼이 자신과 남편이 함께 지옥 불에 튀겨지는 것을 보고 있었다.

'마지막 날 잠자는 자들이 잠에서 깨어날 때에 영혼은 자신의 본체인 흙으로 들어가 심판받고 정금 같이 연단되어 새로운 옷으로 갈아입고 영원히 창조주와 함께 살리라.' 말씀에서 읽지 않았느냐. '그대들은 천국을 경험했고 또 구더기도 죽지 않는 영원한 불에서 새로이 정제되리라. 이전 것은 모두 지나가고 새로운 옷으로 갈아입고 죽은 자들이 깨어나는 그 날을 기다리게 하셨느니라.' 어디서 들려오는 소리인지 알 수 없으나 모든 영들에 소망이 있다는 소리로 들렸다. 모든 영혼들은 지옥의 괴로움과 천국의 희락을 느끼는 육체의 옷을 입고 심판을 받는다는 것을 알게 했다.

　새롭게 정제된 생명의 기운들이 폭포수같이 대열을 이루고 땅으로 향했다. 구름이 걷히듯 가려졌던 저승 문이 열리고 생기들은 맑고 청결한 빛같이 하나님이 창조해 놓으신 흙구덩이로 향해 달렸다. 저승과 생존 세상은 가깝고도 멀지만, 땅이 조성되기 전부터 하나님이 정해 놓으신 곳으로 한 치의 오차 없이 생명의 기운들이 부유한 집으로 가난한 집으로 전쟁이 있는 나라로 혹은 평화로운 나라로 향하고 있지만, 어느 곳이 행복인지 불행인지 영혼들은 알지 못했다. 땅에서 사는 동안 평화와 행복, 재앙과 불행은 창조주 외에는 아무도 모른다. 흙이 입을 벌리고 영혼을 받아들이는 황홀한 순간도 있었다. 사람의 영혼은 사람에게로 동물의 생명은 동물에게로 새의 생명은 새에게로 물고기 생명은 물고기에게로 나무의 생명은 나무에게로 모든 생명에 천사들이 사랑과 정의와 공의를 심어 주었다.
　천사들이 성령의 열매를 하나님의 은혜로 영혼들에게 베푸는 순간, 땅의 흙에 숨어있던 사탄이 악한 욕망을 뿌렸다. 하나님으로부터 위임받은 사탄은 흙이 하늘의 기운을 받아 사람이 되는 순간 원죄에 덤으로 악의 품성을 곰팡이처럼 퍼지게 했다. 창조주 하나님은 자유롭게 선악을 택하게 하셨다. 그러나 인간은 계명을 지킬 능력이 없으며, 각종 제물로 제사를 드려 속죄하게 하셨으나 제사를 드리고 돌아서면 죄를 범했다. 구원의 여망이 사라진 인간들을 불쌍히 여기셔서 하나님의 본체이신 아들 메시아를 땅에 보내 나무에 달리게 하시므로, 그의 이름을 부르는 자마다 사망에서 영원한 생명으로 인도하게 하셨다. 믿든지 믿지 않든지 개인의 자유의사에 따라 살게 하셨다. 이러한 하나님의 은혜를 잊고 분열되고 합치면서 생명의 역사를 시작했다.

영혼들은 삶이라는 거룩한 생명을 받고 만남과 이별과 슬픔과 환희와 고통을 가질 것이다. 부유한 자나 가난한 자나 뱃속을 채우고 힘을 얻어야 살며, 불행한 자나 행복한 자도 일생은 조금씩 다르지만 죽음은 다르지 않다. 가난과 장애로 힘겹게 살아가는 자나, 명예를 가진 자나 비천한 자나 아무것도 세상에 가져오지 않았으므로 세상에서 아무것도 가지고 가지 못한다. 이를 알면서 명예를 얻으려 악한 행위를 하고 곡간을 채우다 하나님이 부르시면 무거운 죄의 짐을 지고 빈손으로 가는 것이다.

재물의 무게를 감당하지 못하는 자들은 재물의 무게로 힘겹게 살아가고, 가난하지만 열심히 살아가는 사람은 부를 얻고 명예를 얻는다. 세상에서는 출세한 것 같이 보이지만, 늙어 생기가 떠나면 죽음과의 언약 앞에 인생은 무릎을 꿇을 수밖에 없다. 죽어 티끌에 잠자는 자나 산자 모두가 마지막 날, 잠시 잠깐 잠들었다 깨어난 사람처럼 눈을 뜰 것이며, 영생을 얻는 자도 있을 것이며 수치를 당하여 영원히 부끄러움을 당할 자도 있을 것이다.

이전 사람이나 장래에 올 사람들도 이전의 사람들이 경험했던 일들을 복사하듯 반복한다. 인간의 생애는 육체라는 무거운 흙을 짊어지고 기쁨과 슬픔을 느끼며 시간이 지나면 한 곳 한 곳 무너지기 시작하고 정신은 흐려져 흙집이 무너지는 고통을 당하다가 생기가 빠지고 육체는 흙으로 혼은 하늘로 돌아간다. 모든 생이 헛되고 헛되며 헛된 줄 알면서 고통만 있는 땅으로 향하고 있었다.

육체를 짊어지고 살아야 하는 삶의 고통으로 생기가 들어가고 있었다. 땅 위에 흙을 디디고 섰으나 중력이 느껴지지 않아 땅에 있는지 하늘에 있는지 알 수 없었다. 전도라는 그럴듯한 명목 아래 스스로 하나님의 일을 한다며 사탄을 꾀려 미끼를 던졌다가 오히려 그들의 먹이가 되었다. 선교지에 가는 일을 자신이 원하기도 했지만, 사탄이 외지로 떠돌게 한 줄도 몰랐다. 다만 열정을 다해 말씀을 전하고 고향으로 돌아왔지만 허전함이 느껴졌다.

최면으로 끌어들일 때 무당은 제자들에게 신령님이 입신했으며 조물주의 은총으로 신내림을 받고 있다는 소문을 퍼트렸다. 저승에서 돌아오면 세상은 새로운 시대가 열리고 인간의 생활이 바뀌어 평화가 올 것이라며 제자들과 신도들 앞에 선언했다. 신령님의 은혜와 예언을 받기 원하는 제자들은 보송암으로 모이라 하달했고 초청된 제자들은 보송암으로 모였지만, 신령은 영원히 돌아올 수 없는 죽음으로 떠난 것을 보았다. 죽음을 알아차린 제자들은 무당에게서 돌아섰고 신령의 죽음에 관여하지 않았다는 변명을 찾아 살길을 궁리했다.

그러나 무당은 귀신의 영력으로 저승에서 남편이 돌아오는 것을 보았고 생명으로 살아날 것도 이미 알고 있었다. 도륙 신령이 살아나면 그대들이 원하는 신내림을 받아 유명한 예언가가 될 수 있다며 널브러진 시체를 두고 소생하는 중이라며 성스러운 마음을 품으라고 제자들에게 말했지만, 그들은 죽음은 되살릴 수 없다는 것만 알고 믿으려 하지 않았다.

무당은 조물주의 능력으로 살아날 것을 믿고 있었다. 도륙 부처의 혼이 죽음에서 돌아오는 것을 알았지만, 사인을 규명한다는 법은 피할 수 없었고 의사가 도착하고 배를 가르고 머리를 쪼개면 살아날 가망은 없어진다. 급한 나머지 최후의 수단으로 혼신의 힘을 다해 주술을 사용하고 물로 입술을 적셨다. 귀신과 내통하는 무당으로서는 한 방울 생수의 힘으로 생명을 살릴 수 있다는 것을 알고 있었다.

의사가 침대 위에 주검을 올리고 부검을 하기 위해 칼을 들었다. 생수의 힘으로 육체에 남아있던 미세한 생기가 움직이고 혼은 대기권에 들어서는 유성같이 빠르게 몸으로 들어갔다. 허파가 움직이면서 코를 통하여 숨을 크게 내어 쉬었다. 저승의 장막을 뚫고 뇌에서부터 발끝까지 육체를 장악했다. 혼이 육체로 들어가는 순간 저승문은 닫혔다. 혼이 몸으로 들어가고 육체는 생기를 찾았고 귀신이 아닌 사람이 되어 길게 호흡을 했다. 집도하려던 의사가 놀라 손에 쥐었던 메스를 바닥으로 떨어뜨리고 한발 물러섰다.

솜털 같이 가볍던 몸은 인력이 무겁게 당겼다. 떠돌이 귀신이 되어도 다시 저승으로 떠나고 싶었다. 그러나 영혼이 육체의 종이 된 이상 마음대로 생각대로 되지 않았다. 크게 숨을 쉬는 것을 보고 놀란 의사가 확인하기 위해 청진기를 가슴에 대었다. 숨을 쉬는 것을 의사가 확인하고 살아났다며 아내에게 알리고 제자들은 손을 모으고 합창하여 "돌아오신 신령님 경배합니다. 신령님의 지혜를 받고자 합니다. 강림하신 신령님 지혜를 주옵소서. 신령님의 제자가 되기를 원합니다." 주검을 확인하고 당장이라도 달아날 곳을 찾던 제자들이 짐을 푸는 소리가 들렸다. 마음으로 땅이라는 느낌이 들었다.

물체가 보이는 것이 확실히 살아난 것이다. 상상은 자유롭게 그릴 수도 지울 수도 있지만 꿈은 마음대로 할 수 없다. 꿈이나 상상은 무슨 일을 저지르거나 죄를 범해도 책임이 없으나 현실은 마음대로 행동하면 책임이 따른다.

사람이 눈으로 보는 조각품이나 꿈이나 환상을 하나님보다 더 사랑했다면 우상이다. 참 신은 땅에서도 저승에서도 보이지 않지만, 만물을 생동하게 하시고 생명을 이끄시는 하나님이시다. 말씀으로 세상을 창조하신 하나님은 보이지 않으시나 선지자들의 예언인 말씀으로 이 땅에 오시고 다시 오실 그날을 기다리는 믿음이 있어야 영원한 생명을 얻는다.

꿈에 악마가 되어도 책임은 없지만, 믿지 아니하고 의심하는 것은 본인에게 있다. 유혹에 넘어가거나 시험을 당해 넘겨졌다면 이를 이기지 못한 책임은 자신에게 있다.

죽은 자는 살아날 수 없다는 약속이 깨어졌다.

'천사의 가면을 쓴 사탄의 유혹으로 욕망이 꿈틀거렸습니다. 점술가의 최면에 사탄의 수하가 되었던 죄를 용서하소서. 심판의 날까지 사람들은 복된 소식을 듣지 않으려 귀를 막고 저승의 영들은 영면에 취한 것을 보시고 주님은 탄식하십니다. 죽어 잠들어 영원히 부끄러움을 당할 수밖에 없는 죄인을 낙원으로 인도하시려는 주님의 크시고 크신 은혜를 마주치기를 꺼려 얼굴을 돌렸습니다. 은혜를 저버린 죄인 앞에 마지막 심판 때에 모두가 깨어나 영원히 꺼지지 않는 불에서 수치를 당하는 것을 보았습니다. 땅의 삶이 모두가 아니며 땅에서 죽음이 끝이 아님을 알았습니다. 모든 사람은 영원한 생명이 있고 메시아의 말씀을 듣고 믿어 새로운 마음으로 변해야 궁창의 빛같이 빛날 수 있었습니다. 삶과 죽음의 주인이신 주여! 마음에서 혹은 상상에서라도 죄를 범할 때 마지막 날이 되지 않게 하시고, 주님께 엎드려 회개하는 시간이 마지막 날이 되게 하소서.'

선과 악을 바르게 분별하고 기도했다.

'하나님은 사람이 아니시니 거짓말을 하지 않으신다는 것을 보여주셨습니다. 회개하고 주께로 돌아오는 사람은 값없이 죄 사함을 받는다는 말씀을 알았습니다. 마지막 날 죽은 자가 살아나고 산 자와 죽은 자의 심판이 있다는 것도 보았습니다. 육체의 고난이 닥쳐올 때에 죽음을 두려워하는 자를 불쌍히 여겨 주옵소서.'

힘을 쏟아 말씀을 묵상하며 회개했다. 간호사가 주사기를 꽂아 약물이 몸속에서 퍼지자 평안을 느끼며 눈꺼풀이 내려앉았다.

신령의 혼이 돌아와 살아났다는 확신이 들자, 무당은 바쁘게 움직였다. 저승에서 자신이 불에 타는 지옥에 있었던 것을 보았지만, 땅에 와서는 잊고 계획했던 축제를 추진했다. 잠깐 병원으로 옮겨 신체 부위의 이상 여부를 확인하고 이전이나 다르지 않다는 진단을 받고 빠르게 퇴원시켰다. 새로운 우상을 만들기 위해서였다.

죽기 위해 음식을 받지 않으려 했으나 이전과 같이 호스를 목으로 연결시켜 위장으로 흘러들어오게 했다.

'오! 주여 원하건대 생명을 거두어 주소서. 내가 본 것이 사탄이 말하는 마음의 환상인지 꿈이었는지 죽어야 갈 수 있다는 진정한 말세의 그날이었습니까.'

몸에 열이 나기 시작했다. 두통이 엄습해 왔다. 지옥을 느끼게 하는 악령의 시험이 아니면 이런 고통은 없다. 악령이 괴롭힌다는 것은 하나님이 불쌍히 여기심이 아직 남아있다는 증거다. 마지막 날 지옥 불에 튀겨지는 고통이 시작되었다. 진통제를 찾아 입안에 넣고 물그릇을 더듬어 들었다. 그릇 속에 육신이 죽으면 잔치를 벌이려 모여든 구더기들이 바글거렸다. 놀란 손은 그릇을 팽개쳤다. 환상이었다. 잠깐 환상 같은 꿈을 꾸었고 깨어났으나 육체는 무거운 상태로 유지되었다.

성경에 나오는 지옥의 참담한 진실을 본 후에는 참을 수 없도록 마음은 혼란 상태이고 정신은 파멸로 빠져들었다. 죽음도 거절하며 악귀가 괴롭히는 고통은 하나님의 책망이 아닌 것 같았다. 사람들을 회개시켜 주님께로 인도해야 할 전도사가 무당을 전도하고 무당의 아름다움에 빠져 결혼까지 했다.

한낱 흙에 지나지 않는 인간으로 죄의 유전자를 지닌 죄인이다. '하나님이 땅의 흙으로 인간을 지으시고 생기를 코에 불어 넣으시니 사람이 생령이 된지라.'(창2:7) '선악을 알게 하는 나무의 열매는 먹지 말라. 네가 먹는 날에는 죽으리라.'(창2:17) '죽음이 무엇인지 알지 못하는 여자가 그 나무를 본즉 먹음직하게 보임직도 하고 지혜롭게 할 만큼 탐스럽기도 한 나무인지라 여자가 그 열매를 먹고 자기와 함께 있는 남편에게도 주매 그도 먹은지라.'(창3:6) 이로써 하나님과 약속을 파괴한 사람은 하나님과 단절되었다. '여호와 하나님이 에덴동산에서 그를 내보내어 그의 근원이 된 땅을 갈게 하시니라.'(창3:23) 이같이 하나님이 사람을 죽음과 함께 에덴동산에서 쫓아내시었다. 처음 것들이 죽으면 끝나는 것을 아시고 여자에게 자녀를 생산하는 고통을 주셨고 남자는 이들을 부양하는 책임을 지고 이마에 땀을 흘리게 하셨다. 이 일로 인간은 하나님과의 교류는 단절되었다. 그리고 죄의 유전은 모든 만물이 DNA를 통해 계속 이어졌다.

노아 시절에는 홍수로 노아의 여덟 식구를 제외하고 인류를 멸절시키기까지 하셨지만, 인류는 다시금 하나님 앞에 죄를 범했다. '너희 중에 계신 너희의 하나님 여호와는 질투하시는 하나님이신즉 너희의 하나님 여호와께서 네게 진노하사 너를 지면에서 멸절시킬까 두려워하노라.'(신6:15) 하나님은 누구든지 하나님보다 사랑하는 것을 싫어하셨다. 아브라함은 백세에 낳은 아들 이삭을 하나님보다 더 사랑하다 하나님의 진노를 일으키기도 했으며, 인간의 인간관계에서 하나님보다 더 사랑하는 것을 죄로 정하셨다. 남녀의 잠자리가 하나님보다 이성을 사랑하지 못하도록 간음하지 말라, 도둑질하지 말라, 탐내지 말라 하셨다.

사악한 인간으로서는 지킬 수 없는 계명을 주시어 지키게 하시고 제사를 권장하여 속죄를 했지만, 한 사람도 계명을 지켜 구원을 받을 수 없다는 것을 알게 된 사도바울은 '오오라 나는 곤고한 사람이로다. 이 사망의 몸에서 누가 나를 건져내랴. 우리 주 예수 그리스도로 말미암아 하나님께 감사하리로다. 그런즉 내 자신이 마음으로는 하나님의 법을 육신으로는 죄의 법을 섬기노라.'(롬7:24,25) '그는 근본 하나님의 본체이시나 하나님과 동등됨을 취할 것으로 여기지 않으시고 오히려 자기의 몸을 비워 종의 형체를 가지 사 사람과 같이 되셨고, 사람의 모양으로 나타나사 자기를 낮추시고 죽기까지 복종하셨으니 곧 십자가에 죽으심이라.'(빌2:6,7,8) 하나님은 죄의 삯은 사망임을 아시기에 하나님이 세상을 사랑하사 그리스도 예수를 보내시어 인류의 죄를 혼자 담당하시고 그 이름을 부르는 자는 구원을 받게 하셨다. 우리 주 예수 그리스도로 말미암아 하나님께 감사하리로다.

무당이나 점술가는 죽이라 하셨다. 그러나 아름다운 무당을 하나님보다 더 사랑하게 되었고 결혼까지 했다. 식물인간이 된후에 사탄의 장수인 무당에게 몸과 정신을 의탁했던 것도, 무당의 빙의로 무당이 펼쳐준 신령 자리에 앉았고 저승에서는 사탄의 빙의가 되었다. 본디의 마음은 아니지만, 사탄과 동거한 죄를 주님 앞에 고백하고 사함을 받기로 했다. '주여 나를 모든 죄에서 사하시고 우매한 자들에게 욕을 당하지 않게 하시며 생명을 거두

308

어 주소서.'(시39:7) 사탄은 날카로운 바늘로 찌르며 속살을 흔들어 뼈마디는 서로 부딪히고 창자는 밖으로 나오는 통증으로 하나님을 욕하고 죽으라 했다.

환상인지 꿈인지 알 수 없는 죽은 자들이 잠자는 꿈속에서 심판 후에 들어갈 글로 표현할 수 없는 낙원과 글로 표현할 수 없는 불 못이 있는 지옥을 보았다. 믿는 자를 미련하다 비난하며 저주하던 자들은 악인으로 분류되었다. 마지막 심판 날에 잠자는 자들과 함께 의인과 악인이 깨어나 심판받을 때, 구원자를 믿어 죄를 용서받은 자들은 낙원에서 구원자와 함께 영원히 지내는 것을 보았고, 죄를 용서받지 못한 믿지 않은 자들은 구름 위에 오르지 못하고 불 못으로 떨어져 밟히고 태워져 영원히 치욕을 당하며 불 못에서 메뚜기같이 튀겨지는 것도 보았다. 오! 주님 감사합니다. 눈물이 흘렀다.

부활

    무당은 영혼들의 차원에서 남편과 자신이 불구덩이에서 괴로워함을 보았음에도 현실로 돌아와서는 까마득히 잊었다. 모든 사람이 그렇듯이 자신이 저승에 갔었는지도 알지 못했다. 저승은 영혼들이 사는 곳이다. 꿈과 비슷하며 영원히 흐르는 것 같아도 처음이 있고 종말이 있어 저승에도 저승 시간이 있다. 꿈은 깨어나도 어렴풋이나마 기억이 나지만 저승은 완전히 기억에서 사라진다. 선지자 '미가'나 순교자 '스데반' 같은 사람들은 살아서 저승을 보았고 그가 본 것을 말했지만, 무당이나 사탄의 영매들은 저승에서 일어나는 일들을 보았지만, 저승에서의 기억을 되돌릴 수 없었다.

    혐의에서 벗어난 무당은 이에 힘을 얻어 도륙 도를 세우기 위한 작업에 들어갔다. 신령은 죽었다가 살아난 최초의 사람이며, 땅에서 저승을 오가며 하늘과 땅을 다스리며 그대들의 과거와 미래를 멀리서도 눈으로 보는 사람으로 환생하신 신령이다. 본래

신이었으니 신으로 추대한들 트집을 잡거나 흠을 잡을 사람은 없다. 보송암을 성지로 만들려는 조건도 죽은 자가 살아났으니 시간을 늦출 필요가 없다고 생각하는 것 같다.

주변 환경에 신비함을 연출하기 위해 담장 안팎으로 '도륙 신령 법회'라는 현수막을 걸고 초롱에는 전구로 불을 켰으며, 초롱마다 도륙의 얼굴을 넣고 원래의 그림을 청동으로 조각하여 금으로 입혔다. 숨만 쉬고 있는 허수아비 신에게는 금실로 수놓은 관을 씌우고 순금을 가늘게 꼬아 소매 깃에 넣은 적삼을 입혀 전망이 좋은 곳에 앉혔다.

아래로 보이는 넓은 마당이 한눈에 보이고 담 너머에는 한강과 국립현충원도 보였다. 열두 지신 상은 뒤쪽으로 옮기고 앞에는 놋쇠 촛대를 배치하고 불이 꺼지지 않도록 했으며, 중앙에는 커다란 향로에 향을 피웠다. 신화의 신들과 바티칸성당의 조각 속의 인물들과 부처상을 좌우에 배치해 신들의 전시장으로 만들었다.

신으로 추대를 선포하는 날, 죽었다가 살아난 사람을 보기 위해 보송암은 인산인해를 이루었다. 사람들이 몰려와 차가운 날씨로 마당 곳곳에는 장작으로 모닥불을 피워 추위를 녹였으며 무대에서는 무희들이 귀신을 불러들여 춤으로 손님들을 기쁘게 했다. 저승에서 보았던 귀신들의 무대를 그대로 옮겨놓은 것 같았다. 사람들에게 감동을 주기위해 귀신의 소품들을 정교하게 배치했다. 하늘을 떠도는 바람이 귀신이 되어 도륙의 그림이나 열두 지신 상이나 천장에서 마당에서 구경하고 있었다.

'오! 주여. 멸망하는 저들을 보고 계십니까.' 보지 않으려 눈을 감고 기도했다. 그러나 기도를 방해하려는 무당이 수하들을 거느리고 회의를 주관하려고 연단 앞에 섰다. 신도들 앞에서 큰 북을 울리고 '신령님이 다시 살아나신 날을 절기로 삼는다'고 선포했다. 두 번째 북이 울리고 신령만이 유일한 신임을 선포했다. 무당의 말에 충동된 사람들이 미친 듯 손을 흔들고 감동으로 눈물까지 흘렸다.

그들의 행위를 외면하고 하나님을 찾았지만, 하나님은 보이지 않으셨으며 그들의 악한 행위에도 아무런 반응도 하지 않으셨다. 하나님을 부르는 기도에 사탄이 물러서는 줄 알았는데 더 큰 무리의 사탄을 데려왔다. '보소서 거룩한 왕의 대관식에 초대된 백성들을 보소서. 당신은 죄를 사하는 메시아이시며, 저들을 다스리는 영원한 왕이시나이다.' 하나님을 향한 무당의 무례함이 도를 넘었다. 무당의 유혹에 넘어가지 않으려 기도로 맞섰으며 하나님의 도우심을 구했다. '나의 힘이 되신 주여. 헛된 속임수인 것을 저들을 따르는 자들이 알게 하소서. 저들이 무슨 행위를 하든지 하나님이 온 세상을 다스리심은 변함이 없으며, 내 안에 주님만이 좌정하심은 변할 수 없습니다. 저들을 불쌍히 여기시고 판단하옵소서.'

사탄도 이에 질세라 부드럽게 속삭였다. '가만히 있기만 하면 명예와 부귀와 복이 신령님의 것이 되고 온 천하를 얻을 것이지만, 여기서 도망하면 갑절의 고통과 재앙이 내릴 것이요.' 사탄의 계획에 동참하라며 이때까지 했던 대로 달래기도 하고 위협하기도 했다. '언어도 없고 말씀도 없으며 들리는 소리도 없으나 하나님의 은혜는 이 순간에도 온 천지에 통하고, 하나님의 공의는 세상 끝까지 이르는 생명의 주인이신 하나님께서는 금이나 은이나 나무에다 사람의 기술과 고안으로 자신의 신으로 추대하는 어리석은 중생들을 불쌍히 여기사 저들을 판단하소서. 만물의 주인이신 주께서 사탄의 행위를 판단해 주실 것을 믿습니다.'

고요한 마음과 묵상으로 주님의 은혜를 기다리기로 했다. 무당이 이끄는 군대를 방불케 하는 귀신의 무리들이 무당의 춤에 광기는 고조되었다. 스스로 인내하며 부르짖지 않았으며 애쓰지 않고 은혜를 바라며 마음을 안정시켰다. 짧은 인생을 지나며 보았던 것, 들었던 것, 즐거웠던 것과 슬펐던 욕망들을 비우고 보이지 않고 만져지지 않지만, 만물을 주관하시며 통치하시는 하나님의 은혜만 기다렸다.

무당과 그의 제자들은 광기를 머금고 소리치고 뛰놀며 하나님을 조롱하고 자신들이 금으로 수놓은 목석같은 신령을 찬양했다. 기도를 방해하고 신령으로 만들어 정신을 장악하려는 귀신들의 악기 소리에 귀를 막았다. 귀신들은 바람이라는 예리한 은혜의 칼로 단호히 맞섰다. 귀신들은 잿더미라 바람이 불면 흔적도 없이 사라져버릴 것이다. 신령이라는 이름으로 마음에 불을 붙이려는 사탄의 유혹을 차분히 가라앉히니 짜릿하고 시원한 느낌이 온몸으로부터 기류가 흐르는 것 같았다. 기도에 힘입어 육체를 괴롭히던 마음이 부드럽게 안정되었다.

귀신들의 축제가 한창 무르익어 가는데 하늘로부터 강풍이 일어나 모닥불이 기류에 휩싸였다. 불꽃은 마당에서 굿판을 구경하던 사람들을 덮치고 타오르고 있었다. 사람들이 놀라 부르짖는 소리는 지옥을 연상하게 했다. 불을 흩어지게 바람은 회오리를 치며 불기둥을 만들고 본당을 향해 맹렬히 기세로 올라왔다. 불길이 죽음을 등에 업고 본당으로 올라오는 것이 보였다. 순간이지만 살아야 되겠다는 마음이 온몸을 충동했다.

불꽃에 놀란 핏줄이 심장으로부터 뻗치는 것 같았다. 머리로부터 전류가 흐르고 뼈마디가 움직이고 근육이 힘을 얻더니 자리에서 일어났다. 아내가 달려오고 불에 쫓기던 사람들의 놀라는 모습도 보였다. 육체가 의식이 있는지 없는지 알 수는 없으나 스스로 걸어서 마당으로 내려서서 마당 가운데 있었다. 무희들의 춤도 보이지 않고 무당들이 읊조리는 주문 소리도 들리지 않았으며 구경꾼들의 환호성도 들리지 않았다. 무당의 주술에서 풀리고 휴식이 찾아오면서 부드러운 기운이 몸을 감쌌다.

은하수가 조용히 흐르던 하늘에 조명탄 같은 빛이 하늘로 뻗치더니 별들이 쏟아졌다. 쏟아지는 별빛 안으로 잠기는 것 같더니 가벼움을 느꼈다. 저승길을 다닐 때처럼 위로 솟아오르는 느낌이 들었다. 검은 하늘에 강렬한 별빛이 반짝이고 땅에는 타오르는 불이 있었고 하늘과 땅 모두가 눈 안으로 들어왔다.

움직이는 것도 아니요, 하늘 위에 떠 있는 것도 아닌데 멀리 백두산 천지에서 흘러내리는 물이 대동강을 이루는 것이 보였다. 옥발 봉에서 발원하여 흘러내리는 물은 북한강을 이루고 남한강 발원지 금룡 소에서 물이 솟아나 실개천을 이루고 강이 되어 발원지에서 잠자는 자들의 생명이 되어 흘러내렸다. 미국의 알링턴 국립묘지와 게티즈버그 국립묘지, 동작동 국립묘지와 대전 현충원에 계급과 성명만 있는 비석들에 잠들어 있는 영혼들이 그들이 살아 있었던 전쟁터에서 전쟁하고 있었다. 벽제 화장터를 비롯해 모든 화장장 굴뚝에서 하늘로 오르는 영혼들이 육체를 벗어나는 것도 보였다.

거센 회오리 불에서 피해야 할 사람들이 아무 일 없는 것 같이 불꽃 가운데서 자신들의 일에 몰두하고 있었다. 불을 무서워하지 않는 그들은 죽은 영혼들인지 살아 있는 사람들인지 구별되지 않았다. 그러나 이내 알게 된 것은 내 눈만 영원히 꺼지지 않는 성령의 불이 보이고 있었다. 성령의 불을 본 아내가 곁으로 다가와 내 앞에서 엎드려 무릎을 꿇었다.

"그대도 종말에 지옥 불이 바다를 이루고 당신이 튀겨지는 모습을 보았구려."

엎드린 채 고개를 끄떡였다. 하나님이 그의 기억을 불러들인 것이다.

"당신이 부르는 귀신은 바람이었소."

등신 동생이라며 놀림을 받았으나 형을 동화에 나오는 도사로 생각했고 나이 들어 등신 동생답게 신을 찾아 헤맸다. 헛되고 헛되며 헛된 풀포기 같은 인생을 위해 세상에 오셔서 우리의 짐을 그에게 맡기시라는 주님의 말씀을 듣고 전국을 다니며 힘들게 살아온 전도자의 나날이었다. 사탄을 개종시키려다 그들이 쳐놓은 그물에 걸렸다는 생각도 잊기로 했다. 이 순간이 죽음이라면 죽음이 이토록 행복하다면 죽음을 마다하지 않을 것이다. 모든 것을 내려놓고 그토록 걷고 싶었던 땅을 밟고 걷고 싶었다. 무당을 개종시켜 아내로 삼았고 유명한 전도사가 되어 바쁘게 뛰어다니던 시간이 그리웠다. 사랑과 미움과 행복했던 시절과 힘들었던 시절도 그리웠다. 얼마나 되었을까? 시간이 없다는 것을 알면서 시간도 그리웠다. 해와 달과 별이 있었고 그동안 만났던 기억 안에 들어온 많은 사람들과 영혼들이 마음에 들어와 있었다. 사랑과 이별 모든 것을 삼켜버리고 한 조각의 티끌이 되어 무의식으로 하늘을 날고 있었다. 스스로 티끌이 되었을 때, 구름 위로 오르던 천국 사람들이 보였다. 그들의 소리가 들려오고 그들의 모습이 보였다. 그리스도를 영접하고 주님을 찬양하다 먼저 땅을 떠난 사람들이 하얀 옷을 입고 행복한 모습으로 생명나무 아래에서 행복에 젖어 있었다. 땅에서는 그다지 존경받지 못하던 사람들이지만, 품위가 있는 감사와 겸손은 아름답고 거룩했으며 천국의 귀한 천사들이 시중들고 있었다. 반갑고 반가워서 그들을 보고 달려가 소리쳤지만, 그들은 잡히지 않았으며 말을 걸어도 응답하지 않았다. 제단으로 올라오던 불길도 없었다. 육신에 임하신 성령님의 불길이었다.

여러 모양으로 헝클어진 생각이 한 곳으로 모아지고 평안이 마음을 감쌌다. 저승까지 따라 다니며 믿음을 넘어뜨리려던 사탄도 없었다. 말씀이 있었고 말씀에 의지한 영혼은 평안을 찾았다. 도륙은 아내가 조작한 타락한 천사이며, 땅에 생존하고 있는 동안 여러 가지 시험과 모든 사람에게 올무를 놓아 어리석고 사리에 어두운 행동을 하도록 꾀어 그릇된 마음을 품거나 그릇된 행동을 부추기게 했다. 사탄의 유혹하는 곳은 불 못이 되었고 구더기도 죽지 않는 영원히 부끄러운 영원만 있었다.

'하나님이 세상을 이처럼 사랑하사 독생자를 주셨으니 이는 누구든지 그를 믿으면 멸망하지 않고 영생을 얻으리라.'(요1:16) 인류를 대신하여 죽으신 그분을 온전히 의지하고 어떠한 환난이 닥쳐도 전도자의 소명으로 영원한 생명의 복음을 전해야 한다. 보송암 마당에 피워놓은 커다란 모닥불 주위에서 걷고 있는 것을 보며 놀라는 사람들을 의식하지 않았다. 성령님은 하늘을 나는 기쁨을 주셨고 입에서 혀가 움직이는 것을 느끼고 연기로 눈이 따갑다는 것을 느꼈다. 주술이 풀리고 육체의 중요한 부분 부분이 눈 녹듯 풀어졌다.

공중에 떠돌던 모든 먼지가 그들에게는 귀신이었고 타다 남은 재도 귀신을 찾는 사람에게는 귀신이었다. '은혜가 풍성한 주님 저들을 불쌍히 여기사 하나님은 보이지 않으시나 보이지 않는 가운데서 믿음의 소망을 가지게 하소서.' 기도하는 순간 목소리가 밖으로 나왔다. 목소리에 곁에서 부축하던 아내가 놀라고 사람들이 달려왔다. 두 손을 들고 몰려온 사람들을 향해 큰 소리로 말씀을 외쳤다.

"그날에 주의 죽은 자들이 살아나고 그들의 시체는 일어나리라. 티끌에 누운 자들아 너희는 깨어 노래하라. 주의 이슬은 빛난 이슬이니 땅이 죽은 자들을 내어 놓으리라."(이사야26:19)

영원의 섭리 가운데 진행되는 날 이사야 선지자의 예언의 말씀이 입으로 퍼져나갔다. 알지 못하는 사람들은 신령의 말인 줄 알고 필기했으며, 그런 사람들을 향해 말했다.

"영원한 생명에서 인간에게 주어진 하나님이 말씀하신 처음과 마지막이 분명히 있으며, 모든 예언은 창조의 처음과 메시아의 구원 역사로 끝났으며, 그 후 부활하여 천국과 지옥으로 영원에 맞추어져 있다. 심판 날에 그리스도 안에서 죽은 자에게는 영원한 생명이 있으며 믿지 않는 자에게는 구더기도 죽지 않는 불에서 영원히 부끄러움을 당할 것이니라."

주위에서 누구인지 알 수 없지만 "아멘" 소리가 들렸다. 아내였다.

보이지 않는 神 보이는 神

초판 1쇄 인쇄일 • 2025년 3월 20일
초판 1쇄 발행일 • 2025년 3월 25일

지은이 • 이승남
펴낸이 • 임성규
펴낸곳 • 문이당

등록 • 1988. 11. 5. 제 1-832호
주소 • 서울특별시 강북구 미아동 126-1
전화 • 928-8741~3(영) 927-4990~2(편)
팩스 • 925-5406

ⓒ 이승남, 2025

전자우편 munidang88@naver.com

ISBN 978-89-7456-592-3 03810

값은 뒤표지에 표시되어 있습니다.